楚辭要籍叢刊

主編　黄靈庚

# 楚辭聽直

【明】黄文焕　撰

黄靈庚　李鳳立　點校

上海古籍出版社

本書爲「十三五」國家重點圖書出版規劃項目
本書爲二〇一一—二〇二〇年國家古籍整理出版規劃項目
本書爲二〇一八年國家古籍整理出版資助項目
本書爲浙江師範大學中國語言文學一流學科建設成果
本書爲教育部人文社會科學規劃基金項目成果

王逸爲劉向的這個總集做了注解，這就是至今還在流傳的王逸楚辭章句十七卷的本子，是現存的最早的楚辭文獻，也是我們今天學習楚辭最好的讀本。

「楚辭」之所以名「楚」，表明了所輯詩歌的地方特徵。宋黄伯思業已指出，「蓋屈、宋諸騷，皆書楚語，作楚聲，紀楚地，名楚物，故可謂之『楚詞』。若些、只、羌、誶、蹇、紛、侘傺者，楚語也；頓挫悲壯，或韻或否者，楚聲也；沅、湘、江、澧、修門、夏首者，楚地也；蘭、茝、荃、葯、蕙、若、蘋、蘅者，楚物也；他皆率若此，故以『楚』名之」。其雖然説出了「楚辭」所以名「楚」的緣由，而没有進一步指出名「辭」的來歷。辭，也可以寫作「詞」。楚辭詩句之中都有感嘆詞「兮」字。這個「兮」字，古人統歸屬於「詞」，古音讀作「呵」，是最富於表達、抒發詩人的情感的感嘆詞。這也是楚辭句式的顯著特點。「楚辭」之又所以稱「辭」，是與用了這個「兮」字有關係。

楚辭的句式比較靈活，四言、五言、六言、七言不等，參差變化，不限一格，一改詩經以四言爲主的呆板模式。詩經的篇章結構以短章重疊爲主，短則數十字，長則百餘字，内容相對單一，只截取生活中一個片斷，無法敘述比較複雜、曲折、完整的故事。楚辭突破了這個局限，像離騷這樣的宏篇巨製，洋洋灑灑，三百七十三句，二千四百九十字，至今仍是最偉大的浪漫主義抒情長詩，表現了詩人自幼至老，從參與時政到遭讒被疏，極其曲折的生命歷程；撫今思古，上天入地，抒瀉了在較大時空跨度中的複雜情感。從音樂結構分析，楚辭和詩經一樣，原本都是配上音樂的樂歌。詩經只是一遍又一遍的短章重複演奏，而楚辭有「倡曰」、「少歌曰」、「重曰」，表示

# 楚辭要籍叢刊導言

黄靈庚

楚辭首先是詩，與詩經是中國詩歌史上的兩大派系，好比是長江與大河，同發源於崑崙山，然後分南北兩大水系。大河奔出龍門，一瀉千里，蜿蜒於中原大地，孕育出帶上北國淳厚氣息的國風；而長江闖過三峽，九曲十灣，折衝於江漢平原，開創出富有南國絢麗色彩的楚辭。

「楚辭」這個名稱，始於漢代，是漢人對於戰國時期南方文學的總結。「楚辭」既指繼承詩經之後，在南方楚國發展起來的新體詩歌，標誌着中國文學又進入了一個輝煌的時代；又是中國詩歌由民間集體創作進入了詩人個性化創作的時代，而屈原無疑是創作這種新歌體的最傑出的代表，創造出了「驚采絶豔，難與並能」的離騷、九歌、天問、九章、遠遊、卜居、漁父等不朽的名作。

屈原的弟子宋玉、景差及入漢以後的辭賦作家，承傳屈原開創的詩風，相繼創作了九辯、招魂、大招、惜誓、招隱士、七諫、哀時命、九懷、九嘆、九思等摹擬騷體之作，被後世稱之爲「騷體詩」。據説是西漢之末的劉向，將此類詩賦彙輯成一個詩歌總集，取名爲「楚辭」。再以後，東漢

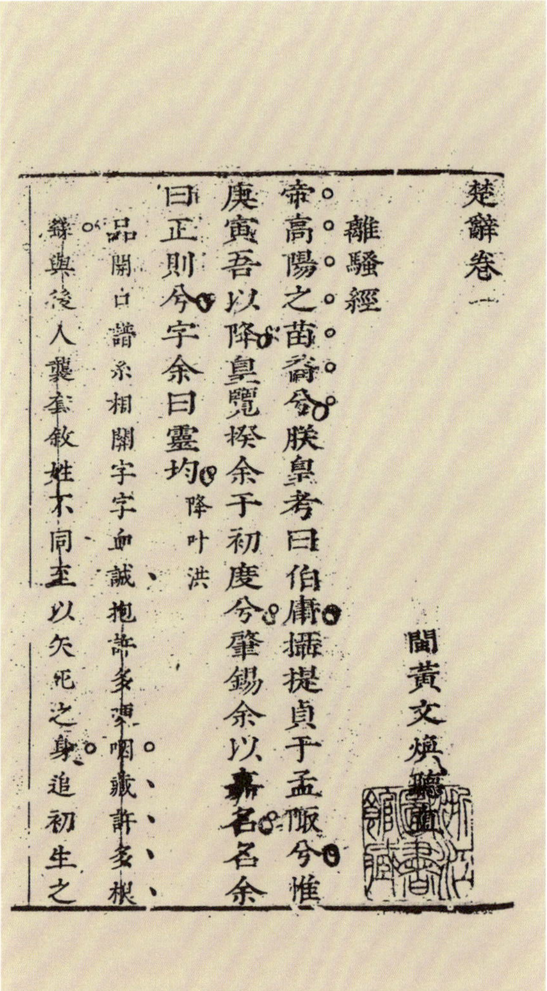

楚辭卷一

閩黃文煥聽直

離騷經

帝高陽之苗裔兮朕皇考曰伯庸攝提貞于孟陬兮惟庚寅吾以降皇覽揆余于初度兮肇錫余以嘉名名余曰正則兮字余曰靈均降叶洪

品開口譜系相關字字血誠抱許多淒咽藏許多根緣與後人襲套敘姓不同套以矢死之身追初生之

明崇禎十六年刻本《楚辭聽直》書影

樂章的變化，比詩經豐富得多。最後一章，必是衆樂齊鳴，五音繁會，氣勢宏大的「亂曰」。

楚辭的地方特徵，不僅僅是詩歌形式上的變化和突破，更重要的在於精神内容方面的因素。南國楚地三千里，風光秀麗，山川奇崛，楚人既沾濡南國風土的靈氣，又秉習其民族素有「剽輕」的遺風，陶鑄了楚人所特有的品格。楚辭更是「得江山之助」，在聲韻、風情、審美取向、精神氣質等方面，無不深深地烙上了南方特色的印記，染上了濃厚的「巫風」、神怪氣象，動輒駕龍驂鳳，驅役神鬼，遨遊天庭，無所不至。至其抒發情感，激越獷放，一瀉如注，較少淳厚平和的理性思辨，和中原文化所宣導的「不語怪力亂神」、「温柔敦厚」風氣比較，確實有些區別。

屈原是一位富於創造精神的文化巨匠，他置身於大河、長江的崑崙源頭，俯視於南北文化交融的臨界綫。一方面既保持着楚人特有民族性格，自强不息的精神面貌，富有想象的浪漫情調；另一方面又廣泛吸取、融會中原的理性思想，繼承詩經的道德傳統精神。故而在他的作品中，儘管有大江兩岸、南楚沅湘的旖旎風光、濃豔色彩，但幾乎不曾提到楚國的先王先賢，而連篇累牘的都是爲中原文化所公認的歷史人物：堯、舜、禹、湯、啓、后羿、澆、桀、紂、周文王、武王、皋陶、伊尹、傅説、比干、吕望、伯夷、叔齊、甯戚、伍子胥、百里奚等。在屈原的神話傳説中，除九歌中的湘君、湘夫人、山鬼三篇外，像太一、雲中君、東君、司命、河伯、女岐、望舒、雷師、屏翳、伏羲、女媧、虙妃等，都不是楚國固有的神靈，也没有一個是楚人所獨有的神話故事。離騷開頭稱自己是「帝高陽之苗裔」，高陽是黄帝的孫子，其發祥之地，在今河南省的濮陽，不也是中原人的先祖嗎？總之，楚辭是承接詩經之後的一種新詩體，二者同源於大中華文化，是不能割切開來的。更不能説，楚辭是獨立於中華文化以外的另一文化系統。如果片面强調楚辭的地域性、獨立性，也是不妥當的。

楚辭對於後世文學創作的影響是非常巨大的，像司馬遷、揚雄、張衡、曹植、阮籍、郭璞、陶淵明、李白、杜甫、李賀、李商隱、蘇軾、辛棄疾等各個歷史時期的名家巨子，沿波討源，循聲得實，都不同程度地從屈原的辭賦中汲取精華，吸收營養，形成了一個與詩經並峙的浪漫主義傳統的創作風格。在中國文學史上，後世習慣上説「風、騷並重」，指的是現實主義和浪漫主義的兩大傳統精神。由此想見，屈原對於中國文學的偉大貢獻是無與倫比的，屈騷傳統精神更是永恒不朽的。

正因如此，研究中國詩學，構建中國文學史及中國文化史，楚辭無論如何是繞不開的。而讀楚辭、研究楚辭，必須從其文獻起步。據相關書目文獻記載，自東漢王逸楚辭章句以來至晚清民初的兩千餘年間，各種不同的楚辭注本大約有二百十餘種。綜觀現存楚辭文獻，大抵以王逸章句與朱熹集注爲分界：在朱熹集注以前，基本上是承傳王逸章句，而明、清以後，基本上是承傳朱子集注。由我主編且於二〇一四年國家圖書館出版社出版的楚辭文獻叢刊，輯集了二百〇七種，應該蒐録的注本，基本上已彙輯於其中了。遺憾的是，由於這部叢書部帙巨大，發行量也極有限，普通讀者很難看到。且叢書爲據原書的影印本，没作校勘、標點，對於初學楚辭者，尤爲不便。

有鑑於此，我們與上海古籍出版社合作，從中遴選了二十五種，均在楚辭學史上具有影響，爲楚辭研究者必讀之作，分别予以整理出版，滿足當下學術研究的需要，而顔之曰楚辭要籍叢刊。其二十五種書是：漢王逸楚辭章句，宋洪興祖楚辭補注，宋朱熹楚辭集注，宋吴仁傑離騷艸木疏，清祝德麟離騷艸木疏辨證，宋錢杲之離騷集傳，明汪瑗楚辭集解，明陸時雍楚辭疏，明周拱辰離騷艸木史，明陳第屈宋古音義，明黄文焕楚辭聽直，清林雲銘楚辭燈，清王夫之楚辭通釋，清丁晏楚辭天問箋，清蔣驥山帶閣注楚辭，清戴震屈原賦注附初稿本，清胡濬源楚辭新注求確，清陳本禮屈辭精義，清劉夢鵬屈子楚辭章句，清朱駿聲離騷賦補注，清王闓運楚辭釋，清馬其昶屈賦微附初稿本屈賦哲微，日本西村時彦楚辭纂説、屈原賦説，日本龜井昭陽楚辭玦等。參與點校者，皆多年從事中國古典文獻研究、尤其是楚辭文獻研究，是學養兼備的「行家裏手」，其對於所承擔整理的著作，從底本、參校本的選定，出校的原則及其前言的撰寫等，均一絲不苟，功力畢現，令人動容。但是，由於經驗、水平不足，受到各種條件限制（如個别參校本未能使用），且多數作品爲首次整理，頗有難度，因而存在各種問題，在所難免，其責任當然由我這個主編來承擔。敬請讀者批評指瑕，便於再版改正。

# 前言

凡際易代鼎革，屈子遂呼之欲出，而落拓不偶之士、蹭蹬無聊之人，或藉注離騷而攄其憤懣不平之氣者，自古往往有之，若明季黄文焕是也。

文焕字維章，號坤五，閩之永泰白雲人。明天啓五年乙丑（一六二五）進士。歷官番禺縣、海陽縣、山陽縣知縣。後召進京，任翰林院編修。因其師黄道周論劾楊嗣昌、陳新甲罪而受連坐，遂同入獄。年餘獲釋，無心仕途，流寓於白下鍾山之麓，築草屋數楹，縱情山水間，著述自娱。生平事蹟，見李清馥閩中理學淵源考卷四十八。學問淹博無涯涘，其所著有楚辭聽直、四書娜嬛、易釋、書繹、詩經考、詩經娜嬛體注、毛詩箋、老子知常、莊子句解、秦漢文評、漢詩審索、韓詩審索、昌谷集評注、觚庵艸、談談艸、陶詩析義、杜詩掣碧、赭留集、蜂史等，而赫然彰顯於後世者，蓋唯楚辭聽直云爾。

崇禎末，文焕以坐道周黨蒙「講學市聲」而下獄，於是獄中發憤著是書。四庫館臣稱，文焕「蓋借屈原以寓感。其曰『聽直』，即取原惜誦篇中『皋陶聽直』語也」（四庫全書總目提要），其託意固深。按，皋陶也稱咎繇，是上古舜時掌管法律的官員，以執法公正著稱。所謂「聽直」，即審察案情之曲直。其以咎繇自況，蓋陽以「聽直」於楚辭，實以「聽直」於己之冤獄。文煥嘗自稱，「朱子因受僞學之斥，始注離騷；余因鉤黨之禍，爲鎮撫司所羅織，亦坐以平日與黃石齋前輩講學立僞，下獄經年，始了騷注。屈子二千餘年中，得兩僞學爲之洗發，機緣固自奇異，而余抱病獄中，憔悴枯槁，有倍於『行吟澤畔』者。著書自貽，用等招魂之法。其懼國運之將替，則實與原同痛矣。惟痛同病倍，故於騷中探之必求其深入，洗之必求其顯出，較諸朱子之注騷，抑揚互殊，正以與朱子逍遥林泉，聚徒鹿洞，苦樂迥殊也。非增僞學，不獲全闡真騷，上天之意，固自如是，人何尤焉」（楚辭聽直凡例）。又，文煥著此作，竭盡其心力，悲憤交織，幾無自處，思屈子之冤如己同者，注騷以「遣愁」，其精神所至，感動神鬼，乃嘆曰：「似感余作，又似畏余作者，獄中之嘯鬼也。入秋以來，每至更静柝鈴，道中鬼輒悲嘯，風雨彌慘，往來于同繫之屋後，聲聲不絶，將及余室一二丈則輒寂，既過復如之。余或拈筆，或諷誦，或卧不能寐，夜夜悉焉。嗟乎！以余之不獲諧于世，而獲尊於鬼，感耶？畏耶？」（楚辭聽直序）推其著書之意，固在於渫其不白。如卷三天問「胡射」一段注：「胡射而妻者，奸人正當得志之時，百靈亦無如之何。河伯任其矢中，宓妃憑其夢狎，而況同朝之人，有不悉聽顛倒者乎？原蓋借羿以寫上官大夫之恨也。」若是而言，文煥蓋借注天問以渫楊嗣昌、陳新甲之憤耶？於此嘗其一臠亦可矣。

文煥獄中注騷，「分計告竣之候，九歌、九章竣於仲夏、季夏，騷經、遠遊竣於初秋、仲秋。補所姑置，則卜居、漁父以季秋之朔，一日而畢」。出獄後生計艱難，有甚於昔，嘗謂「年來流離瑣尾，節食典衣，出門惘惘，無澤畔可吟，無宋玉之徒可侶，無詹尹、漁父可問，其爲憔悴約結，視屈百倍」云云。後經門人懇請，乃於窮厄中補注天問，至辛巳，既成楚辭聽直八卷。書成，意似猶未盡，則仿朱子楚辭辯證，繼撰楚辭合論，歷時頗久，至清順治十四年丁酉始畢。貧病交織，而著意不減，乃「繇夏迄秋，成十九聽」。故是書也，實分楚辭聽直、楚辭合論二編，而自始撰楚辭聽直至楚辭合論完成，前後竟達十七年之久，見其費時之長、用力之勤矣。

聽直惟存屈子所作，凡八卷，二十五篇，且於屈子之作有所釐正，卷次亦與舊本異，雖以離騷爲卷一，而以遠遊之意與句，多與首篇騷近，故列卷二；據太史公説，天問繫離騷後，爲卷三；九歌卷四，而「歌以『九』名，當止於山鬼」云，「既增國殤、禮魂，共成十一，乃仍以『九』名者，殤、魂皆鬼也，雖三仍一也。」卜居卷五，漁父卷六，九章卷七，末以大招、招魂爲卷八。舊本以「經」、「傳」分别離騷及九歌以下二十四篇者，文煥則盡删芟之，以爲非原本意。文煥據史記「讀離騷、天問、招魂、哀郢，悲其志」云，以招魂爲屈子所作。兹後林雲銘、蔣驥輩皆從其説而彌綸之，蓋招魂繫於屈子，幾於定讞矣。文煥以「王逸之論大招，歸之『或曰屈原』，未嘗以專屬景差。晁氏曰：『詞義高古，非原莫能及。』余謂本領深厚，更非原莫能及。則存大招，固所以存原之自作也」。（楚辭聽直凡例）且以大招作於招魂前，招魂仿於大招。至於班氏，原所作「二十五篇」之説，文煥亦别自爲解，謂自離騷、遠遊、天問、卜居、漁父、九歌、九章，只二十三篇耳。「九歌雖十一，而當日定之以九，無由析爲十一，則於二十三之中，再合二招，恰足二十五之數焉。是又以篇計之，而愈似乎原之自作也。」

合論凡十九篇，作於聽直之後，凝聚其解楚辭之精粹。以古來讀騷者，「人人所未能直，而謂字字咸直於余」，從原自爲聽、自爲咎繇，而「一一申明之」（聽直合論），求其本旨所在。首聽直合論，叙「十七聽」之大略也。後分別論之。一聽忠，「抉其決宜一死，以破夫再死之毋容受焉」。二聽學，「學者，忠之本。宜先於聽忠，顧反居次，以屈子之忠不可不早白，屈子之學可以不求知也」。聽忠者，示世之共辭；聽學者，尊屈之專辭也。專辭者，吾所欲祀之孔廡者也」。三聽年，「年明而忠明矣。何年宜未死，何年宜就死」。原死於懷死秦、頃襄不復仇九年以後，忠之至也。四聽次，「核次即藉以核年。年所難考，尚於次乎略考之」。五聽複，複者，謂重複也。「其篇其句，則人人讀騷之所易聽，而亦鬱不得直，用複之難讀故也。能直其複，豈反不直於不複？故以聽複爲要，而詳於複芳以及複玉、複路，又詳於複女焉」。而「複女之宜聽，倍於他複，故以終也。諸聽之關係大，聽體之關係小，然不可不聽也，附於九聽之後」云。「凡此十者，皆總聽也」。此以下「七聽」爲「分聽」。聽離騷者，斷以「來吾道夫先路」一語，爲「其一生之本領」，亦離騷本旨。槩述其内容云：「我有先路而黨人竟以異道、險路敗之，君既改路而我無繇以相道、復路救之。」「篇末説到事不可爲，號天三叫，曰『路修遠以周流』，曰『路修遠以多艱』，曰『路不周以左轉』。」「始之言曰『乘騏驥以馳騁，來吾道夫先路』，於堯、舜所遵之道傲然欲着先鞭焉，何其壯也。終之言曰『抑志弭節』，『僕夫悲余馬懷兮，蜷局顧而不行』，何其憊也。」其於「路」字一以貫之，得他人所未能言，頗有創意。聽遠遊者，即與離騷比較，而後辨其異同，發其奧旨。以爲要在「從顓頊」，反歸於始祖，非真求仙。聽天問者，雖意在審篇章之結撰，句法之逆順，次序之關節，然鉤玄索隱，頻見新意。若解「女尤」者，云：「通篇中極憤之言，專在輕宥婦人。原因鄭袖與上官大夫相比，釋放張儀，以致敗師結盟，遂爲秦留，然讒臣罪重，女寵罪輕。夏、商之亡，孰不曰妹嬉、妲己？此湯、武所藉口以殛桀譏紂者。然非讒佞滿朝，僅一妃子，豈遂亡國？故特曰『妹嬉何肆，湯何殛焉』，『殷有惑婦，何所譏』。如此之問，將答之以爲然乎？以爲不然乎？以爲然，失當年之事實；以爲不然，乖屈子之憤詞矣。」其解天問，亦於此可見也。聽九歌者，始辨「余」字爲原自稱，以斥舊注倏「巫」、倏「原」之謬。次辨天、地、鬼排列之次，末稱「山鬼陰賤，不可比君，故以人況君，以鬼喻己，而爲鬼媚人之語，此未盡知原也。原於下篇國殤、禮魂，俱以鬼言，實自矢於一死，不得復爲人矣。此非以人喻君也，嘆己之將殊於人類也。望於神而不獲庇，不得不自甘爲鬼也。爲鬼而悟君之念絶矣，尚不獲與人親，況與君親乎？山鬼通篇純屬鬼語」。雖多臆測，然不乏啓人思致。聽卜居漁父者，「以龜策之不肯告，漁父之不肯復言，合爲一轍，以鳴其孤慘。蓋措詞之顯淺、立意之淒深如此」。復求其言外之旨云：「龜策既不能知此事，則吾不得不自行吾志，是吾之所卜不待卜也。漁父雖不復言，而歌中用清水、濁水則殊，歸之於濯則一。皆濁之世，豈知濯者？纓濯而纓清，足濯而足清，依然藉獨清爲快志矣。是漁父之歌，終同於我之言，不待其再與吾言也。此屈之借旁譎以自明也。」聽九章者，乃更定九篇次第，始惜誦，作於被放初年之冬；次思美人，三抽思，四涉江，五橘頌，六悲回風，此五篇作於被放次年之四季；七哀郢，作於被放九年；八惜往日，被放九年後所作；「而以懷沙終焉」，乃屈子絕筆云。聽二招者，力辨二篇屬原所作。以爲二招曰「青春受謝」、曰「獻歲發春」，見其作時在春，而無涉及屈子夏日沉湘之語，其非弟子或後人招屈之詞，乃皆屈子自招其魂之作也。蓋前十「聽」爲屈賦專題論述，重於要旨大義之闡微；後七「聽」則分篇綜述，詳爲考證各篇所作時地云耳。

文焕蓋感激於身世之患，「與原同痛」，專以闡發屈子忠義，乃以「千古忠臣，當推屈子爲第一」。以屈原投水自殺全出於忠義，爲其勢之所必然。「原不死即不忠，別無可以不死之途，容其中立也。懷王雖信讒疏原，而出使於齊，尚在任使之列，原不宜死。迨懷客死於秦，原自謂身負不忠之罪，故屢言不欲死，不即死，而究歸必死焉。其罪安在？當懷入秦時，原諫勿行，子蘭勸行。既已明知虎狼之國，將貽君王之不返，乃不碎首堦前，堅以死諫，姑一諫而止。是懷之死，不獨子蘭死之，實原死之也。原真身負死罪矣，欲不以一死謝君，可乎哉？此其痛心疾首，自咎自知，非他人所敢以咎原者也。」（聽忠）以後人「可以不死」責原者，是詆其忠義也。而原之作騷本出於忠義，謂漢、宋之儒曲解其甚深。「原以言自明，而衆以其言爲罪，此所可忍受者也。至以死自明，而衆又以其死爲罪，毋乃再死有餘辜乎？讒人於原，但讒之而已，未即逼其死；即欲其死矣，未必既死以後尚加以再死之罪也。然則騷之受罪於讀騷，倍於受讒矣。」（聽直合論）故合論力破班固之「揚己」、揚雄之「揚眉」及朱熹「忠而過」之説而不遺餘力。云：「小人所誣原曰：『自伐其功，以爲非我莫能爲。』託是言以相加耳，無原自伐之實據也。今孟堅、子雲合稱『揚己』、『揚眉』，是真自伐矣。問所『揚』之確據安在？將從原之騷辭而定之耶？未讒之先，何曾有騷？迨受讒而不得不抒旨自明，尚云『揚』乎？必欲以無據之自伐，反證成爲有據乎？彼讒人者既以空言得行於當年，乃益以實證倍行於後世，何讒人之重幸也。屈原有淚，地下無獲拭之晨；讒夫有口，地下增益張之舌矣。人人讀騷，人人助讒，云如之何？」（聽直合論）班、揚及彥和之論，似同子蘭、上官之讒言，理當盡破之。至於朱子以原「忠而過」之説，文煥大不以爲然，云「原知後之人必將詆之爲『忠而過』」者，故屢屢自明，曰「耿吾既得此中正」，曰「依前聖以節中」，曰「令五帝以折中」，曰「指蒼天以爲正」，曰「求正氣之所由」，云：「中矣正矣，何過之有？」文煥以原之「怨君」亦爲「忠」，怨君之「非」，斥君之「昏」，亦不無其合理。云：「『九死其未悔』者，忠臣之志也。身死而無益於君，死有餘恨。『悔相道之不察』者，良臣之願也。改路在君，誤君以改路在小人。此君之咎也。」（楚辭卷一離騷）又云：「『含怒待臣，不清澂其然否』，千古直臣受冤，昏君亡國根因，盡此二語中。」（楚辭卷七九章惜往日）不惟可以「怨君」，亦可以「怨天」。以天問爲「悲絶憤絶」之作，「創拈『問』字，以寫其不敢咎人，但當咎天之意，由實抒憤」云（聽天問）。蓋於王逸「天尊不可問」及朱子「攄怨憤而失中」之説，有所修正也。

聽直分節注釋，列「品」與「箋」二目。凡例稱，「評楚辭者不注，注楚辭者不評，評與注分爲二家。余於評稱『品』，於注稱『箋』。合發之，以非合不足盡楚辭之奧也。『品』拈大槩，使人易於醒眼；『箋』按曲折，使人詳於回腸。『品』之中亦有似『箋』者，然係截出要緊之句，不依本段之次序也。至於『箋』中字費敲推，語經鍛煉，就原之低回反覆者，又再增低回反覆焉，則固余所冀王明之用汲，悲充位之胥讒，自抒其無韻之騷，非但注屈而已」。又云：「余所紬繹，槩屬屈子深旨，與其作法之所在。從來埋没未抉，特爲創拈焉。凡複字複句，或以後翻前，或以後應前，旨法所關，尤倍致意。其餘字義訓詁，每多從略。」（楚辭聽直凡例）其不論「品」抑或「箋」，在於發明舊所未發「深旨」。而「品」重在句子結撰之意，行文脈絡起承，「箋」在於字句詮釋、闡發章節大旨，時或參雜寄寓身世之感而借題發揮者。而「品」、「箋」之體式，若宋、元以後鄉間老成經師爲諸生講習經義者，逐字逐句逐段，層層遞進，求其奥義所在。但舉二事可得知之。離騷自「帝高陽之苗裔兮」至「字余曰靈均」爲一節。「品」云：「開口譜系相關，字字血誠，抱許多哽咽，藏許多根繇，與後人襲套敘姓不同。至以矢死之身，追初生之辰，曰某日某月某年，尋思墜地，作此結果。數得瑣屑，念得淒涼，通篇最慘在此。『正則』起下從咸『遺則』，『靈均』起下呼君『靈修』。創造稱呼之中意有寄託，語各映帶，以『靈』匹『靈』，暗寓宗臣之一體也。以『正則』映『遺則』，苟不從彭咸而苟免焉，失則矣，比於邪矣，烏乎正？」品評全在鈎索「正則」、「靈均」、「遺則」、「靈修」之間關連，以説大義所繫。而「箋」云：「祇言盡忠，尚有可諉，曰事是君者，非我獨也，縱不得志，何至求死？追遡所自出，明爲宗臣，休戚存亡，誼弗獲避，此不得不竭忠之前因也。數月日而自矜命名，又於本名本字之外，别創美稱焉。既已許身鄭重，何得偷生苟簡？顧名思義，當生之日，便是盡瘁之辰。使爲臣不忠，辱其名矣，辱其考矣。此又不得不竭忠之前因也。遠以亢宗，近以慰考，忠也，即所以爲孝也。忠孝兩失，而欲覥顔以立於人間，可乎哉？此原所以未死而嘗矢死也。嗚呼！讀原之開章，而『明哲保身』之論，霍然失所麗矣。」是藉箋屈子名字來歷以闡揚忠、孝之旨，以爲離騷首言出生，即預示其必爲宗國而死。其説甚有啓發，屈子生自帝高陽，故没亦歸帝高陽，後篇「求帝」、「求女」乃瞑塗中事耳。然「品」、「箋」二者，實皆關乎忠、孝，惟切入之點，蓋各有所側重耳。又，「紛吾」一節，「品」云：「『既有』、『又重』，與下『既滋』、『又樹』相吸。」而「箋」云：「『内美』言質，『修能』言才。有質無才，蘊於内者無以善措於外，故才與質不可不合也。恃其才質，不加功焉，質將易虧，才亦速敗。兩合之中，又且兩傷矣。」若是而言，「品」重在句法結構，「箋」則重在闡發窔隩，求言外之意。謂離騷「既有」、「又重」句法，前後數事可以比照，則「又重」之「重」，同下文「又樹」之「樹」、「又申」之「申」，皆爲述語。又，橘頌一篇爲前後二節，自「嗟爾幼志」至篇末爲後一節。「品」云：「複前數語，再加洗發。從『壹志』添出『幼志』，『不遷』添出『獨立』，『難徙』添出『無求』，『内白』添出『閉心』，『任道』添出『有理』、『秉德』。因『幼志』又曰『年歲雖少』，因『與友』又曰『可師』，複中更複，義味無窮。許大議論，妙在只從橘説，自表之意即在其中。舊注不得其解，乃以爲前半説橘，後半屬原自言，遂令奇語化作腐談。『梗其有理』、『年少』、『置像』諸句，皆刺謬難通矣。」則全在篇中數語前後照應關聯之處申説其意，其所稽鈎之語，悉具點睛之妙。而「箋」云：「此申上意而再一嘆詠也。曰

『文章』，曰『任道』，頌橘最奥，不再洗發。乃專承『不遷』、『難徙』之言，重複不厭，何也？屈子爲楚宗臣，生死以之，無復可去故都之誼，非比異姓，尚可轉移。猶之橘樹，獨宜楚國，不能踰淮。非比他木堪以別植也。忠心物理，最爲相似，可感可涕，故專承四語，闡義寄感也。前曰『壹志』，此曰『幼志』，橘之有志，自幼而然，非待其後也，原之幼好一也。前曰『葉榮』『可喜』，此又曰『獨立不遷』之可喜，葉榮之足珍，總以『獨立不遷』而重，與衆樹之花葉可喜殊也，原之背衆一也。前已曰『難徙』，此又曰『無求』，而益之曰『廓』，難徙之性非獨硜硜也，廓然見大，舉世無可求故也。無可求者，物類自適其性，不求媚人也，原之『廣志』一也。獨立必曰『蘇世』者，死而再生，此性不改，橘可枯而復生於楚土，不可以移之淮北也；『橫而不流』者，不隨波流也，隨流則直奔，不隨流則橫砥，故曰『橫』也。原之矢死，一也。『閉心自慎』者，橘有『不遷』、『難徙』之志，閉守於心，不待告人，人終莫能尋其可徙之過失也。此則原之對橘而自傷且自愧也。莫能讒橘之過失者，而可以讒原，原不逮橘之善閉矣。『秉德』者，橘之幼而志立，老而德成也。『參天地』者，橘受地宜而不負地，則參地；受天命而不負天，則參天也。『歲謝』，斯青黄之實俱謝，圓果不復存矣，然而可『長友』也，其志其德俱在也。與友而曰『願歲謝』者，知松柏必于歲寒，尊橘亦必于歲謝。吾所欲友，存乎『徠服』、『不遷』之志，非獨珍其嘉實也。故于實謝之後願與友也。紛華堪悦者友短，凋謝仍堪盟者友長也。舉世無可友之人，乃奉友譜以拜嘉樹，原之拊心痛世，極矣。淑，善也。離，附離也。『不淫』，即前所云『獨立』、『無求』也。梗，枝梗也。歲謝而圓果謝，所謂青黄之文、精白之色不復可見，然而其志其德，原自附離未謝，枝梗之間皆有理道存焉，不惟可友而且可師也。縱橘之年壽不必侈八百歲之椿，而論師固不論年也。所謂『幼志有異』也，其不踰淮也，猶之伯夷之不事周焉。吾置橘爲像，宗國以外，豈有可他之者乎？」案此箋開宗明義，首以「申上意而再一嘆詠」爲説，而掃破舊注爲「原自謂」之論。繼謂當與前一節相呼應，且約以四同者爲解，條理帙然；而後逐句逐詞注釋，詳略得當，盡得其奥。説雖容或可商，而見其體例甚有章法，可謂井然有序而不紊也。要之，蓋於各篇大旨、分段及章法等多所論列，而不重在字義訓詁與考證。以故論詳於注釋，評多於考證，實爲綜論楚辭之作也。

文焕研討楚辭尤可稱道者，在於考證屈原生平事跡及其二十五篇之作期。聽年據史記屈原列傳「王怒而疏屈平」云，乃謂「疏則僅減信任之專，非放也，固未嘗不在位也。史記又云『屈原既絀』，絀而不復在左徒之位耳。觀其又云『原既疏，不復在位，使於齊』，則王不任以左徒，仍任以出使，非放逐無位明甚」。又謂「懷王十八年既釋儀，而原諫其宜誅；懷王三十年將入秦，而原復諫其毋入，則無日不在朝明矣」。至楚頃襄王之時，則屈原放逐於江南沅、湘之間矣，考定原之初放，「非頃襄初年，則即次年」，而其自沉，據「九年不復」語，蓋在頃襄十年也。其説後爲林雲銘楚辭燈、王夫之楚辭通釋、王邦采離騷匯訂、蔣驥山帶閣注楚辭及近人游國恩等大加延引、發揮，謂屈原在懷王之世見疏，已不在朝，而退居漢北。林、王、蔣較近於事實，然皆由文焕而啓其思致者矣。

文焕又鈎稽屈賦内證，考辨屈賦諸篇作期，甚有見地。聽年以離騷作於初見疏楚懷王時，而「其餘俱作於頃襄時」。以「遠遊雖作於頃襄，當屬懷王在秦尚未死時，原雖不爲頃襄所用，尚未迫遷時，故其語但云仙遊，無大悲恨」，但申離騷後半言西遊未盡之意云。據天問結句「吾告堵敖以不長，何試上自予，而忠名彌彰」，乃謂屈原「罪己之知王不返，未以死諫」；於其時，「不敢望襄之復仇矣，不敢咎蘭之不佐襄以復仇矣，皆吾之罪而已」云，則定天問作於懷王初死、頃襄始繼位之時。據少司命「夫人兮自有美子，蓀何以兮愁苦」，謂此句是嘆「懷王已死，而頃襄無復仇之志」，「以此知作九歌之年，自在天問之後」。又聽九章「從九章中詳稽其歲月，自非一時所作」，其九章次第，「遂爲更定」，則據惜誦「願春日以爲糗芳」句，定是篇作於兹歲始放之年之冬，而「預計明春之欲行」也；欲行而未行，故篇中言「謂女何之」，曰「曾思遠身」也。據思美人篇「獨煢煢而南行，思彭咸之故」句，謂其所向屬南，未詳地名，故爲初行時之作，蓋繼惜誦後也。據抽思「曼遭夜之方長」、「悲秋風之動容」、「望孟夏之短夜」，則是繼始行之年之春後事，述孟夏迄初秋，俱在放流之塗中。又謂「泝江潭」，是逆水而上也；「宿北姑」，復止而未遽行也。故定此篇作於思美人之後。據涉江「將濟乎江湘」，謂「宿北姑」後之設想，將溯江南行；曰「欸秋冬之緒風」，是言在南行塗中，經秋入冬也；曰「上沅」、曰「宿辰陽」、曰「入溆浦」，是其放流之經歷。故定此篇在抽思後。謂橘乃冬候之物，蓋止溆浦時所見，因物生感，而作橘頌，故繼涉江後。據悲回風「歲忽忽其若頹」，謂此指作橘頌歲末；而謂「觀炎氣之所積，悲霜雪之俱下」，是復合夏、秋、冬言之，志塗中愁思，故繼於橘頌後。要之，以思美人、抽思、涉江、橘頌、悲回風五篇爲始放次年内所作。據卜居「既放三年」，謂是篇作於放逐後之第三年，「應在九歌之後」。據漁父「行吟澤畔，顔色憔悴，形容枯槁」，謂亦係作於既放三年，篇曰「寧葬魚腹」，是決意將死之辭，故繫於卜居後。哀郢雖敘被放次年遠離郢都事，然據篇中「九年而不復」，謂是篇作於流放九年後，所寫爲實事實景，皆追憶之詞也。據惜往日「臨沅湘之玄淵兮，遂自忍而沉流」，明言自決投水，意似臨終絶命之辭；據其「不畢辭以赴淵兮，惜壅君之不識」，「則明言九章之辭未畢，又且待畢而死也」，故謂是篇非絶命之作，定在哀郢後。又據懷沙言「滔滔孟夏」、「汩徂南土」，謂此自投前一月所作。又，聽二招據大招「青春受謝」、「春氣奮發」，招魂「獻歲發春，汩吾南征」、「目極千里兮傷春心」等語，謂屈原遭放在春日，「蓋當出門之日，即爲決死之期，魄存而魂散久矣，夫是以指春而兩自招也」。其立論雖不無揣測之處，未必皆是。然以屈賦與史載相證，縝密有致，成其一家言，且能離析舊本屈賦篇目次第，重以作時先後排列之，乃古今第一人矣。

文焕闡述屈賦諸篇奥旨，刻意求言外之意，頗有思致。以離騷三求女與西行求女爲真求女，以寓斥懷、襄二世迎秦婦之事。蓋是一例。察覆其説，雖萌自趙南星離騷經訂注，然文焕以史事與離騷互證，則較趙氏詳悉。聽女云：「二十五篇多言女，後人訕之者，病其褻昵之太甚；尊之者，比於國風之不淫。夫不能確知其寓意，始何所感，終何所歸，何怪乎尊之者無以間執訕者之口也。原因被讒而作騷，豈其不懼讒人之指摘，以褻昵爲戒，而嘆當時之無女，求上古之妃后？按跡而論，誣瀆罪大，何止褻昵哉！蓋寓意在斥鄭袖耳。惟暗斥鄭袖，故多引古之妃嬪，欲以此爲吾王配焉。懷王外惑於上官大夫，内惑於鄭袖。觀其盛怒張儀，欲得甘心，乃儀卒通楚用事，設辨於鄭袖，脱身而去；用事之人，非上官輩耶？此其表裏爲奸，詎屬一日？使有賢妃，何致脱儀於國中，反勞師於遠伐耶？是以首篇之騷專言求女，其前半篇之不遽言也。以不聰本屬王聽，高張本屬讒夫。疏原者，王之信上官，非鄭袖之罪也。故前半篇疊言王，疊言黨人，悲慟不能已也。然『衆女嫉余之蛾眉兮，謂余謡諑以善淫』。雖斥黨人，已隱隱道及鄭袖矣。後半篇之不復及王，不復斥黨人，而但言求女，其殆因張儀發慨歟？是篇之作，殆鄭袖脱儀，王怒伐秦之候耶？觀其於駟虬上征以後，純言天上，亟接之曰：『忽反顧以流涕兮，哀高丘之無女。』此其致恨君王乏賢内助明矣。宫中之衆女不可以爲女，高丘又未易得女，安得若古之賢女乎？於是求之虙妃，求之有娀，求之二姚。」又云：「且騷所寓意求女，又有不止於斥鄭袖者。鄭袖之脱張儀，因靳尚使人謂袖曰：『秦愛張儀，王欲殺之。今將以美人聘楚，以宫中善歌者爲之媵。秦女必貴，而夫人必斥，不如言而出之。』此祇虚言耳。迨懷之二十四年，秦昭王初立，乃厚賂於楚，楚往迎婦，遂爲美人聘楚之實事。二十八年、二十九年、三十年，秦三攻楚，取楚地，乃又遺楚書曰：『寡人與楚，故爲婚姻，相親久；今秦、楚不驩，無以令諸侯，願會武關。』而懷王於是乎被留。頃襄七年，楚迎婦於秦，秦、楚復平。是懷之送死，頃襄之忘仇，總以求女爲始終之敗局。秦則昔所虚言，後所實行，亦總以予女爲始終之巧計。原安得不痛心於求女，反覆低徊哉？誠合鄭袖與兩迎婦爲細繹，誰能不深恨？誰忍不屢言？尚敢妄訕之乎？尚但泛尊之乎？」文焕雖未闡明離騷後半篇所以求遠古神女要旨，即何以遠古神女比秦婦者，然據漢儒解詩「樂得淑女，以配君子」説，以釋三求女及西行求女之寓意，自勝朱熹以求女爲求君之説多矣，故當可備爲一説。此後，錢澄之屈詁、方楘如離騷經解略、林雲銘楚辭燈、魯筆楚辭達、夏大霖屈騷心印、屈復楚辭新注、顧成天楚辭九歌解等多因承文焕，申張發微，可見影響至鉅矣。

聽直頗善體會文心，時而執一關鍵詞語，反覆推排、研磨，精義較然，且讀之回環曲折，含韻無窮，可謂善讀騷者。如，天問「勳闔夢生」一段，内容錯雜，解者苦其無條理可依。文焕歸之「悲懷之死秦，憤襄之不能仇秦，憂楚之將終折於秦」，諸問則似成條貫也。謂吳王闔閭争霸，藉諷襄之軟弱無能。問彭鏗久壽，以嗟懷之短壽，「命之不均」。問秦伯兄弟争犬，以諷秦之無信，「兄弟猶不相顧」，「況與國哉」。感蠭蟻之物能自保，而嘆楚懷雖爲王，而不能善終。美子文之賢，以咎子蘭之罪。若是者，皆自成體繫。又，悲回風一篇，古來解者以爲紛亂無頭緒，目爲難讀之作，不知從何入手。其悲回風「總品」，直執一「死」字與「愁」字反覆旁擊，云：「從『悲回風』至『託彭咸之所居』，繇不欲死説到必當死。『悲搖蕙』，不欲死也；『統世自貺』，不欲死也；『掩哀』、『逍遥』、『惘惘遂行』，種種不欲死也。至『不忍常愁』，則當死；始于『造思』者，繼以『昭聞』，則當死。欲遠望自寬，而眇眇默默，總無佳況，則當死。『物有純而不可爲』，則當死。非託居何以昭聞，則必當一死矣。從『上高巖』至『負重石之何益』、『不解』、『不釋』，又繇可以死説到不忍死。『託彭咸』曰『淩大波』，則見『波聲之洶洶』，可以死。『覩潮水之相擊』，可以死。『入海』，可以死；『望河』，可以死。而淩波之後，亟曰『上高巖』，是避彭咸之所居也，不忍死也。湧湍曰憚，益怯彭咸之所居也，不忍死也。伯夷之死，子推之死，未嘗不在山巖，而徒爾弔古怨悼也，又一不忍死也。徘徊河海洲渚間，則非復高巖矣，彭咸之所居催人矣，乃宗子胥而又排申徒曰『負重石之何益』，久欲爲彭咸，復不肯遽爲申徒也，又一不忍死也。前後兩截文陣，工於互繞。」其於屈子在乎死與不死之間，反覆推琢，反覆詠嘆，其可謂善論文矣，亦據此可知屈子當日從彭咸之志，自沉而死，絶非出一時之忿，乃不得已而爲之，蓋情勢不容其苟活爾，又可謂其知論人矣。文焕拈出一個「愁」字，百方推擊，由一「愁」字散開，牢籠全篇，若綱之繫網云爾。又云：「就中言『愁』，複語百出，而愈複愈清，處處擒應，一綫到底，不外兩意：一曰愁之聚者，欲其散而祛之也。一曰愁之散者，欲其聚而銷之也。『寃結内傷』、『隱伏思慮』、『鞿羈不開』、『繚轉自締』、『調度不去』、『著志無適』、『絓結蹇産』，皆爲結聚難破之愁況。『於邑不止』、『踴躍若湯』、『眇眇無垠』、『芒芒無儀』、『漫漫不可量』、『綿綿不可紆』、『容容無經』、『芒芒無紀』、『馳委蛇』也、『漂翻翻』也、『遥遥』也、『潏潏』也，均爲四散難收之愁緒。『氣於邑而不可止』之下，亟曰『糺纏編膺』，散者欲其聚而銷之也。『糺編』之後，亟曰『隨飄風之所仍』，聚者又欲其散而祛之也。『踴躍若湯』之下，亟曰『撫佩衽以案志』，散者又欲其聚而銷之也。『不開』、『自締』，則無繇銷而彌添其聚也。『眇眇』、『芒芒』、『漫漫』、『綿綿』，則無繇祛而彌添其散也；『據青冥以攄虹』，結聚者欲其得據而散出。『依風穴以自息』，四散者又欲其得息而止聚，然終不能不散也。『可軋』則堪以聚銷，乃紛罔者欲軋以聚之而無從。『馳』、『漂』、『翼』、『氾』者，祇伴之而莫主，又終不能不聚也。有所適則堪以散祛，乃調度者欲散以遣之而無所適。『絓結』、『蹇産』者，彌係之而莫開，奈之何哉！晦庵謂悲回風『顛倒重覆』、『疏鹵』，試以篇法兩截之互繞、句法兩意之互擒，細細尋之，萬變無窮，一絲不亂。求隻字之顛倒、片語之重覆、纖隙之疏鹵，俱無繇摘矣。甚哉！騷之深而未易讀也。」若此者雖屬明人評文風習，然自有高明處，往往拈出一字而牽動一篇，提綱挈領，而後左右關聯之，觸類旁通，妙語連珠，然終未嘗離其所拈出者之綱之領也。

聽直解九歌未苟舊説，云：「九歌之名，自古有之，非楚俗之歌也。稽原之遡古，曰『啓九辯與九歌』，又曰『奏九歌以舞韶』，又曰『啓棘賓商，九辯九歌』。固自明言之。兹之有作，如後人擬古樂府、代古樂府，因其名而異其詞云爾，不可以云楚，何云巫？」此説多爲後世學人援引，至今猶有持此論者。又云：「歌以『九』名，當止於山鬼。既增國殤、禮魂，共成十一，乃仍以『九』名者，殤、魂皆鬼也，雖三仍一也。山鬼之悲，國殤之憤，視前訴神爲倍鬱，乃禮魂以寥寥四語，致其贊詞，寂然安之，似無可悲、無可憤、無可訴者，蓋魂不能不滅，無繇悲、無繇憤、無繇訴矣。吞聲之視放聲，慘更甚也。此前言神後言鬼之淺深次序也。」按，禮魂所祀，并無所對象，斷以爲「鬼」，屬於臆説，後人以爲送神曲，若騷之「亂」也。然文焕以類爲比，存其説以備參考可也。又，其釋大司命推諉職守，不肯賜人命之壽，種種驕蹇、傲慢之態，躍然紙上。既於大司命無望，則寄意少司命。其釋少司命曰：「既已『目成』，當於我無所不厚矣。同心之言，偕往之處，宜其相告相招，而乃入不言、出不辭，乘載獨行也。少司命之行徑、心事可疑也，然猶以『目成』之故，未忍遽疑之也，但自嘆曰『悲莫悲兮生別離』，此一生之熱血，所最難堪者也。又自慰曰『樂莫樂兮新相知』，此今日之情況或不至睽迕者也。恃『目成』之方新，謂必無恩絶之理，一癡至是，真可憐哉！」其據上下文揣摩文意，揭櫫屈子託辭神之心，妙極其宅奥。

聽直解卜居，以原所以不同於衆者，「衆臣留智以衛身，忠臣竭智以憂國。智留則詭踪日秘而愈巧，智竭則忠腸日露而成愚，心煩慮亂，不知所從。長于謀國者，自拙于謀身也」。又云：「『以事婦人』，則原之所痛心致慨也。此法以事婦人則可，奈何以事君乎？以妾婦自待，不可言也；以婦人待其君，尤不可言也。」語雖寥寥，擊中其肯綮。又解大招以「魂魄歸徠」十句統挈飲食、聲色、園囿數段，以「恣」、「安」、「定」字貫穿「魂魄歸徠」至「曼澤怡面」數段，其體會文心，善乎提綱挈要，眼光卓爾不羣。

聽直及合論之病固爲明代學術習氣所染，空疏不實，説多臆測。如，解「離騷」之義，既臚列屈子言「離」之文，終不斷「離」爲何義，乃云：「彌離而心彌動，『騷』之爲言騷屑也，騷擾也。緒不可斷，勢不可静，百端交集於其間，則『離騷』之所爲名也。原自注『離』而不言『騷』，知『離』之多端，足知『騷』之多況矣，舉『離』可以該『騷』也。」（聽離騷）班固以「離騷」爲「遭憂」，叔師以爲「離別之愁」。漢解「騷」爲「憂愁」則同，而「離」有遭逢、離別之異。然「離」、「騷」爲二義，舉「離」

亦不得槩「騷」也。文焕研習楚辭因己身世之感，不免流於强彼以就己，圓鑿方枘，齟齬難合。如以屈子不得意於楚王，乃藉祭鬼神以渫攄其憤，發吐心聲，而鬼神亦不顧，則不得不決意一死，山鬼、國殤、禮魂「俱以鬼言，實自矢於一死，不得復爲人」云云。純屬臆測無根。又以離騷「不顧難以圖後兮」二句，「嘆五子之失家，原以自比也。宗臣與國共存，國破而家亦亡。憂國所以憂家，未聞有獨存之身也，是則所可對女嬃者也。五子之作歌，原之作騷，一也」。以「上下求索者」爲「原自表其意中之事，經營無盡也」（離騷）。以天問「舜服厥弟，終然爲害。何肆犬豕，而厥身不危敗」，謂「痛斥子蘭之隱語也。原阻懷王以毋入秦，子蘭堅勸其入，遂死於秦。是害懷王者子蘭也，與象之謀殺舜一也。頃襄立而仍用子蘭爲令尹，不正其陷懷之罪，而反欲仗其扶楚之才，天下事有倒置如此哉？然古已有之矣」云云（聽天問），皆參雜己事而强爲之説，當非事實。於字義訓詁尤多悠謬之説，如釋離騷「吾將刈」之「刈」爲「藏之也」。釋「溘埃風」爲「人世塵埃之中，忽然飛騰也」。釋「驕傲」、「淫遊」爲屈子自道之詞。釋遠遊之「耿耿」、「營營」爲「夜況也」。釋「步徙倚」、「意忽蕩」爲「曙況也」。釋天問「成遊」爲「聖主省民，原有巡狩，昏主恣欲，祇成其爲遊而已」。釋抽思「行隱進」爲「隱隱而自進」。釋悲回風「永都」爲「以之爲都居也，意安於是之謂也」。釋懷沙「本迪」爲「棄我初心，反索本領於俗之迪我也」。釋「北次」爲「乖其所之，一託宿焉，不欲死之意也」。釋卜居「突梯」爲「攀援而工上升」，「滑稽」爲「圓轉而無旁滯」。其無根之説，舉不勝舉。

聽直於楚辭正文韻字下或爲叶韻注音，如離騷首段「降叶洪」之類，蓋多襲取於朱子集注，無甚發明，故茲不論。其書楚辭正文亦以朱子集注爲藍本，故文字悉同集注。此書存今者有明崇禎十六年（一六四三）癸未刻本，聽直合論有清順治十四年丁酉（一六五七）刻本。茲後復有清康熙間遞修本，然闕合論一卷。其實於原刻修補而已，非爲重鋟也。故是書整理，以明崇禎本爲底本，合論以清順治續刻本爲底本。凡文字明顯錯訛，則徑改，不出校記。本書作者黄文焕於「品」、「箋」、「合論」中援引楚辭原文處甚多，有全引，有節引，有減字，也有撮取句中若干字，多與原文不全合，整理時，均酌加引號，以與黄氏本人之語相區别，方便讀者閱讀和理解。本人學識荒雜，斷句標點容或有不當失誤之處，祈請高明指正焉爾。時維乙未之歲孟夏之月，黄靈庚記於婺州。

黄靈庚

# 目録

目録

# 序

入刑曹，即析陶詩，挾日而畢。端陽已屆矣，言念正則被讒伐功，與鈎黨奇比，講學市聲，殆似同況。屈焉伐諸，余焉市諸？取小奚所齎進兩架書，抽楚辭朗誦之，更廣繙諸詁，衹斤斤字義間，至曲折所係，去屈子本懷，不知尚隔幾里。因於是日，先拈九歌，咀且繹焉，以其篇短，緒易尋也。每一題裂數寸殘楮，作蠅頭字，畧評十數句，多或數十，視昔詁有加，頗自憙。漸裂漸足之。録帙踵事，九章遞竣，乃徐徐理離騷。緊篇長緒亂，未敢率爾之故。既竣，而遠遊繼之。遠遊之意與句，多與首篇之騷近。緒綜於得一，例通於知二也。卜居、漁父以其顯淺易注，姑置焉。天問之姑置，又以其淆雜難注，留賈後勁。分計告竣之候，九歌、九章竣於仲夏、季夏，騷經、遠遊竣于初秋、仲秋。補所姑置，則卜居、漁父以季秋之朔，一日而畢，獨天問未之及。其中作而輟，輟而作，凡數端。當九歌之初拈，偶自遣愁耳，未嘗以示同黨，亦未嘗預計曰必成全書。促之使作而勿輟者，則方密之也。密之新第，尊人仁植公先余在獄，因入省，偶過余室，見片楮塗竄，紛若蟻屯，竭目力睨之，大叫得未曾覯，且云：「生平受業于師，同鑽研久，顧綮未暇披，乃于兹地逢誅，委哉！」嗣遞入輒遞過，問新箋若何。逢余輟筆，諄諄囑曰：「此千古大事，願勿休。」以是得底於成。成之不能速，曠費時日，則以諸紳之往來，及與同黨葉潤山言詩間之也。縶之中，自九卿以及初命，罔一不備。彼此互訪，故晝多輟，繇夏終而秋初胥然。仲秋，潤山作秋懷三十律，每一律就，夜叩余門，商榷於隻字之間，十數易乃去，則夜復輟。余亦繼賡，遂以詩之作爲騷之輟焉。其見余作而太息於天人之際者，石齋先生也。正值研注騷經，石齋偶相過，頞蹙曰：「是殆不祥之書哉！少喜讀是，動輒擬之，以此不諧于皆濁，迄今爲宜岸魁，子又矻矻注之耶？」余嘆曰：「既同入獄矣，夫何諱何避焉？五經均勸人以忠孝，凡書舉非祥也，安所得阿世之祥書而讀之？」石齋領之而去。其戒之更輟而勿作者，同年黄東厓也。諸篇既畢，擬以秋杪專力於難注之天問。顧抱疴羸甚，知交聞者，僉咎著書，東厓尤爲忉慮貽戒。爰閉天問於篋内，披哦架上他帙，竟歷三冬，不敢復爲全騷計。蓋作輟之情節，人事所屬，於是備矣。其在人事之外，似感余作，又似畏余作者，獄中之嘯鬼也。入秋以來，每至更静柝鈴，道中鬼輒悲嘯，風雨彌慘，往來于同縶之屋後，聲聲不絶。將及余室一二丈則輒寂，既過復如之。余或拈筆，或諷誦，或卧不能寐，夜夜悉焉。嗟乎！以余之不獲諧于世，而獲尊於鬼，感耶？畏耶？鬼實欲言，其如余乏騷才，不能以獄鬼續山鬼，奈何！臘初釋獄，開春入淮，爲前後令借支旁牽，坐聽編户之競輸。復届端陽，催補天問，群謀梓行，則淮上諸門人也。浹仲夏之月，補注始就。又歷次年，梓始就。因録三年始末以冠之。騷譜也，即余他時年譜也。嗟乎！羅織者以爲鈎黨之禍，而余乃藉爲著書之福，幸甚至哉！河臣題參，在余尚未出獄時，指摘後令，遡稱經余所代。前人追補未半者，又復移借，非爲余發，閣臣票擬，謂黨獄之人，不妨受過，庶俾後令末減。乃首牽余，余亦藉以棲遲淮土。士民紛爲償逋，發宣其撫字之愛，迄無所累，併得補注天問，爰登剞劂。豈獨余之重幸，實騷之幸。天下事固往往不可測如此。是時同黨漸次賜環矣。上官大夫或讒無繇再虐？不祥之書，轉而爲祥。斯則世運之幸也。

崇禎癸未晉安黃文煥自識

# 楚辭聽直凡例

離騷下舊有「經」字，王逸本、朱子本皆然，今刪之。洪興祖曰：「古人引離騷未有言『經』者，蓋後世之士祖述其詞，尊之耳，非屈子意也。」此論良確。王逸釋離騷經之義，曰：「離，別也。騷，愁也。經，徑也。言己放逐離別，中心愁思，猶陳直徑以風諫也。」夫尊騷比於五經故以「經」名。若釋「經」爲「徑」，歸於原之自名之，牽强彌晦矣。然騷之稱「經」，不從逸始，又非原始，將誰始乎？曰始於漢武帝時。逸稱武帝使淮南王安作離騷經章句。當日重詞賦之學，自宜宗騷尊騷，特以「經」名之也。

遠遊以及天問、九歌、卜居、漁父、九章，王逸本俱繫「傳」字於每題之下。朱子本無「傳」字，而加「離騷」二字於每題之上。今所訂者，「傳」與「離騷」，槩從刪焉。逸之繫以「傳」也，首篇爲「經」，則他篇自應爲「傳」。「傳」之名，意亦非逸始。淮南王只作離騷經章句，班固、賈逵亦只作離騷經章句，皆不及諸篇。惟視「經」爲綱，「傳」爲目，故詳於綱，畧於目。「傳」之名，蓋從淮南、班、賈俱已有之。朱子加以「離騷」二字。二十五篇本均稱離騷，以其義槩從離騷中出也。去

「傳」字而加「離騷」，猶夫稱「傳」之旨也。譬諸莊子之外篇、雜篇，總內篇之注脚也。余之不繫以「傳」，不冠以「離騷」，蓋曰屈子之意未嘗不即後申前，未嘗不以此貫彼，固分之而亦「經」亦「傳」，合之而總屬離騷，無所不可。然其所作，首篇在懷王時，餘在頃襄時。屈子業自判其題，各不相混矣。胡爲贅而繫之，贅而冠之，必令附麗耶？余還其爲屈子之初而已。從劉向時，定屈子七題爲七卷，而以宋玉之九辨、招魂，景差之大招，賈誼之惜誓，淮南小山之招隱士，東方朔之七諫，嚴忌之哀時命，王褒之九懷，向所自著之九嘆，每一題稱一卷，合屈爲十六卷。王逸注騷，又附著九思，爲十七卷。余嚴汰焉，以其詞之與原無涉者，不宜存也，小山是也。即或詞爲原作，而其意其法未能與原並驅，不足存也，惜誓、七諫、哀時命、九懷、九嘆、九思是也。九辨爲從來所共賞，玉之旨，因騷有「啓九辨與九歌」之句，欲以是補之，與九歌等。然詞在涉不涉之間，意與法在欲並未能並之際，勦襲句多，曲折味少，亦不存焉可矣。二招之獨存，而又先大招於招魂，何也？王逸之論大招，歸之或曰屈原，未嘗以專屬景差。晁氏曰：「詞義高古，非原莫能及。」余謂本領深厚，更非原莫能及。則存大招，固所以存原之自作也。招魂屬之宋玉。而太史公曰：「讀離騷、天問、招魂、哀郢，悲其志。」又似亦原之自作。則存招魂，亦併存原耳。即招魂從來屬玉，大招未必非差，而其詞專爲原拈。其意與法，足與原並，則固足存矣。宜存矣，此豈他篇所可比？若唐、宋以後，所增之續騷，贅附愈甚，置之不論可也。

評楚辭者不注，注楚辭者不評，評與注分爲二家。余於評稱「品」，於注稱「箋」。合發之，以非合不足盡楚辭之奥也。品拈大槩，使人易於醒眼，箋按曲折，使人詳於迴腸。品之中亦有似箋者，然係截出要緊之句，不依本段之次序也。至於箋中字費敲推，語經煅煉，就原之低徊反覆者，又再增低徊反覆焉。則固余所冀王明之用汲，悲充位之胥讒，自抒其無韵之騷，非但注屈而已。

余所紬繹，槩屬屈子深旨，與其作法之所在。從來埋没未抉，特爲創拈焉。凡複字複句，或以後翻前，或以後應前，旨法所關，尤倍致意。其餘字義訓詁，每多從畧。業有王、朱舊注，人人易攷，不欲以襲混創也。且前人有美，宜歸諸前人，不欲總輯之而掠其美耳。

朱子因受僞學之斥，始注離騷。余因鉤黨之禍，爲鎮撫司所羅織，亦坐以平日與黄石齋前輩講學立僞，下獄經年，始了騷注。屈子二千餘年中，得兩僞學爲之洗發，機緣固自奇異。而余抱病獄中，憔悴枯槁，有倍於「行吟澤畔」者。著書自貽，用等招魂之法，其懼國運之將替，則實與原同痛矣。惟痛同病倍，故於騷中探之必求其深入，洗之必求其顯出，較諸朱子之注騷，抑揚互殊，正以與朱子逍遥林泉，聚徒鹿洞，苦樂迴殊也。非增僞學，不獲全闡真騷，上天之意，固自如是，人何尤焉！

# 楚辭更定目録

# 楚辭卷一

閩黄文焕聽直

## 離騷

帝高陽之苗裔兮，朕皇考曰伯庸。攝提貞于孟陬兮，惟庚寅吾以降。皇覽揆余于初度兮，肇錫余以嘉名。名余曰正則兮，字余曰靈均。降，叶洪。

**品**　開口譜系相關，字字血誠，抱許多哽咽，藏許多根繇，與後人襲套敘姓不同。至以矢死之身，追初生之辰，曰某日某月某年，尋思墜地，作此結果。數得瑣屑，念得淒涼，通篇最慘在此。正則，起下從咸遺則，靈均，起下呼君靈修。創造稱呼之中，意有寄託，語各映帶。以靈匹靈，暗寓宗臣之一體也。以正則映遺則，苟不從彭咸而苟免焉，失則矣，比於邪矣，烏乎正？

**箋**　祇言盡忠，尚有可諉。曰事是君者，非我獨也，縱不得志，何至求死。追遡所自出，明爲宗臣，休戚存亡，誼弗獲避，此不得不竭忠之前因也。數月日而自矜命名，又於本名本字之外，别創美稱焉，既已許身鄭重，何得偷生苟簡？顧名思義，當生之日，便是盡瘁之辰。使爲臣不忠，辱其名矣，辱其考矣，此又不得不竭忠之前因也。遠以亢宗，近以慰考，忠也，即所以爲孝也。忠孝兩失，而欲靦顔以立於人間，可乎哉？此原所以未死而嘗矢死也。嗚呼！讀原之開章，而明哲保身之論，霍然失所麗矣。

紛吾既有此内美兮，又重之以修能。扈江離與辟芷兮，紉秋蘭以爲佩。汩余若將不及兮，恐年歲之不吾與。朝搴阰之木蘭兮，夕攬洲之宿莽。能，叶耐。莽，叶姥。

**品**　「既有」、「又重」，與下「既滋」、「又樹」相吸。「若不及」、「恐不與」，與下「俟時將刈」、「老將至」、「日將暮」相吸。

**箋**　内美言質，修能言才。有質無才，藴於内者無以善措於外，故才與質不可不合也。恃其才質，不加功焉，質將易虧，才亦速敗，兩合之中，又且兩傷矣。扈且佩焉，所以佐質增才，有加而無已也。加功之法，不容一刻之少遲，不容一處之有漏。惜分惜寸，追彼歲年，在水在山，廣吾採掇。以課朝課夕，一刻不曠者，爲追歲年之方。以搴阰攬洲，諸處遍尋者，爲廣採掇之術。庶幾得之矣。木蘭，樹高數仞，去皮不死。宿莽，一名卷舒，去心復生。歷天時，則兩者皆可以經冬；受人患，則兩者皆可以無恙。在衆芳中最爲久固，此視蘭、離、芷三者，又超一格者也，原之所以尤惓惓於朝夕也。篇後言蘭、蕙、江離皆有變，而不及木蘭宿莽，蓋或久或否之不同，原之察物理以抒辭也。

日月忽其不淹兮，春與秋其代序。惟艸木之零落兮，恐美人之遲暮。不撫壯而棄穢兮，何不改乎此度。乘騏驥以馳騁兮，來吾道夫先路。

**品** 既曰「不及」、「不與」，冀以朝夕及之。又亟曰「不淹」、「恐暮」，欲以馳騁先之。不先，將終不及也，複得可憐。棄穢，起下「哀衆芳之蕪穢」。不改度，起下「競周以爲度」，又起下君之「中道而改路」，時俗之「偭規矩而改錯」。從開章至此，作通篇總挈之綱。下字下句，布意布陣，層埋伏，以立後來炤應之案。而「先路」二字，則尤騷經全篇之奧議。屈子一生之本領，救世大眼孔，濟世大手段，胥於此拈出。下文得路、改路，捷徑、險路，相道、復路，步步回顧。

**箋** 恐不吾與者，終不能吾與也。忽然而已不淹矣，已代序矣，無繇復恐不與，但有自恐而已。美人，原自謂也。艸木零落，懼衆芳之未得採也。歲月日以去，則遲暮日以來。在天者不能留，在我者無可避，真堪長嘆也。嘆遲暮而終須遲暮，懼零落而終須零落，將如之何？有暮年，有壯年，有芳候，有穢候，方壯而驚易者，撫己自省。所謂撫壯也，即老而心益壯，則可以不待撫壯而空憂矣。衆芳同在零落之中，所謂穢也。落英、落蕊，餐焉貫焉，則可以不至棄穢而空悲矣。佩芳之懷，始終以焉，則不改度之説也。道，引也。引君以行也。先路者，體國經野，先一着則事事可爲，後一着則事事難救也。經世貴有妙手，觀世貴有明眸也。

昔三后之純粹兮，固衆芳之所在。雜申椒與菌桂兮，豈維紉夫蕙茝。彼堯舜之耿介兮，既遵道而得路。何桀紂之昌被兮，夫唯捷徑以窘步。在，叶宰。茝，音彩。被，音披。

**品** 曰三后，曰堯舜，曰桀紂，敘次皇帝王，遞降世代，層節甚明。原以高陽爲祖，繇高陽視三皇，時相邇，統相接者也。遡芳最先，孰先於此？堯舜舉在後矣。承上先路，持論甚確，下字有因。或以爲夏、商、周三后，或以爲楚三后，夫原敘次之因矣。「豈惟紉」，應前「紉秋蘭」；「得路」，應前「先路」。

**箋** 三后，指三皇也。因述堯舜之遵道，故遡三皇也。三皇，先堯舜而闢路者也。堯舜遵三皇而得路者也。天地開而德義之標立，三皇固衆芳之始祖矣。曰「純粹」，又曰「雜」。雜之而後可以得純，雜之而後可以得粹也。純粹必須衆，衆必須雜，孤芳易歇，一種易盡。非如是，不足以儲之也。原之自許，曰「扈江離與辟芷，紉秋蘭以爲佩」。原之稱三后，曰「雜申椒與菌桂，豈惟紉夫蕙茝」。原所自負者，視衆人高一層，視前聖又低一層矣。古皇之妙道無盡，在我之芬芳恐尚淺也。耿，光。介，大也。文物至中天而始盛，故三皇之後，專言堯舜也。道原自在善遵者得之，能光則不至冥趨。能大則不墮小徑，故得也。昌被，衣不暇帶也。安詳者有餘，淩遽者無序。躁而求捷，則心事暗昧，失其光矣，既入捷徑，必至窘步，失其大矣。此亂主之所繇倉皇也。

惟黨人之偷樂兮，路幽昧以險隘。豈余身之憚殃兮，恐皇輿之敗績。忽奔走以先後兮，及前王之踵武。荃不揆余之中情兮，反信讒而齌怒。余固知謇謇之爲患兮，忍而不能舍也。指九天以爲正兮，夫唯靈修之故也。曰黄昏以爲期兮，羌中道而改路。初既與余成言兮，後悔遁而有他。余既不難夫離别兮，傷靈修之數化。隘，叶益。怒，叶弩。舍，叶恕。

**品** 「豈」字，「恐」字，「忽」字，「及」字，「反」字，「固知」字，「夫惟」字，句句轉換，悲恨有餘。添兩「也」字，尤爲發聲長嘆，使人讀之惻然。「謇謇」起下數「謇」字。「謇吾法夫前修」，我之自貽患也。「謇朝誶而夕替」，則世之予我以患也。「汝何博謇而好修」，女嬃之所共知其爲患也。「忍不能舍」，起下「余不忍爲此態」，「忍尤而攘詬」，「焉能忍而與此終古」。「成言」「有他」，起下「結言」、「導言」。「悔遁」，起下「九死未悔」，「余初其猶未悔」。「數化」，起下「荃蕙化茅」。

時俗變化，君以悔誤政，臣以未悔賈罪，此相反者也。君以數化示下，下亦以化茅變化從君，此相因者也。

**箋** 三皇有衆芳之道，堯舜遵之。桀紂有覆亡之徑，黨人遵之。幽昧失光，險隘失大，窘步又將在斯矣。茫茫大地，舉眼皆靡騁之憂，黨人乃欲偷取須臾，以爲堂處之樂也。嗚呼！彼人是哉？路之既誤，向所恃乘騏驥以道君者，不可恃矣。余雖不敢畏勞，馬之良，恐不足以救路之錯，皇輿之敗績必矣。前之矢願，在於先路，務踞前王之勝着。今忽焉氣奪，不敢復言矣。奔走斡旋，先之後之，聊以救敗，得及前王之餘跡，而踵其後塵足矣。甚哉！黨人之以他路誤君也。使君而不自誤，猶可及救，乃君之疑信，竟爾反常也。我之忍苦呼天，衹有獨知也。堯舜之路，坦坦在前，從彼黨人，幽險是即。始未嘗不遵，而中以改也，始未嘗不信余，而卒以遁也。一迷尚有醒時，一蹶尚有起時，迷而醒，醒而復迷，蹶而起，起而復蹶，未如之何矣！天下事永不可爲矣。此不揆余情之可嘆，而數化之尤可傷也。甚哉！君之以改路自誤也。其曰「齌怒」者，謂如蘊火而未發也，即含怒之説也。其曰「靈修」者，原自矢以好修，望君以同修也。曰「黄昏爲期」者，一日之辰，至黄昏而將終。此時之期不踐，將日暮而無繇踐也。

余既滋蘭之九畹兮，又樹蕙之百畮。畦留夷與揭車兮，雜杜衡與芳芷。冀枝葉之峻茂兮，願竢時乎吾將刈。雖萎絶其亦何傷兮，哀衆芳之蕪穢。畮，叶米。

品　曰既，曰又，功進乎昔之日矣。扈、紉、搴、擥，不足言矣。前後炤應，繇淺入深，法度森嚴。不善讀騷，而曰騷文複也，誣騷矣。章法純以複處爲首尾，字同而意各異。不知尋其首尾，而曰騷文奇于無首尾也，益誣騷矣。二百四十步爲一畝，十二畝爲一畹，五十畝爲一畦，百畝則兩畦，九畹則一百八畝。蕙多於揭車、留夷，蘭又多於蕙。芳最甚者，培之最多。衡芷易生，錯雜無數，不待分界培護。下字各具斟酌。

箋　江離也，辟芷也，秋蘭也，木蘭、宿莽也，天地現成之芳也，山水之所散鍾也。畹也，畝也，畦也，人功手植之芳也，家圃之所聚培也。散者不厭其各收之，故言「江」、言「辟」，言「阰」、言「洲」。聚者不厭其多種之，故言「百」、言「九」，而又言「雜」也。前之採芳爲矢願，此則又加功也。但恃天地，不藉人力，芳有盡矣，故功不可不加也。既滋又樹，自嘆自憐，費多少精神，竭多少氣力也。三后之爲衆芳王也，雜椒桂也，此復云余之爲衆芳主也。雜蘅芷也，自憐亦自矜，添多少芬馨，長多少聲價也。不言花而但言枝葉峻茂，葉盛則花自盛，此種樹之心眼也。且香艸或以葉香，固不盡屬花也。刈者藏之也，艸木不能不零落，萎絶則香枯，刈之香亦枯，有榮必有萎，恒理如是，豈足深傷？然吾不忍其萎地，與他艸同蕪穢也。故萎而香枯，寧刈而枯也。枯同，穢不同也。惜香之意，不以香歇而賤視也。且吾功存焉，尤深自惜耳。

衆皆競進以貪婪兮，憑不厭乎求索。羌内恕己以量人兮，各興心而嫉妒。忽馳鶩以追逐兮，非余心之所急。老冉冉其將至兮，恐修名之不立。索，叶素。

**品** 「競進」，起下「進不入以離尤」，彼能進，我偏不得進。「求索」，起下「上下而求索」，彼有彼之求索不肯厭，我有我之求索不得遂。「興心」，起下「屈心」，彼愈興，我愈屈。「修名」，應前「嘉名」，初生而錫以嘉者，乃老至而無所就。字字互映。

**箋** 前言黨人之誤君，此又言黨人之妬賢。路之既誤，尚藉旁救。先後踵武，有人任之。朝無堪容之忠臣，益莫救皇輿之敗績，可恨可傷，孰甚於此？競進不厭，則貪婪之本末也。恕己量人者，不自責己之無厭，而量度他人或與己同競也。既懼同競，必施排擠，行排擠之術浸潤須遲，而起排擠之懷則最速。興心者，一觸而心輒起，必不能一刻容，不待我之開罪也。各興心者，情狀肺肝忽然勃然，不謀而同，亦不待彼之合商也。馳鶩追逐，則我與競進等矣。故曰非急也。既曰非急，又恐老至，我自有我之不容緩，而又不肯與世人同急也。冉冉之嘆，則向所謂遲暮若不及者，恐其至者，今竟將至矣。

朝飲木蘭之墜露兮，夕餐秋菊之落英。苟余情其信姱以練要兮，長顑頷亦何傷。擥木根以結茝兮，貫薜荔之落蘂。矯菌桂以紉蕙[1]兮，索胡繩之纚纚。英，叶央。纚，叶徙。

【校勘記】

①「蕙」，原作「蘭」，據集注改。

**品** 因羡三后之衆芳，生出畮、畹、畦、雜，添搴、攬之所未備，因「哀衆芳之蕪穢」，生出飲、餐、結、貫、矯、索，補「俟刈」之所或遺。章法遞進。前以喜心栽培，此以哀心收拾。收拾之哀心，專在凋零，故凡易于墜落者，孜孜然務飲之。即菊不落英，猶懼其或落也，汲汲然務飡之。饑渴所資，惟香是藉，竟以香爲性命，非獨充佩矣。不解原此意，而致辨于菊英之不落，與别種亦有落英者，抑何謬也！「信姱練要」，又從前面「紛有此内美」、後面「紛有此姱節」、「佩繽紛其繁飾」、「時繽紛以變易」生出。非煉無以執要，非紛無以供煉，不能煉而紛或至于變，姱美即伏慝之所在矣。文情最深。

**箋** 此承萎絶蕪穢，又開一惜芳之法也。從前扈之、紉之、搴之、攬之、滋之、樹之、俟時刈之，務期芬香，得當一用，皆惜之于未凋之先也。迨至既凋，蘭露之隕也，菊英之落也，茝荔之散也，桂蘭之飄零，胡繩之萎斷也，色殘香減，嗚呼已矣！無可用矣。欲佩之則味已歇，欲刈之則時已遲，棄而置之，莫我心惻矣。于是從悵恨之中，又作憐惜之計。向蕪穢之候，又作收拾之方。甜苦自知，辛酸自茹，血自吞也，胸自擗也。飲墮飱落，朝夕以之，以寫吾恨，以寄吾情，可謂無聊之極矣。而又高自標置，文之以美，名曰「信姱以練要」。練之道有二：凡芳，從鼻受者也，隨風而來，亦隨風而散。飲之殯之，俾從口受，如此可以練風、扼風之要，而不爲風所分。一練也。凡佩芳從身受者也，未霜而繁，既霜而槁，飲之殯之，俾從心受。如此可以練霜、扼霜之要，而不爲霜所病。又一練也。顑頷何傷者，惜芳之懷，原非爲求飽之計也。而又憐惜務廣，收拾務盡，必不使有一之或遺。凡屬既凋，總而聚之，結焉貫焉，矯焉紉焉，取資于他類，則覓各木之餘根，爲結貫之用，取資于本類，則覓胡繩之香艸，爲矯紉之用。莫吾珍也，苟吾自珍也；莫吾賞也，苟吾自賞也。如此之謂哀蕪穢，如此之謂不棄穢。

謇吾法夫前修兮，非世俗之所服。雖不周於今之人兮，願依彭咸之遺則。長大息以掩涕兮，哀民生之多艱。余雖好修姱以鞿羈兮，謇朝誶而夕替。既替余以蕙纕兮，又申之以攬茝。亦余心之所善兮，雖九死其猶未悔。服，叶弗。悔，叶毀。

**品**　「非世俗之所服」，起下「復修吾初服」。「不周于今之人」，起下「競周容以爲度」、「何方圓之能周」。「哀民生」，起下「察民心」、「覽民德」、「相觀民之計極」。替、申二語，總收前面言芳之旨。文陣畧一小住。

**箋**　既已自矜，又復自嘆。惜芳之懷，與古愈近，去世愈遠。有所詳者，必有所缺。不周之病，豈敢復辭？苟利社稷，投水以諫，吾願依之矣。興言及斯，低徊掩涕，使心事可以直遂。及時採佩，國香日陳於王前，隕落毋嗟于艸莽，豈待言及不祥，而民生多艱？修姱難恃，我好之，人或詬誶之，如之何哉！好修，反得替我之所無，如人何也？被替，仍申人之所無，如我何也？蕙纕，則即始之「紉秋蘭以爲佩」，種種佩芳之説也。攬茝，則即繼之攬木、結茝，一一惜落之事也。芳不能不落，天人偏慣相妬，所謂「替」也。落而仍收其芳，在我不患無法，所謂「申」也。安之中心，矢以死守。蓋自嘆之後，又自慰矣。

怨靈修之浩蕩兮，終不察夫民心。衆女嫉余之蛾眉兮，謡諑謂余以善淫。固時俗之工巧兮，偭規矩而改錯。背繩墨以追曲兮，競周容以爲度。忳鬱邑余侘傺兮，吾獨窮困乎此時也。寧溘死以流亡兮，余不忍爲此態也。態，叶上宜反。

**品** 罵黨人曰「險隘」，怨靈修曰「浩蕩」。險隘，故不能以大道匡君；浩蕩，故不能以小心察民。字法互映。以衆女换黨人，起下佚女、二妃。獨此時不忍此態，慘甚羞甚。兩「也」字又一遺筆噴調，前吞聲而悲，此放聲而哭。

**箋** 既已自慰，無復可怨，而又不能不怨也。矢芳九死，總爲靈修之故。吾方日哀夫民生，而靈修乃不察夫民心，心之不察，生何以聊？馳於浩蕩者，必不足於詳細，病根深矣，非一朝一夕之故矣，終如是矣。重之以黨人，蛾眉見嫉，謡諑相加。吾依前修日以拙，彼依時俗日以巧。

誤靈修以改路，國之不幸，背規矩以改錯，彼之得計也。追曲者，惟曲之是追，如恐不及也。從繩墨則直，背繩墨則曲。「忽奔走以先後」者，原之所欲追也。「忽馳騖以追逐」者，衆人之所欲追也，以此爲求周，求容之術。我不改其度，而彼以善改爲彼之度，其如之何哉！嗚呼！彼衆我寡，困窮真獨受矣。將悔而效之乎？寧死不忍爲矣。有必當「忍」者二焉：前之忍而不能舍，後之忍猶是也。有必不忍者二焉：此之「不忍爲此態」，後之「焉能忍而與此終古」是也。上言「不周於今之人」，千古之君子常疏，不及小人之常密。此曰「競周爲度」，小人之密者愈密，君子之疏者愈疏矣。

鷙鳥之不羣兮，自前世而固然。何方圜之能周兮，夫孰異道而相安。屈心而抑志兮，忍尤而攘詬。伏清白以死直兮，固前聖之所厚。安，叶一先反。

**品** 「異道」，起下「相道」，「前聖所厚」，起下「依前聖」。「前世」與「此時」緊相應，「死直」與「追曲」緊相應。埋陣能遠，鬥筍能近。

**箋** 既已自嘆侘傺，又復自解。鷙鳥不能與凡鳥爲羣，困窮應受，豈獨此時？前世然矣。彼競周而我不周，性固有能有不能也。方圓無互畫之手，其所繇來，道與之異耳。吾法耿介之遵道，彼之道在險隘，發願既殊，伎倆互別，豈堪相安於各得哉？彼之氣焰既張，我之心志難展，自屈自抑，抱不忍爲之憤，而又有不得不忍之痛，以此獲尤。不能不忍而受也。若舍此蒙訽，不敢不攘而去也。甘死直，所以忍尤，伏清白，所以攘訽。彼自追曲，我自死直，貪婪清白，馨穢天淵。今人薄之，前聖厚之，足矣足矣。

悔相道之不察兮，延佇乎吾將反。回朕車以復路兮，及行迷之未遠。步余馬於蘭皐兮，馳椒丘且焉止息。進不入以離尤兮，退將復修吾初服。製芰荷以爲衣兮，集芙蓉以爲裳。不吾知其亦已兮，苟余情其信芳。高余冠之岌岌兮，長余佩之陸離。芳與澤其雜糅兮，唯昭質其猶未虧。忽反顧以游目兮，將往觀乎四荒。佩繽紛其繁飾兮，芳菲菲其彌章。民生各有所樂兮，余獨好修以爲常。雖體解吾猶未變兮，豈余心之可懲。服，叶弗。懲，叶長。

**品** 止息、退修，説得氣索。高冠、長佩，又添得意起。章法善于抑揚。「昭質」，與黨人幽隘相應，彼以幽，我以昭。「菲菲彌章」，又與「昭質未虧」相承，章則愈昭矣。「民生各有所樂」與「哀民生之多艱」相應，艱在此，樂亦在此。語受禍則堪哀，語好修則堪樂。哀樂固無二致也。

**箋** 既已自解，又復自咎。「九死其未悔」者，忠臣之志也。身死而無益於君，死有餘恨。「悔相道之不察」者，良臣之願也。改路在君，誤君以改路在小人。此君之咎也。君之迷也，小人之迷君也，小人之咎也。原有何迷？原何待復哉？而慄焉總引以爲己罪。吾之相君，以當道者作用未深，機關未審，故使黨人得以敗之。君之迷，即我之迷耳。君之路改，我之路荒矣。君之輿敗，我之車窒矣。引頸佇立，思所以反。堯舜遵道得路，吾求回車復路，庶幾及前王之踵武。不克遂志者，「及行迷之未遠」，猶不至永誤乎！蘭則有皋，椒則有丘，途尚可遵也。舍馬而徐步，不敢遽也。策馬而疾馳，不敢緩也。兩念交起，爰止息于芳林之下，乃事卒不可爲，道卒不可復進。静言思之，進而得入，尤可忍也。吾之忍尤，冀入而悟君也。不入而祇以離尤，忍無益也。競進之術，非我所長，但有退而已。吾之所服者，原非世俗之所服，吾自修吾初服而已。初服維何？芰荷可衣也，芙蓉可裳也。吾之芳不得用於世，乃益厚于身。製之集之，苟自知而已矣。服之既具，冠益還其高，佩益還其長，不以不吾知而降志辱身也。有蘭佩焉，有玉佩焉，長余陸離，佩玉之志也。有蘭佩，又有玉佩，故曰「雜糅」也。向之所云「雜杜蘅」，以香雜香。此以玉雜芳也。昭質者，質明白而易見也。「猶未虧」者，爲後之或虧志感也。蘭變玉折，則竟虧矣。兹其猶未之晨也，具此未虧，安往不可？「延佇將反」者，復反顧而游目，將反則專思宗國，遊目則寄志四荒。佩日添而芳日章，愁慘之中，所樂自在。可以悔，不肯以懲，蓋於自咎之餘，又津津自負矣。

女嬃之嬋媛兮，申申其詈予。曰：「鮌婞直以亡身兮，終然殀乎羽之野。汝何博謇而好修兮，紛獨有此姱節。薋菉葹以盈室兮，判獨離而不服。衆不可户説兮，孰云察余之中情。世並舉而好朋兮，夫何煢獨而不予聽？」依前聖以節中兮，喟憑心而歷兹。濟沅湘以南征兮，就重華而敶詞。予，叶與。野，叶渚。

**品** 從前自負，壯氣干天，忽入女嬃，倫分相壓，啞口難辨，但有陳之重華耳。于文勢莊語已盡之中，借女嬃作一轉關，便可移而他訴。下面陳辭上征，占氛占咸，總從女嬃一詈生出。布陣幻絶。

**箋** 既已自負，倚恃前聖，黨人嫉妬，志士所不問，有前聖自可壓黨人，體解真不足懲也。忽逢女嬃，攢眉無所。骨肉涕淚，情景不堪。即有前聖，未易以壓至親。體解又似應懲矣。嬃之舉鮌者。顓頊五世而生鮌，屈原同出顓頊之後，故引本宗以爲戒也。蚤死曰殀。誰復無死，而不得盡其天年，是則骨肉之大恨乎？「終然」者，婞直之人，其勢必至於是也。原自負曰死直清白，前聖所厚。嬃曰婞直亡身，前聖所誅。原之自負曰「佩繽紛其繁飾」，謇謇不能舍，好修是常，紛有此内美，得意在此。嬃之言曰「汝何博謇而好修，紛獨有此姱節」，受罪正在此。無辭以對其姊矣。原之自負曰「非世俗之所服」，「退將獨修吾初服」，欣然以爲能判在此。嬃之言曰「判獨離而不服」，罪其判在此。又無辭以對其姊矣。至情相關切，則理有所不得辨，豈敢以姊之言爲非？但有慨世之不察不聽而已。然則「依前聖以節中」，毋爲不及，毋爲太過，庶幾不遺姊之憂，又不叛聖之訓。喟悶可解，從前之經歷，于兹可明乎？無詞以對姊者，竊欲有詞以對重華，是所欲就商也。舜誅婞直之鮌，而非誅忠直之臣，是尤所欲就祈也。

啓九辯與九歌兮，夏康娱以自縱。不顧難以圖後兮，五子用失乎家衖。羿淫遊以佚畋兮，又好射夫封狐。固亂流其鮮終兮，浞又貪夫厥家。澆身被服强圉兮，縱欲而不忍。日康娱而自忘兮，厥首用夫顛隕。夏桀之常違兮，乃遂焉而逢殃。后辛之菹醢兮，殷宗用之不長。湯禹儼而祗敬兮，周論道而莫差。舉賢才而授能兮，循繩墨而不頗。皇天無私阿兮，覽民德焉錯輔。夫維聖哲之茂行兮，苟得用此下土。瞻前而顧後兮，相觀民之計極。夫孰非義而可用兮，孰非善而可服。家，叶姑。差，叶蹉。輔，叶甫。

**品** 歷數古昔，緩言之，長言之，詞愈寬，悲愈促矣。章法善于取鬆。「用失家衖」、「用夫顛隕」、「用之不長」、「苟得用此下土」、「孰非義而可用」，五「用」字遞相映發。

**箋** 此至「浪浪」，皆陳詞之言也。事在重華之後者，重華之所未知，故歷舉以陳也。帝降而王，三代遞衰，無亂不備。中天之帝，豈知後世之日，變一至是哉？使舜而一一聞之，涕淫淫下矣。悲世憤俗，不獨原矣。堯舜得路，原所並稱，詞不陳堯而專陳舜者，繇帝降王，自舜始也。其獨詳於夏衰也。禪禹者，舜也。舜憂其子之不肖，不堪以付天下，爰託之禹，乃未再傳。而禹之孫不復纘禹之緒矣，豈獨禹之靈恫？舜倍爲恫矣。嘆五子之失家，原以自比也。宗臣與國共存，國破而家亦亡，憂國所以憂家，未聞有獨存之身也。是則所可對女嬃者也。五子之作歌，原之作騷，一也。歷言羿、浞，比今日之誤國者也。楚將不復爲楚也，慶幸澆隕，望後日之興楚者也，楚之子孫尚有能爲少康者乎？蓋知懷王之不復振，而殷殷焉盼之後人也。少康之中興未幾，而桀復敗之，亂多治少，今古皆然。繇桀而紂，何可勝道？然非其祖宗之咎也。追念禹湯以及成周，其儼敬論道，心法治法，何一不謹？舉賢授能，三代一轍，總之循繩墨以去頗而已。黨人之背繩墨以追曲，尚可令三代之君見且聞哉？皇天無私，非茂行不歆久矣。有德乃有土，存乎所用之久矣。君胡不聞焉？低徊以思，向所欲奔走先後，「追前王之踵武」者，玆且瞻前顧後而已，無以致之于君，而空相視于民計其所極。未有非義而可用，非善而可服者也。用此下土者，以義爲用者也。從吾初服，「判獨離而不服」者，總以善而斷其服者也。凡民皆然，而謂臣可改以事君乎？民之德，天覽之；民之計，我相觀之。天之目，寄于吾之目矣。無有異矣。天欲擇主而無可輔，原欲計民而無繇計。天與原交困矣。

阽余身而危死兮，覽余初其猶未悔。不量鑿而正枘兮，固前修以菹醢。曾歔欷余鬱邑兮，哀朕時之不當。攬茹蕙以掩涕兮，霑余襟之浪浪。

**品**　「哀朕時」與「獨困窮乎此時」相應，「霑襟浪浪」與「太息掩涕」相應。文心節奏之妙，在于陳辭自寬，破涕爲笑，乃不覺忽然淚下，止不得，説不得，凄黯至此。

**箋**　既悼世變，而因以自悼焉。向所云「九死其未悔」者，今似不能不悔矣。不悔之于初，不能不悔之於終矣。女嬃之所詈者，曰「終殀」，怖其終，故詈其初也。此曰「阽危初猶未悔」，堅于初，益愴于終也，非變節也。君不我聽，死而無益于君，是以愴也。后辛之葅醢，又將復見于今矣，其固然矣。姊之所謂「終殀」者必驗，原之所謂「修吾初」者無益矣。前聖之所厚，不足以敵姊之所憂矣。如是，而安得不歔欷鬱邑，俟時將刈者，竟無時矣。向哀民生，兹且哀朕時，自哀之不暇，無暇哀民生矣。向哀民生，太息掩涕，未遽沾襟也。兹哀朕時而掩涕，終之霑襟浪浪，不能竟掩矣。涕之下也，其爲姊而下耶？雖有重華，無如原何矣。種種欲陳之辭，不得不忽然咽斷，舍重華而他之矣。

跪敷衽以陳辭兮，耿吾既得此中正。駟玉虬以乘鷖兮，溘埃風余上征。朝發軔於蒼梧兮，夕余至乎縣圃。欲少留此靈瑣兮，日忽忽其將暮。吾令羲和弭節兮，望崦嵫而勿迫。路曼曼其修遠兮，吾將上下而求索。飲余馬於咸池兮，總余轡乎扶桑。折若木以拂日兮，聊逍遥以相羊。前望舒使先驅兮，後飛廉使奔屬。鸞皇爲余先戒兮，雷師告余以未具。吾令鳳鳥飛騰兮，繼之以日夜。飄風屯其相離兮，帥雲霓而來御。紛總總其離合兮，斑陸離其上下。吾令帝閽開關兮，倚閶闔而望余。時曖曖其將罷兮，結幽蘭而延佇。世溷濁而不分兮，好蔽美而嫉妒。暮，叶姥。索，叶穡。具，叶局。下，叶户。予，叶與。

**品** 就重華以陳辭，慷慨自欣，淚無可下。涕霑襟以浪浪，蕭條自愴，辭不堪陳。既爾弗免涕霑，哀朕時之不當。似乎前聖不足恃，胸中無所得矣。亟承一語，曰「耿吾得此中正」，所哀所得，並行不悖。文勢善用相形相反。以施其捷翻，既爾得中正而上征，又似乎獨立可以無懼，緩步可以無憂矣。「朝發」以至「望余」，復寫得無刻可安，無處可住。上天下地，但有顛狂，魂神意識，忽彼忽此，善于自道煩亂之懷。「上下求索」一語，尤爲前後炤應之連環。此言「溘埃風」、「發蒼梧」、「騰鳳鳥」、「開帝閽」，繇下而上也。後言「登閬風」、「次窮石」、「觀四極」、「周天乃下」，又從上而下也。「路修遠」、「使先驅」、「爲前戒」，則又應前「來吾道夫先路」。求先而苦未易先，心愈急，事愈不可爲。説到將罷延佇，真屬眼穿腸斷矣。令弭節、令飛騰、令開關，三段互映，欲遲者務阻使遲，欲速者預催使速。蔽美嫉妬，起下「薆然而蔽之」、「嫉妬而折之」，路不獲先，患實坐此。

**箋** 「依前聖以節中」，則可以得中矣。「量鑿而正枘」，則可以得正矣。陳辭之中，參合世變，上下古今，蓋幾斟酌於其際，不敢爲一往不顧之思焉。視向之自信太過，又换一番參透，加一番明白矣，故曰至是而耿耿得之也。既明既得，於是乎以人間之身，開天上之眸，以宗國之裔，騁四方之轍，庶幾胸懷步武，益爲廓然乎？「溘埃風」者，人世塵埃之中，忽然飛騰也。「發軔蒼梧」者，舜葬蒼梧，陳辭爲向重華，則上征屬離重華，故軔從此發也。蒼梧爲塵世之恒區，懸圃在崑崙之絶頂，所謂繇埃而上征也。靈鎖，爲神靈門鏤之文。懸圃之中，宫宇畢備，故舉門以該宫也。靈之門可入而不欲留，帝之閽欲叩而不得入，事與心往往相違也。日暮弭節者，黄昏爲期，乃靈修與原之成約。期或一過，不可復得。故欲令羲和遲行以展其期，以竟其路也。勿迫，言勿急迫也。「上下求索」者，原自表其意中之事，經營無盡也。崦嵫，爲日入之山。咸池，爲日浴之處。扶桑，則日出之區。懸圃在西北，崦嵫在西。既至懸圃，又涉遠路，總轡扶桑，繇西而之東也。扶桑在東，若木又在西。既至乎東，又轉之西極。折西之若木以拂日者，若木之花，其光炤地，欲借以助日之大明，而又阻日行之毋西也。西忽東，東又忽西，願煩意亂，奔走無已時也。前之不敢少留，此之聊逍遥者，日將暮而時逼，故於西北之地，少留不敢。迨至追及東方，總轡扶桑，則日且再出而時不患不長矣，故相羊無妨也。時逼則望助，故欲羲和之遲，時長則我可自主，故於花光炤地，可以助日者。我且得折之拂之，以盡吾力焉。於是而望舒、飛廉、鸞皇，可以惟吾所使矣。乃雷師偏敢阻人也，前焉後焉，步步期其先者，又步步不得先。不如意之事，固嘗八九哉！然則遂以未具已乎？告余未者，雷師也。爲余先者，鸞皇也。吾益令鳳鳥之交飛焉。吾所慮者，日之將暮。羲和未必能弭節，則日不能不暮，吾令夜以繼日，則日不患其暮，以飛取速，夜以繼日，益取速焉。雷之阻我者，風且助我矣，飛廉風伯吾所令在後奔屬者，今且添飄風之在前，帥雲霓而來迎矣。向之思上下求索者，兹且總總離合，光采交陸離于上下間矣。總總，衆也。總總離合者，望舒、飛廉既聽使令，雷師宜有同心，乃偏告余以未具，此合中之離也。飛廉風伯既係在後奔屬，則飄風之無定在者，原自相判，不在約束之内，不在前迎之列。乃忽然以相隔者，又在前而帥雲霓以相迎，此離中之合也。局敗于意中，緣或湊于意外，故兼言以結之，曰「紛總總」、「班陸離」也。乘埃之意，存乎上征。以蒼梧視玄圃，則蒼梧爲下，玄圃爲上。以玄圃視帝閽，則玄圃、扶桑皆爲下，帝閽爲上。愈征而欲其愈上，庶以避塵世之苦，故終之以帝閽也。開關倚望者，欲見帝之懷，急于速見也。恨未具，繼日夜之懷，總期一速。待自叩閽而後見，則遲矣。令閽先開關，倚門而望我之至，而後見可速，志可慰。然天上亦豈有此如意之事哉？前之「日忽忽其將暮」者，兹又「時曖曖其將罷」矣。「折若木以拂日」者，無所用之矣，空結幽蘭以延佇而已。吾欲以夜繼日，而夜之曖曖，終不可爲日之昭昭也。溷濁不分，舉世實多夜景也。乘埃上征者，不能不仍在塵埃之世也。天關不可開，世路不可避。蔽美嫉妬，實繁有徒，柰之何哉！

朝吾將濟於白水兮，登閬風而緤馬。忽反顧以流涕兮，哀高丘之無女。溘吾遊此春宮兮，折瓊枝以繼佩。及榮華之未落兮，相下女之可詒。吾令豐隆乘雲兮，求虙妃之所在。解佩纕以結言兮，吾令蹇修以爲理。紛總總其離合兮，忽緯繣其難遷。夕歸次於窮石兮，朝濯髮於洧盤。保厥美以驕傲兮，日康娛以淫遊。雖信美而無禮兮，來違棄而改求。覽相觀於四極兮，周流乎天余乃下。望瑶臺之偃蹇兮，見有娀之佚女。吾令鴆爲媒兮，鴆告余以不好。雄鳩之鳴逝兮，余猶惡其佻巧。心猶豫而狐疑兮，欲自適而不可。鳳皇既受詒兮，恐高辛之先我。欲遠集而無所止兮，聊浮游以逍遥。及少康之未家兮，留有虞之二姚。理弱而媒拙兮，恐導言之不固。世溷濁而嫉賢兮，好蔽美而稱惡。馬，叶姥。佩，叶備。詒，叶異。理，叶賴。盤，叶蒲延反[一]。巧，叶考。

**品**　前云朝夕上征，泛言其地，處處魂飛魄散。此云朝夕求女，實指其人，刻刻意惹情牽，語複而旨互殊。吾令豐隆，吾令蹇修，用二複字，與前對竪。總總離合，溷濁蔽美，用二複句，與前對竪，法度嚴整。「忽反顧以流涕」，應前「忽反顧以游目」。「余猶惡其佻巧」，應前「時俗之工巧」。相觀四極，應前「相觀民之計極」。「日康娱以淫遊」，應前「日康娱以自忘」。「來違棄而改求」，應前「夏桀之嘗違」，娱于朝廷之政事，不容娱也。娱于天上之遨遊，不妨娱也。違于君德之恒度，不容違也，違于求女之轉想，不妨違也。意相反，字偏用相同最工造幻。

**箋** 既已曖曖將罷，日不能不暮矣，於是不得不復言朝矣。前繇崑崙之玄圃而求見帝，茲復再繇崑崙之白水而求得女。發軔爲陸行，茲爲水行。志白水者，爲溷濁之世嘆也。惡埃則乘埃風而上，所以避埃，惡濁則還白水而濟，所以避濁也。帝未易可見，而女尚冀可求，則同此低徊崑崙之中，念較苦，意較悲矣，高丘爲楚山，既登閬風，忽然反顧而嘆無女者，哀楚無可求之人，故欲他往也。使楚有人，毋須此僕僕矣。春宫爲東方青帝之舍，前繇玄圃之西，以歷扶桑之東，此又繇崑崙西北之地，以遊春宫之東。東者，萬物之所生，故歷歷欲繇西以之東也。原之所佩者以芳，茲之所繼者以玉，佩不厭多也。「折若木以拂日」，不能得之于天，「折瓊枝以繼佩」，尚可恃之於己也。且求女而無以詒之，未易致也，吾將以道吾意於下女，而因以達夫神女焉。不直言詒女，而言詒下女者，無媒而徑進，非禮也。故不敢言詒女，而言相擇下女在所可詒也。有可詒者，有不可詒者，下女則自致之，虙妃則解佩而託之謇修，可不可之别也。前云「雷師告余以未具」，忿然不肯綏依雷師，而急託繼日夜之鳳皇。至此又不得不託豐隆之雷師，以求虙妃矣。前嗔之，茲又望之矣。求則藉豐隆，冀其勇以速也，理則藉謇修，冀其婉以達也。虙妃溺水而死，原負自沉之死志，男則欽彭咸，女則覓虙妃，各從其類也。君嘗與我有成言，後乃悔遁而有他，前言散矣。結言者，固結之而俾毋遁毋散也。虙妃爲伏羲之女，謇修爲伏羲臣，俾其臣以求其女也。「紛總總其離合」者，無女則爲離。「相下女之可詒」，則離而若可合。「求所在」，託謇修，則在於合與離未定之間，情緒交錯，則「總總」之謂也。祈見女之與祈見帝，同一況也。「緯繣難遷」者，謇修之不效，虙妃之不我許也。妃不我許，如織絲者經之有緯，如引繩者纆之有繣，彼自守其一定，不因我而遷移也，所謂「使君自有婦，羅敷自有夫」也。於是朝濟以登者，不得不夕歸矣。暫舍於窮髮，而終返於洧盤。洧盤之水出崦嵫山。始之濟白水，遊春宮，繇西而之東，末兹復從春宮歸崦嵫，則繇東而仍之西矣。濯髮以自致吾潔也，濟以白水，濯以洧水，總之避溷濁之世也。驕傲淫遊，原之自道也。虙妃不我許，吾自保吾之内美而已。雖哀無女，豈肯喪志？未嘗不高自命也，未嘗不静自樂也。「保厥美以驕傲，日康娱以淫遊」，姑玩世肆志焉，可乎？上官之詆原，「非我莫能爲」，在於驕傲。衆女之謡諑，在於善淫，至此而皆不復自辨矣。任爲驕傲，爲康淫，以實彼之言。不必喋喋於不傲不淫矣。蓋自堅之中，深寄自嘲焉。既而又自警曰「康淫傲驕」，何嘗即損吾之内美，然雖信美而於禮法有越矣，何不違棄虙妃而别改求賢女乎？既從白水春宮，窮髮洧盤，遍歷東西，亦可從白水數處之外，再歷南北，是之謂覽觀四極焉。「周流乎天余乃下」者，所謂下而索也。登閬乘雲，皆爲上索不可遇，故又下索也。言觀、言下，而屬之周流乎天者，從天視下，所視始審也。始之返顧高丘，未嘗不相觀，乃竟無人也。虙妃有人矣，不知其所在，不得而見也。兹曰見有娀，望瑶臺，有人矣，有在矣，得而見之矣。直須媒耳，俾鴆爲媒而鴆反讒間，將令鳩爲媒而鳩則佻巧，兩媒無一可託焉。然則棄媒自適乎？義有所禁矣。爰再擇媒，莫如向者爲我飛騰之鳳皇，可託以受詒下女之事，斯媒之最良哉。既已自快，又自驚也。鳳凰既肯受我之託，爲我致詒，然捷足之中尤有捷足者，猶恐高辛之我先，而鳳凰之未足畢吾事也。虙妃不可得，有娀又不可獲。然則已矣，將逃之他國，如彼少康得妻于二姚者乎？及其未家而先留之，可乎？庶幾不恐先我乎？乃又有懼焉。懼理弱媒拙，能先而不能固也。不能固則結言可以仍渝，先無益也。向藉豐隆，欲以威强索之，向斥鳴鳩，恐以佻巧敗之，强者不足賴，巧者不足使，弱且拙焉。而又無可望，狐疑猶豫，欲集無止，於此極矣，莫余助矣。溷濁之風，蔽美稱惡，日深一日矣。其層引古女，於溺水宓妃之外，獨屬之簡狄、二姚者：簡狄生契，思得賢佐如契，偕與事君也；二姚則係少康國亡，逃之他國，娶二姚以爲妻，夏復重興。原料楚之必至於覆滅，思有中興如少康者，故又以寄意也。

閨中既以邃遠兮，哲王又不寤。懷朕情而不發兮，余焉能忍而與此終古。古，叶故。

**品** 四語結上叩閽、求女二段，文陣署一小住，與「既替」、「又申」同法。彼以「既替蕙纕」，結「紉」、「佩」、「搴」、「攬」、「滋」、「樹」諸語，以「又申攬茝」，結「墜露」、「落英」、「矯」、「貫」諸語。此亦兩語雙結，字句皆從一例。

**箋** 此總承朝發蒼梧、朝濟白水，而重致咨嗟也。閨中邃遠，則四極以祈求女，終不可求之說也。哲王不寤，則即叩閽以祈見帝，終不可見之說也。女與帝兩不獲晤，則此情復何所訴？將訴之溷濁之世人乎？彼實嫉我甚矣。永懷朕情而不得發矣，嘿嘿自忍而又不能忍也。人以爲當身之事，而原以爲終古之恨。以爲當身之事，可忍也；以爲終古之恨，不可忍也。身爲宗臣，孤負宗國，壞一時者，壞終古者也，若之何其忍而與此也。

索藑茅以筳篿兮，命靈氛爲余占之。曰：「兩美其必合兮，孰信修而慕之。思九州之博大兮，豈惟是其有女。」曰：「勉遠逝而無狐疑兮，孰求美而釋女。何所獨無芳艸兮，爾何懷乎故宇。」慕，叶綿。

**品** 前數段急拍促節矣，此復託之巫占，緩言之，長言之，文勢善取鬆。「索藑茅」與「索胡繩」相應。我尚得自主，則所索在收芳，我不敢自決，則所索在設占。「兩美必合」，應前「保美」、「改求」。「孰信修」，應前「吾好修」。「無狐疑」，應前「心猶豫而狐疑」。

**箋** 情不能忍，而又終無可訴，於是借占以發之。原之意中，叩帝求女。占之詞中，但言求女而不及叩閽。帝一而已，既不得見，無繇强也。女則可以旁求，繇前代以及今日，繇一處而及四方，尚可遍焉。不以閨中之邃遠，遽爾絕望也。紛有内美者，原也，兩美必合，自當有助原之美者也。楚國無有慕原、信原者，九州之博大自當有之，何必楚哉？心猶豫而狐疑，原之所戀戀於有娀也。曰「勉遠逝而無狐疑」，占之所勸達觀于九州也。覽觀四極，原未嘗不知九州之可遠逝，而卒自知之，又自迷也，故勉之也。原向九州而覓女，九州之人亦求美而覓原，彼此互相求也，所謂「兩美其必合」也。芳艸者，原所意戀，使九州有女而無芳艸，則原意或未易決，故又申言「何所無芳艸」也。求女、佩芳，兩者九州均有之，故宇真不足懷矣。

世幽昧以昡曜兮，孰云察余之善惡。民好惡其不同兮，惟此黨人其獨異。户服艾以盈要兮，謂幽蘭其不可佩。覽察艸木其猶未得兮，豈珵美之能當。蘇糞壤以充幃兮，謂申椒其不芳。佩，叶備。

**品** 大聲痛罵黨人一番，爲申椒揚其聲價。豈珵美之能當，起下瓊佩蔽折。

**箋** 此承占詞之既畢，復悵然自念也。占所云故宇之不足懷者，低徊思之，果不足懷。幽昧以昡曜者，衆人也，彼不能察余之善惡者也。幽昧以險隘者，黨人也，彼則好惡務異，不肯察余之善惡者也。謂艾可服，謂蘭不可佩，好惡相反，一至於此。女嬃所詈盈室，而原不服者，衆人實盈要矣。嗟乎！既不知芳，又安能知玉？吾向之折瓊枝以繼佩，廣冀見知者，總與香佩俱歸無用矣。抑又有甚焉，不惟謂艾可服，而且取及糞土以充囊，不惟謂芳不可佩，而且詆衆芳爲不芳。芳臭倒置，至此愈極矣。

欲從靈氛之吉占兮，心猶豫而狐疑。巫咸將夕降兮，懷椒糈而要之。百神翳其備降兮，九疑繽其並迎。皇剡剡其揚靈兮，告余以吉故。曰：勉陞降以上下兮，求榘矱之所同。湯禹儼而求合兮，摯咎繇而能調。苟中情其好修兮，又何必用夫行媒。説操築於傅巖兮，武丁用而不疑。吕望之鼓刀兮，遭周文而得舉。甯戚之謳歌兮，齊桓聞以該輔。及年歲之未晏兮，時亦猶其未央。恐鵜鴂之先鳴兮，使夫百艸爲之不芳。迎，叶御。調，叶同。媒，叶迷。

**品**　禹湯堯舜文武已經歷數，此又從巫咸口中再歷數一番，懷古之情，前修之志，三復不能已，複得津津有味。「百艸不芳」，與前謂「申椒其不芳」，互相翻洗。前罵黨人，毅然色壯，物性有常，蘭椒決無不芳之理，小人其如我何？此惴然神驚，時勢遞遷，恐百艸盡落鳴鴂之口，雖君子亦當懼矣。佳處尤在借占語相勉及時，伏下變而不芳之案，文陣如環。

**箋**　既已信占之所謂凶，故宇難懷，亟宜從占之所謂吉。九州當逝，乃占勉之以毋狐疑者，又猶豫而尚存狐疑也。一占未決，爰再占焉。靈氛之占吉凶，出於一人之獨斷。巫咸之定吉凶，則合百神之至止，山靈亦代我迎神焉。揚靈告吉，信有倍焉者矣。靈氛之言，祗就求女之一事，巫咸之言，則叶陳辭之至理，兼叩閽之莊論矣。其曰「勉陞降以上下」，即叩閽之所謂「上下求索」、「班陸離其上下」也。「求矩矱之所同」，湯禹儼而論道，則陳辭之所謂「循繩墨而不頗」，與「湯禹儼而祗敬」也。其曰「摯咎繇而能調」，說築丁用，望得舉而戚該輔，又即陳辭之所謂「舉賢才而授能」也。此咸之言，層層與原相合者也。「苟中情其好修，又何必用夫行媒」，則專翻求女之案焉。求女之難，使鴆鳩兩爲媒而不堪用，欲無媒自適而又不可，最爲狐疑，莫深于此。而忽然決之曰「何必媒也」，說以夢，望以卜，甯戚以歌，茲三者皆莫爲先容，忽然作合，是無媒之榜樣也。蓋原所欲效忠于君者，甚急甚艱，而巫咸所云作合于君者，則甚奇甚速矣。無故而合，昔之人何幸！日進而疎，今之辰何不幸也！原之言曰「日忽忽其將暮」，「時曖曖其將罷」，一日之中，常恐不及。咸之言曰「及年歲之未晏，時亦猶其未央」，一歲之內，不患無期。原之言曰黨人嫉妬，謂申椒其不芳。所憂者在人情。咸之言曰鵜鴂先鳴，百艸均爲不芳。所憂者在天運。此咸之言，層層與原相反者也。

何瓊佩之偃蹇兮，衆薆然而蔽之。惟此黨人之不諒兮，恐嫉妬而折之。時繽紛以變易兮，又何可以淹留。蘭芷變而不芳兮，荃蕙化而爲茅。何昔日之芳艸兮，今直爲此蕭艾也。豈其有他故兮，莫好修之害也。余以蘭爲可恃兮，羌無實而容長。委厥美以從俗兮，苟得列乎衆芳。椒專佞以慢慆兮，榝又欲充夫佩幃。既干進而務入兮，又何芳之能祇。固時俗之流從兮，又孰能無變化。覽椒蘭其若茲兮，又況揭車與江離。蔽，叶鼈。茅，叶謀。化，叶虎爲反。

**品**　承上「百艸不芳」，便可直入蘭變蕙化，却先從瓊佩作一低徊，然後跌入時變，文勢善于順中取逆。鳴鴂不芳，所慮者百艸，非謂蕙蘭也。繽紛蕭艾，失時落節，賢者亦不可保，矧其下焉者乎？於罵黨人寬一層，而於憑弔千古，號呼楚痛，又更深一着、緊一着矣。「委厥美」，應前「保厥美」。「何芳之能祇」，應前「湯禹儼而祇敬」。祇即敬也，愛芳不如敬芳，知敬則必不敢褻，而委之失實剽名矣。專佞慢慆，與能祇相反。況揭車與江離，翻前「扈江離」、「畦揭車」之案。至此不堪畦扈。

**箋**　此承咸占之既畢，而又悵然自念也。咸所代恐者，百艸不芳，爲原之芳佩慮。而原所自恐者，尤爲瓊佩慮。俗人之識甚淺，玉佩芳佩，總所不知，在我之寶宜惜。惜玉惜芳，欲其兩全。苟一佩被壞，一佩猶有，尚可自慰。若兩壞焉，愁難堪矣。此原之所以驚心於芳而亟先言瓊也。前曰「覽察未得」，「豈珵美之能當」，憂人之不能察瓊佩也。此曰「薆然蔽之」，非惟不能察，且不肯察矣。衆人雖工蔽美，玉之價不揚，玉之質無傷也。隄防黨人，則尤恐其毀吾玉而折之焉。下手最毒，勢必至此，又不止於不肯察矣。恐黨人之折玉，既不敢銜玉以示它人，嘆天時之變芳，復無繇藉芳以明，故我兩佩於是乎交困焉。原真自憐亦自愧矣。向者黨人謂「申椒其不芳」，妬也，非真也，芳自在也。茲者蘭芷變，荃蕙化，天道物理，竟助黨人以口實，真矣，非妬矣。尚敢曰「余情其信芳」乎哉？撫今追昔，何以至斯？慨嘆之餘，殆求其故而不可得。忽爲惘然，又忽而了然，曰「豈有他故哉」，世莫好修，賢者孤立，因而改節，比比皆然，害坐此耳。使天下有好修之人，則德隣互佐，同調交吹，必無有茲日也。於是而又致嘆焉。他卉易變，固不足道，幽谷之姿，不以無人而不芳，可恃莫若蘭，竟爾至此乎？喪芳之實而空列芳之名，俗不重芳，以此從俗。因兩美之不得合，遂自委其美也。蘭之隱情，吾知之矣，罪在此矣。椒之罪則有甚焉。蘭之不芳，止於枯槁自棄，未敢爲佞也，未敢學人之慢慆也。椒而專意爲之，百醜具備，非僅不芳也。樧之罪又有甚焉，「蘇糞壤以充幃」，衆實逐臭，豈堪身入？乃欲與同充夫佩幃乎！愈變愈下，口不忍道，耳不忍聞。總之罪繇於干進而已。競進而不厭者，黨人也。進不入而離尤者，原也。安於不進，則士君子之志節自存。以予競進，則人世之變態何盡？既干既務，而欲自祇其芳，尚可得乎！非人之輕己也，實己之自輕也。意有所不能靜，則勢有所不能守，固其所也。芳者人人之所同，而能祇與不能祇殊者，干進不干進之異也。蓋才賢變節之病根，上下千載，經原一語抉盡矣。咸所云鵙鳴不芳，氣序爲政，歸之于天。原所云干進不祇，貪婪爲病，歸之于人。始之撫今昔而可嘆者，茲則無復可嘆，而但有可恨矣。時俗之工巧，有志者所不問，時俗之流從，無志者所逐波。椒蘭既爾，又況其他？揭車江離，不堪再問矣。

惟茲佩之可貴兮，委厥美而歷茲。芳菲菲而難虧兮，芬至今猶未沬。和調度以自娛兮，聊浮游而求女。及余餙之方壯兮，周流觀乎上下。沬，叶迷。下，叶户。

**品**　不芳之後再自說芳，文心善于衰中取壯。菲菲難虧，應前菲菲彌章，昭質未虧。「和調度」，應前「不改度」。

**箋**　此原既慨世，而又鄭重自道也。茲佩，即衆芳之佩也。舉世之蘭、芷、蕙、椒、揭車、江離，既已與俗皆變，種種不足貴矣。然我之茲佩，未嘗同變也，可貴自在也。樹蘭滋蕙之意猶昔也，扈江離與辟芷之意猶昔也，畦揭車之意猶昔也。衆人之於芳，委厥美以從俗，自委之也。吾之芳委厥美以歷茲，縱爲人所委棄，而吾閱歷至今，終不與俗從也。難虧未沬，始終以之，不分今昔也。沬，水沬也。凡芬敗，則濕蒸而生黯點如沬也。原之深于觀芬也。「和調度以自娛」者，原自有原之聲調，自有原之製度也。和者，合衆香而和之也。復言求女者，世既無與我同芳之人，不得不別求也。「周流觀乎上下」，則仍上下求索，陞降上下之說也。

靈氛既告余以吉占兮，歷吉日乎吾將行。折瓊枝以爲羞兮，精瓊爢以爲粻。爲余駕飛龍兮，雜瑶象以爲車。何離心之可同兮，吾將遠逝以自疏。邅吾道夫崑崙兮，路修遠以周流。揚雲霓之晻藹兮，鳴玉鸞之啾啾。朝發軔於天津兮，夕余至乎西極。鳳凰翼翼其承旂兮，高翱翔之翼翼。忽吾行此流沙兮，遵赤水而容與。麾蛟龍以梁津兮，詔西皇使涉予。路修遠以多艱兮，騰衆車使徑待。路不周以左轉兮，指西海以爲期。屯余車其千乘兮，齊玉軑而並馳。駕八龍之蜿蜿兮，載雲旗之委蛇。抑志而弭節兮，神高馳之邈邈。奏九歌而舞韶兮，聊假日以媮樂。行，叶杭。疏，叶須。予，叶與。待，叶持。邈，音莫。

**品** 前曰瓊以繼佩，於芳之外特取玉焉。又曰豈珵能當，恐瓊受折，未敢專恃玉也。到此而所珍所恃，乃全在玉。瓊羞瓊粻，則即飲蘭露、餐菊英之旨也。雜瑶爲車，則即雜杜蘅之旨也。玉鸞玉軑，復無一而非玉焉，層層與誇芳相對，文陣甚整。朝發天津，夕至西極，與前朝發蒼梧、朝濟白水，凡三複而意各變。前係原自抒懷，此則從占之言也。抑志，應前屈心而抑志。讒人所欲抑我者，今吾消沮而自抑，字法回顧處，淒涼萬端。

**箋** 靈氛、巫咸兩皆致占。此承靈氛而不及巫咸之吉占者，咸之占，援引帝王，理解弘闊，比氛尤勝。而時命難逢，不敢徼倖。原之所慮，在於有媒，猶恐未合。而咸乃曰「何必用夫行媒」，此豈易冀之事哉？氛之言在避禍求女，向九州以覓賢，意專責原。而咸之言，則望君之爲桓、爲丁、爲文王、爲湯禹，意專責君，此又豈易期之時哉？是以偏從氛而歷吉將行也。駕言出遊，以寫我憂，則何必懷故宇之説，真可用也。瓊枝瓊靡，即向之瓊佩也，向以爲佩，而今以爲羞爲粻。吾之所以用玉者多途矣。向之瓊佩，惟恐黨人之折之，兹則折取其枝，精鑿其屑，無往而不有用。任黨人之妬我折我，而吾之所以禦之者多術矣。芳落則可飱，玉碎則亦可飱。甚哉！原之廣于用芳、廣于用玉也。駕飛龍而雜飾瑶象，駕欲速，車欲文也。以瓊玉備飱，亦以瑶玉飾車，又一用玉之法也。衆芳既已多變，故叠言玉也，玉鸞、玉軑交取諸玉焉，又一用玉之法也。芳可以及物，玉秖以自珍。不能及物，則秖自珍，故從前皆言芳，至失意而始專言玉也。吾將遠逝者，向爲吉占，勉以遠逝，猶有狐疑焉，今無可狐疑矣。疏曰自疏者，世既棄我，我亦棄世。已矣已矣，不待讒人之疏我矣。「邅吾道夫崑崙」者，環轉而周此山也。篇内言崑崙者，與此而三。玄圃爲一至，閬風爲再至，皆崑崙之巔，至矣未周也。此則欲環而周之，語複而意則遞换矣。「路修遠以周流」者，環轉此山，故路倍修遠也。「揚晻藹」，去障蔽也，「鳴啾啾」，志和聲也。前縣玄圃至扶桑，縣閬風遊春宮，皆自西之東。此回旋崑崙而專曰「西極」，曰「西皇」，曰「西海」，不復言東也。東南爲發生之區，西北爲藏死之地。原殆含悲寓恨，以西北之陰慘爲終局，而不復有發生之望乎？世將不可治，身將不可留乎？鳳凰翱翔，向所屢託以爲同志者，故隨所往而思與之偕也。求女非鳳凰不可使，獨行亦非鳳凰不可偕也。赤水出崑崙，前於玄圃不肯少留，閬風亦急他遊，此獨從容留連于赤水者，前係繇崑崙而他之，意不在崑崙，故亟去之。此欲邅吾道于崑崙，故徐遵而容與也。遵赤水則皆水行，故言津、言涉，槩歸水況也。陞天而謁帝閽不得如意，涉水而謁西皇，尚冀如願。原之又一轉念也。騰車使徑待，既渡水而就陸，預爲之備也。騰，飛騰也，言速也。路遠，故愈欲車速也。徑待，使之預待也。衆車以備更換，預待以備承接，其或軸壞馬瘏，有此更換承接者，預爲之所，庶不至無備而底滯乎？崑崙在西北，不周山又在崑崙之西北。既邅轉於崑崙，又左轉於不周，西而愈極其西焉。西海則又繇陸而水矣，西方之地於此窮矣，故曰指之以爲期也。「屯余車其千乘」，即騰待之衆車也。不渡水而仍從陸，則前日預待之車，今日更換之用也。昔之鳴玉鸞者，兹復齊玉軑，昔之駕飛龍者，兹復駕八龍，昔之揚雲霓者，兹復載雲旗，所歷之西方固已遍矣，將安之乎？地至此而盡，志至此而竭，前欲羲和弭節，以待我之速行，兹則自抑其志，自弭其節，不復求行矣。志欲有爲則急，意已無聊則遲，遠騁之懷既止，空有高馳之神而已。不復遠騁，而偷閒無事，奏歌舞韶「聊假日以媮樂」而已。向之「就重華而陳辭」，許多莊論，許多雄心，兹之奏九歌而假日，莊語付之逝水，雄心付之冷灰矣。向之嗤黨人曰偷樂，惟恐日之將暮，不肯同彼偷樂之事，兹之假日以媮樂，去偷樂者幾何乎？淪胥以鋪，莫憶于此，莫痛于此。一任夫日之暮，無復抱憂，即幸而日之不暮，無復可爲矣。

陟陞皇之赫戲兮，忽臨睨夫舊鄉。僕夫悲余馬懷兮，惓局顧而不行。亂曰：已矣哉！國無人兮，莫我知兮，又何懷乎故都？既莫足與爲美政兮，吾將從彭咸之所居。

**品**　從「媮樂」後接入「忽睨」，愁從中來，已亦不解其故，寫得光景惝怳癡迷。佳處尤在不自言愁，但曰僕悲馬不行，僕何所戀？馬何所知？徒以舊鄉之故，矧舊君哉！非一死必不足以報君，決從彭咸根因，明白自洗，願依之非過忠。

**箋**　此承「高馳」、「媮樂」而言也。遠騁則窮極于涉海，高馳則窮極于登天，神馳邈邈，庶幾陟彼陞皇，以永爲媮樂之臣，不問人世乎？而忽然又臨睨乎舊鄉也，從高視下，不能不見，從樂生悲，又不能不愁也。僕夫猶知悲，余馬猶知懷，而況國之宗臣乎？嗚乎！所謂從靈氛之吉占者，至此而愈從之，正愈不能從矣。氛曰孰信修而慕之，何必懷故宇，吾亦曰國無人莫我知，何必懷故都，此與氛同者也。氛曰兩美其必合，當向九州而從美女之所在，吾曰莫足與爲美，當向水中從彭咸之所居。氛欲其生，原矢以死。欲得從巫之吉，仍不得從氛之吉也，尚忍言哉！

**【校勘記】**

[一]「蒲延反」三字原脱，據集注補。

# 楚辭卷二

## 遠遊

悲時俗之迫阨兮，願輕舉而遠遊。質菲薄而無因兮，焉託乘而上浮。遭沉濁而汙穢兮，獨鬱結其誰語。夜耿耿而不寐兮，魂營營而至曙。惟天地之無窮兮，哀人生之長勤。往者余弗及兮，來者吾不聞。

**品** 作遠遊之本懷，開口二語道盡，悲俗也，非真延年求仙也。欲浮遭沉，字義對映，「質菲薄」，起下「質銷鑠」，「魂營營」，起下「毋滑而魂」，「汙穢」起下「穢除」。「天地無窮」四語，大聲哀呼，章法工于噴起。卒章無天無地，無見無聞，與此相應。

**箋** 生不逢三五，而日與小人爲儔，此屈子之所深恨也。「悲時俗之迫」，則欲其舒之也。「悲時俗之阨」，則欲其廓之也。既已生非其時，居非其俗，而欲舒焉廓焉，能乎哉？但有空發一願曰「輕舉而遠遊」而已。時不可移，俗尚可擇，故欲以遠擇之也。擇之世內，舉世皆然，遠亦何益？人間不可處，天上或可依，故願上浮也。無所託，不能遽上浮，故願之而又自疑曰：焉得託乘也。質能輕舉，則不待託，今質不能自舉，無因而輕，故欲借所託而冀得輕也。菲薄，猶言庸劣也。不能浮則日沉，清氣上浮，濁氣下沉，今之時俗濁也，污也，穢也，積濁得污，積污得穢，周身所遭，彌積彌累，彌累彌重，祇有永沉而已，能輕乎？能浮乎？夫是以自疑而益自嘆也。鬱結之懷，環連夜曙，其誰知之？營營者，魂欲經營他之，而卒無繇他之也。質沉而魂不能升也，否泰互復，天地自在，人生幾何？烏能堪此？其誰忍以當身而受此長勤乎？往世之治，非吾所及見，來世之治，非吾所得聞。嗚呼！現在之痛，真難言矣。

步徙倚而遥思兮，怊惝怳而永懷。意荒忽而流蕩兮，心愁悽而增悲。神儵忽而不反兮，形枯槁而獨留。内惟省以端操兮，求正氣之所由。漠虚静以恬愉兮，澹無爲而自得。聞赤松之清塵兮，願承風乎遺則。貴真人之休德兮，美往世之登仙。與化去而不見兮，名聲著而日延。奇傅説之託辰星兮，羨韓衆之得一。形穆穆以浸遠兮，離人羣而遁逸。懷，叶胡威反。

**品** 求正氣，是通篇大宗旨。下文因氣變，精氣入，餐六氣，審壹氣，層層承洗。爲忠臣，爲神仙，總從正氣煉出，下語確有關係。「虚静」、「無爲」，起下「虚以待之」、「無爲之先」；「休德」，起下「和德」。「化去不見」，起下「遥見」。「聞清塵」，起下「保清澄」、「氛埃清涼」、「超無爲以至清」。通篇總從此段埋伏。託辰星，應焉託？羨得一，應自得。既曰化去而不見，又曰名聲日延，何名根之未斷也？既羨韓衆之仙隱，又先言傅説，抑何仕根之未斷也？文心妙處，全在自賣破綻，以寄憤託。

**箋** 「耿耿」、「營營」，夜況也。「步徙倚」、「意忽蕩」，曙況也。至曙之後，藉散步以遣懷焉，夜則意斂而静，歸于三魂，曙則魂開而隨，騁乎衆意。曙之愁，其庶減于夜乎？永懷增悲，視夜乃反倍矣。前曰質菲薄而魂營營，形既不能離，魂亦不能出也。此曰神倏忽而形獨留，魂猶可飛而形決不可變也。求氣承則，形以寢遠，神既專而形漸脱也。氣者，妙夫形神之間者也，故求之必自氣始也。曰「端」、曰「正」，此中自有至當之道，非旁門邪術之所可幾也。無爲者，長勤對症之藥。漠也，澹也，虚静恬愉也，乃沉濁汙穢對治之劑。故求氣必首舉之也。虚静澹漠恬愉，則心日清，無爲則德日休，以是承餘風而美往世。赤松，真人，豈有外哉？往世之化去者，聲名留今。吾之化去，亦聲名延後矣。所苦乎焉託乘而上浮者，有傅説之託辰星可法也。所求乎無爲而自得者，有韓衆之得一可法也。傅説視赤松爲近，韓衆視傅説又爲近，時代可攷，冲舉俱在。氣之既求，形亦穆穆，穆穆則質與形，將不復爲我累矣，可以遁矣。未能遽遠時俗，固已離矣。

因氣變而遂曾舉兮，忽神奔而鬼怪。時髣髴以遥見兮，精皎皎以往來。超氛埃而淑郵兮，終不反其故都。免衆患而不懼兮，世莫知其所如。來，叶賴。

**品** 「遂舉」、「忽奔」，語工噴發，從衰廢寥落中，造此奇壯之談。「終不反」，應前「倏忽不反」。「免衆患而不懼」，自道出遠遊實情，不敢作大言以欺世。

**箋** 前曰求氣，此曰氣變，形不可變，氣可變也。質菲形留，苦不可言。氣變曾舉，快不可言。欲質之輕舉則無因，以氣變而曾舉則有因。曾，言累也。是積累之所致也。吾所羡者，在登仙之正果，而今幸矣，忽然而爲神奔矣，忽然而爲鬼怪矣。神不逮仙，鬼不逮神，而已有其端矣。不得爲仙且爲神，不得爲神且爲鬼，遁逸從此始矣。前欲與化去而不令人見，兹且可以髣髴而時令人遥見。化去不見而後能往，不見又遥見而後能往而復能來。形，易見者也，化去不見，則形反藏于穆穆；精，不可見者也，不見又可遥見，故精反呈於皎皎。既皎皎以往來，則無處不可往，無處不可來，而決言之曰「終不反其故都」。何深惡而痛絶之甚也？穢濁迫阨，不堪復履，一反則患又至矣，懼又生矣，世知之而無繇脱矣。不妨遥見而又欲令世莫知，遠遊之懷苟求免而已。悲哉言乎！

恐天時之代序兮，耀靈曅而西征。微霜降而下淪兮，悼芳艸之先蘦。聊彷徉而逍遥兮，永歷年而無成。誰可與玩斯遺芳兮，長鄉風而舒情。高陽邈以遠兮，余將焉所程。

**品** 超挨免患之後，文勢文意，已直趨「順凱風而從遊」、「聞至貴而遂徂」。徑爲世外之人，却拈出世内之情，悼芳無成，低徊留戀一番，不忍遽去。急處能用緩，直處能用曲，此言高陽邈以遠，次段又再言軒轅不可攀，乃曰將從王喬，到底戀祖宗，戀君王，深根難謝。到無可如何，始遁之於仙伴，又自標出破綻以示憤託。

**箋** 既自謂免衆患而不懼，可以無恐矣，可以無悼矣，可以不嘆事業之無成矣。乃猶有恐焉，猶有悼焉，猶有無成之嘆焉。浮世既脱，悲根尚存，爲人不怡，爲仙亦不樂。芳艸者，人世之佩，既已遊仙，琪枝玉樹，一切不死之艸，何所不有？而眷眷於人間之蘭芷也，戚戚於人間之霜降也，逍遥自遣而仍嗟一生事君之志未成就也。甚哉原之善言餘悲也！又申之曰「誰可與玩此遺芳」，爲臣則孤臣，爲仙亦孤仙。既四顧而嘆無侶，亦鄭重而不輕索侶。言念宗派，遠屬高陽，盡忠之志，因於同宗，遊仙之懷，仍欲遡吾宗而已。赤松、韓衆之儔，又總不若高陽矣。前曰「終不反其故都」，此曰「高陽」，又欲反其故都矣。邈遠焉程，則欲反而苦不堪反矣。

重曰：春秋忽其不淹兮，奚久留此故居。軒轅不可攀援兮，吾將從王喬而娛戲。飡六氣而飲沆瀣兮，漱正陽而含朝霞。保神明之清澄兮，精氣入而麤穢除。戲，叶虛。霞，叶胡。

**品**　前段已用緩用曲，此復洗前，求氣以益施其緩與曲。前之緩曲在文勢，此之緩曲在理解。

**箋**　既已低徊而不忍遽去，又再決計而無繇欲留，人世之春秋自短，仙家之日月自長，以短易長，不能也。故都之不可反，故居之不可留，已矣已矣！宗派既遠，聖王不作，軒轅帝代與高陽俱邈矣，季世之日無復可立之朝、可事之君矣。王喬舍太子之位，而志於學仙，吾亦何難舍宗臣之位，而從之娛戲哉？前曰「因氣變」，此曰「飡六氣」，氣變之道必有所始，能飡而後能變也。此所謂因也，飡氣之法，春食朝霞爲日出，夏食正陽爲日中，秋食淪陰爲日没以後，冬飲沆瀣爲夜半，并天地玄黄之氣爲六焉。全言六，而又單言三者，夜半日中屬于子午，道家所尤喫緊，朝霞則一日之功總在晨起，故又複言之也。世之時俗，自多汙穢，苦無以除之。我之神明，本自清澄，須有以保之。以飡氣者收天地之精氣，入而助我之清澄，則可以出而除彼之麤穢矣。即日遭沉濁，自有不遭者矣。精氣非能飡無繇入，無繇入則無繇助，本有之清澄不可保矣。「精皎皎」者，我所自具之精也。精氣入者，天地六氣之精也。除穢易，除麤難，至細莫若氣，故除麤必藉氣也，細則化，麤則滯，積滯而穢生矣。故除穢先除麤也。

順凱風以從遊兮，至南巢而壹息。見王子而宿之兮，審壹氣之和德。曰：「道可受兮，而不可傳。其小無內兮，其大無垠。毋滑而魂兮，彼將自然。壹氣孔神兮，於中夜存。虛以待之兮，無爲之先。庶類以成兮，此德之門。」垠，叶魚堅反。存，叶才緣反。門，叶謨連反。

**品** 六氣，從原自言之。壹氣，從王子授之寫出，得訣功省。前所憂於我者曰麤穢，小無內而何患麤。前所憂於世者曰迫隘，大無垠而何患隘。

**箋** 飡氣之後，乃可乘風。麤穢既除，則重濁以去，身斯輕矣，可以順風而御之矣，鄉風之懷，可以舒矣。前所云欲遠遊者，至此而始真能從之矣。有遊必有息，息者，晝行而暫息也。南巢，其中途也。前所云將從王喬者，至此而始真得見之矣。有見必有宿，宿者夜止而託宿也。王子，其皈依也。一日之力不可以遽竭，則以暫息爲程。求誨之意不易以倉卒，則以就宿爲候。此初遊之次第旨趣也。前曰「飡六氣」，此曰「審一氣」，非六不能博收，非一不能煉要也。先言六，後言一，繇博收而之煉要也。羡韓衆曰得一，問王子曰審一。得一，其証果之日；審一，其下手之功也。貴真人曰休德，審一氣曰和德，和而後能休也，休言止也。不和則攖寧日起，無以止也。清明須自保，精氣須自入，能受之則入矣，不能受之則拒之出矣。不入矣，此非師友所能代，故曰可受不可傳也。前之願求氣，曰「內惟省以端操」，自以爲訣在是矣。此曰小無内，大無垠，以爲外則莫非外者，以爲内則更有内者，然後知求内之未得訣也。前之願託乘曰「魂營營而至曙」，自以爲力盡是矣。此曰「毋滑而魂，彼將自然」，有意持之，不若無意養之，然後知疲魂之空費力也。前之飡六氣，歸重於三氣，以夜半日中日出，尤致重焉。此之審壹氣，則又畧日中日出，而獨致重於中夜，晝動而夜静，晝寤而夜寐，嚮緊之中，固更有嚮緊者也。前之求所繇，曰「漠虚静以恬愉」，此曰「虚以待之」，專言虚，而不必兼言静漠恬愉。虚則動亦静，紛亦漠，搶攘亦歸恬愉，不俟更言静漠恬愉也。一虚之内，萬感皆在其中，故曰以待也。前曰「澹無爲而自得」，冀以無爲得之，此曰「無爲之先」，則并不俟枯守夫無爲矣，無爲固已落後矣。前曰「永歷年而無成」，嘆免患之衹自了，無益人世也，此曰「庶類以成」，則自度而兼度人，所成更大矣。有和德焉，有休德焉，我以此爲門，成遍庶類，則天下俱以此爲門矣。

聞至貴而遂徂兮，忽乎吾將行。仍羽人於丹丘兮，留不死之舊鄉。朝濯髮於湯谷兮，夕晞余身兮九陽。吸飛泉之微液兮，懷琬琰之華英。玉色頩以脕顔兮，精醇粹而始壯。質銷鑠以汋約兮，神要眇以淫放。行，叶杭。英，叶央。

**品** 「至貴」，即前「貴真人之休德」。未得其門，不敢徂也，既聞德門，豁然大悟。承上句，應前旨，寫得躍起如見，吸泉液，懷玉英，又從餐六審一中，別創一修煉服食方法。文陣能助厚，文意能標新。

**箋** 繇此至末，既宿之後，又復他往，則遞遊之次第旨趣也。未得其術，須參訂皈依于王子。既聞其言，秘術已盡，薰修可以自砥，不妨恣吾之所之矣。夫是以遂徂而忽行也，行而又就焉留焉。王子之外，又有其人有其地矣，此再遊之程也。留而復遊，則暘谷爲三遊之程矣。「濯」「晞」「吸」「懷」，皆所以收天地之精氣也。前所嘆者形枯槁，今則色美而顏澤矣。前所祈者精皎皎，精氣入，惟恐麤穢雜之，未醇未壯也，今則除不待除，益以壯矣。前所憂者質菲薄，今則消鑠而汋約，不須愧菲薄矣。既言顏色之佳，又言消鑠者，既得真容，益脱凡胎也。有道之氣象無癡濁相，無强梁相，故愈潤而愈柔弱也。前所嘆者「神倏忽而不反」，今要眇而淫放，不待言倏忽矣。先言色質，後言精神，覿外以知内也。非醇粹不能壯，壯非助長之所幾也。非要眇不能放，放非縱恣之所幾也。是皆以小心積累得之者也。

嘉南州之炎德兮，麗桂樹之冬榮。山蕭條而無獸兮，野寂漠其無人。載營魄而登霞兮，淹浮雲而上征。

**品** 煉魂易，載魄難，仙家必須换形一番，乃堪證果。至載魄上征，尤超居衆仙上乘矣，寫得有致有色。

**箋**　暘谷爲東，南州則爲南，蹠東之南，斯爲四遊之程矣。嘉南州而獨言桂樹冬榮，蓋霜降芳零之嘆，至是不須悼焉。一生舊恨銷于新景，此原之所以志喜炎德，不厭蕭條，不妨寂寞者也。載營魄者，人生所苦，坐于魄不能升，爲輕舉之累。餐氣審氣以後，仙顔則日以充周，凡質日以銷鑠，胎骨俱换，魄以之輕，昔所嘆形留者，兹不患留矣，昔所冀形以寢遠者，今不止于能遠矣，昔欲託乘上浮，别覓所載者，今不待託乘矣，足以自載而自浮矣。昔遭沉濁而鬱結者，兹淹浮雲而上征，愈征愈上，不止於浮矣。登霞者，身躡霞表也。餐氣爲漱霞，至此爲登霞，氣足而功成也。蹠前從息南巢，宿王子丹丘，暘谷南州，總屬世間之仙界，其地仙耶。至此而始言上征，則天上之仙界矣，蓋又五遊之程矣。

命天閽其開關兮，排閶闔而望予。召豐隆使先導兮，問太微之所居。集重陽入帝宫兮，造旬始而觀清都。朝發軔於太儀兮，夕始臨乎於微閭。屯余車之萬乘兮，紛溶與而並馳，駕八龍之婉婉兮，載雲旗之逶蛇。建雄虹之采旄兮，五色雜而炫燿。服偃蹇以低昂兮，驂連蜷以驕驁。騎膠葛以雜亂兮，斑漫衍而方行。撰余轡而正策兮，吾將過乎句芒。歷太皓以右轉兮，前飛廉以啓路。陽杲杲其未光兮，淩天地以徑度。風伯爲余先驅兮，氛埃辟而清涼。鳳凰翼其承旂兮，遇蓐收乎西皇。擥彗星以爲旍兮，舉斗柄以爲麾。叛陸離其上下兮，遊驚霧之流波。時曖曃其曭莽兮，召玄武而奔屬。後文昌使掌行兮，選署衆神以並轂。路曼曼其修遠兮，徐弭節而高厲。左雨師使徑待兮，右雷公而爲衛。欲度世以忘歸兮，意恣睢以揭[二]撟。内欣欣而自美兮，聊媮娛以淫樂。麾，叶吁爲反。波，叶補基反。樂，叶五教反。

**品** 前面遊而息宿，息宿而復徂行，徂行而復留，隨處擔閣。到此方詣天閽，寫出路程最有次第。「屯車」以下極意鋪張，誇稱儀從，如鄉村人驟至城郭，説得數日不了。因處世間困苦寥落之極，故倍羡天上出入繽紛之歡。口角情景，帶憤帶諧，最爲有致。

**箋** 此皆上征之遊況也。曰命、曰排、曰召，登天之氣焰，驅使如意，赫奕多端，視前世間之遊，加一倍矣。曰導、曰問，初至而索途也。曰集、曰入、曰造、曰觀，既至而縱步也。太微宫垣，爲天之中，帝庭所屬，故首問焉。清都，則帝都也。入必集重陽，觀必造旬始者，不歷九重，宫闕不盡，不别造星躔，帝都不遍，深入而宫闕，遍出而都城，此天上之初遊也。太儀，亦爲天帝之庭。繇此而又他之焉，則天上之繼遊矣。於微閭，爲東北之山，繇天之中央，歷天之東北，故下臨是山也。屯車駕龍，雲旗虹旃，服也，驂也，騎也，種種儀衛，指數難盡，應接不暇。視前世間之遊，加百倍矣，非復無人無獸之寂景矣。丹丘之山，不死之鄉，不足道矣。「容與」、「逶蛇」，寫車旗之安徐也。「偃蹇」、「驕鶩」，寫馬之神駿也。「方行」者，結隊方軌之謂也。雜亂之中，仍自整齊也。「過乎勾芒」者，東方之神爲勾芒，緜東北而又過正東也。東北爲偏東，勾芒正東，故曰「正策」也。斯則天上之三遊乎？右轉，則其經歷曲折之區也。飛廉啓路，陽尚未光者，日出惟東，至東而日尚未出，言至之速也。夕在東北之於微閭，故此以晨言也。「凌天地以徑度」，則緜東而又他度也。斯則天上之四遊乎？風伯代先驅，則超氛埃者，不待自言超矣，有爲之辟者矣。願承清塵者，不待承矣，無往而不清涼矣。「遇蓐收於西皇」，緜東之西，於此相遇也。前緜東北過正東，其途曲，故曰「右轉」。緜正東之正西，其途直，故曰「徑度」也。前以雲爲旗，以虹爲旄，此以彗爲旍，以車爲麾，又換一番物色焉。光華愈盛，力量愈大也。陸離上下，驚霧遊波者，上之陸離則若驚霧，下之陸離則若遊波也。采色轉動，不可定也。「時曖曃其曭莽」者，緜東北之夕，至正東，則爲次日之晨，故曰「陽杲杲」。緜正東而之正西，又將爲是日之夕，故曰「曭莽」也。東爲日出，西爲日入，故分言之也。召玄武，後文昌，選署衆神，驅使愈多，百靈受役，前所云王子、韓衆、赤松、羽人，俱不足道矣。始求爲仙不得，求得爲神，得爲鬼，自喜氣變。玆則衆神憑吾之所選汰矣，正果真就矣。世間所懼，曜靈西征，輒爲意急，不敢徐弭節也。玆天上飛遊，不憂時之曖曃，路即修遠，吾仍紆徐，雨師雷公，供吾左右之使，令日短而仍長，路遠而仍近矣，足以自信矣。可自度兼可度世，其在斯乎？前曰「免衆患而不懼兮，世莫知其所如」，祇求身免，未暇爲人，惟恐世之知之也。玆則隨往如意，世間短晷，吾能延之，世間遠途，吾能縮之。并度一世，何止一身？惟恐世之不知之也。前曰「終不反其故都」爲憤，此曰「忘歸」爲樂。「意恣睢以揭撟」，視未遊時意蕩增愁異矣。「内欣欣而自美」，視未遊時空美往仙異矣。如是而曰「聊媮娛以淫樂」，視初欲遊時，聊彷彿以逍遥異矣。萬端愁緒，此際其盡空也哉。

涉青雲以汎濫游兮，忽臨睨夫舊鄉。僕夫懷余心悲兮，邊馬顧而不行。思舊故以想像兮，長太息而掩涕。氾容與而遐舉兮，聊抑志而自弭。

**品** 思舊故以想像，説得情誼關切，不得不反。故鄉，與「泛濫」二字相呼應，天上之遊雖快，然泛濫縱蕩而已，獨身出入，無復親故，同在天上也，既爾掩涕，又説遐舉，欲反不遽反，文勢善用曲。

**箋** 前曰「淹浮雲以上征」，此曰「涉青雲以汎濫遊」，上征而後，俱屬天界往還也。所遊非一處，故曰「汎濫」也。初登則所撥者浮雲，既登則所涉者皆青雲也。涉雲之内，許多侍衛，許多供應，之彼之此，樂極矣，不知有世間矣，不知有愁事矣。忽然從上臨下睨夫故鄉，忘歸者倏爾不忘也。一念驟至，萬感交集，到底天上亦非解憂之地矣。世緣不斷，仙者固如是乎？此原之所自嘆自嘲也。始以離俗而志昇仙，兹且離仙而仍墮俗。目前所見，仍是相隨之僕夫，仍是顧而不行之邊馬。所謂雷公、雨師、飛廉、風伯、豐隆、文昌、玄武諸靈，供我使令者，不知散歸何處矣。所謂八龍萬乘，驂也，服也，騎也，一切供我撰轡者，亦不知散歸何處矣。一念之差，百神萬騎皆遁矣。一切仙人之伴侶，不足以敵舊故之思，一切恣睢之欣美，不足以敵太息之懷。勉强容與，欲再遐舉，而高厲之志，不足以敵自抑之心。嗚呼！墮而下矣，天上之身，依然入時俗之儔矣。

指炎帝而直馳兮，吾將往乎南疑。覽方外之荒忽兮，沛罔瀁而自浮。祝融戒而蹕御兮，騰告鸞鳥迎虙妃。張咸池奏承雲兮，二女御九韶歌。使湘靈鼓瑟兮，令海若舞馮夷。玄螭蟲象並出進兮，形蟉虬而逶蛇。雌蜺便娟以增撓兮，鸞鳥軒翥而翔飛。音樂博衍無終極兮，焉乃逝以徘徊。浮，叶扶昆反。歌，叶居友反。

**品**　前曰「臨睨夫舊鄉」，抑志自弭，便當竟反楚國矣。乃置楚不言，但說炎帝、南疑近楚之地。自遣於神女音樂之間，又何欲反不敢反也？文心善用慘。

**箋**　繇此至寒門增冰，復言世界之遊況也。既從天上而睨夫故鄉，則不能不亟指故鄉，而自求税駕矣。辭天上而入人間，舍天上之西方，而就人間之南土。九疑則近楚之山也，炎帝則近楚之方也。登天則爲乘雲而上浮，履地則爲涉水而自浮，方外罔瀁之區，固舟楫之所必至也。登天則自皆不死之仙儔，履地則祇迎溺水之虙妃與灑淚之二女。登天則直入天上之帝宮，履地則祇奏人間之帝樂。登天則驅使皆風伯、雨師、雷公，履地則鼓舞倩之湘靈、海若、憑夷。此相殊者也。登天則八龍驂服，效其飛騰，履地則玄螭虫象，競其出進。登天而雄虹鳳凰供旗旄，履地而雌蜺鸞鳥備玩好。此相同者也。總之世界，漸非天界，相異者固輸一籌，即相同者亦輸一籌矣。終之曰音樂愽衍者，臨睨反鄉之念，不勝其悲，藉絲竹以消遣之也。爲咸池，爲承雲，爲韶歌，爲瑟爲舞，種種畢備，故曰「愽衍」也。焉逝者，有斯音樂遺懷，不須他之也。

舒并節以馳騖兮，逴絶垠乎寒門。軼迅風於清源兮，從顓頊乎增冰。歷玄冥以邪徑兮，乘間維以反顧。召黔嬴而見之兮，爲余先乎平路。門，叶彌巾反。

**品** 欲反不敢反，總因無人代爲平路耳。「并節」、「軼迅」，言速反也，反之可速，全仗路之先平。「邪徑」，應前「正策」。「反顧」，應前「臨睨」。

**箋** 既低徊於南方，故鄉之思盡在是矣，可以復反於楚矣。而又馳焉軼焉，别求迅焉。以抑志自弭者，復爲并節之騖，舍南言北，歷寒門，求從顓頊者。時俗迫阨，欲反而不敢反，故終不能南也。顓頊是從，則原之祖派。縱有蓬島之仙，天上之帝，終不以易吾念祖之思也。故初言遠遊，以高陽焉程爲始恨，歷言遠遊，以從顓頊爲終局也。得從顓頊，則地上之遊，仍可以爲天上之行。故又曰「歷玄冥以邪徑，乘間維以反顧」也。乘邪徑者，言取道之捷也。天有六間，地有四維，皆可以合乘。則前之分別地上天上者，固自不待分也。法祖之力，有倍于修仙者也。黔嬴，爲造化神名。祖德合而造化隨所召矣。「爲余先乎平路」者，「來吾道夫先路」，事君自矢之夙志也。黨人以異路誤之，君墜昌被，己亦墜荆棘。君路不得入，己路亦不得平焉。使得召造化而爲余先平路，處處無憂矣，不須避故都矣。此原自傷之慘懷，而終以禱祈者也。

經營四方兮，周流六漠。上至列缺兮，降望大壑。下峥嶸而無地兮，上寥廓而無天。視儵忽而無見兮，聽惝怳而無聞。超無爲以至清兮，與泰初而爲鄰。聞，叶無巾反。

**品** 「經營」四語，括盡全局。語簡力大，千載賦家，未有此等結法。無天無地，無見無聞，憤絕恨絕，却使千載共讀者，不知其爲憤恨。手筆高貴，幽渺難尋。

**箋** 四方六漠，此總結通篇之遠遊也。屬之天界者，於微閭爲東北，過勾芒爲正東，遇西皇爲正西，此上至列缺之四方六漠也。屬之地界者，順凱風爲從南之北，陽谷爲正東，南州爲正南，臨睨之後將往南疑，又爲南，寒門、玄冰爲正北，所云淍瀁海若，則地界之大壑屬焉。此降望大壑之四方六漠也。因悲時俗，故欲遠遊地界，以上歷天界，既歷天界，而臨睨忽悲，又舍天界而遠歷地界。履地登天，有見有聞，總之不能不悲。所云「哀人生之長勤」者，真不能不勤矣。「願輕舉而登仙」者，皆爲無益矣。氣即變，道即傳，均無以遣悲矣。然則如之何？其必下無地，上無天，耳無聞，目無見，萬類盡滅，一身頑冥，然後所恨于遭沉濁者，至此而始不知所恨乎？澹無爲者，始得超無爲，承清塵、保清澄者，始得稱至清乎？與時俗爲鄰者，始得與太初爲鄰乎？若尚有天有地，有見有聞，未免有情，安能已已。甚哉，原之深於悲也。

**總品** 通篇許多曲折，大意大勢，則只三層。開口「悲時俗之迫阨」至「形枯槁而獨留」，哀訴受形亂世，不能遠遊之苦。迨忽然氣變，從苦得樂，樂不可言，中間詳説仙遊歷遍世間天上，無復分毫堪憂矣。乃忽然臨睨，又從樂得苦，苦益不可言。既已再苦，又再尋樂，仍馳往於世間，馳騖於天上，徬徨反顧，但有見聞盡絶，苦乃永不作乎？三層慘悰，直欲暗日月而翻山海。

**【校勘記】**

［一］「揭」，原作「擔」，據楚辭章句疏證改，下同。

# 楚辭卷三

## 天問

曰：遂古之初，誰傳道之？上下未形，何由考之？冥昭瞢闇，誰能極之？馮翼惟像，何以識之？明明闇闇，惟時何爲？陰陽三合，何本何化？化，叶虎爲反。

**品**　疊問易俳，看他逐段變化處。誰傳、何考，誰極、何識，劈作分對。「何爲」、「何本」、「何化」，連作一團。此其變法也。昭闇之後，又説明明闇闇，有單拈者，有複洗者，又其變法也。

**箋**　題名天問，開口乃從遂古莫傳、未有天之先，以爲發問之始。蓋欲問其無繇問者也。此原一腔之深恨，非混沌之泛談也。自有天以來，世間物理人事，無一而不令人可疑，無一而不令人可憤。種種弗堪，難言難盡，不知莫傳未形之先，可憤可疑者，又更何若也？「冥昭瞢闇」者，冥而昭，昭而復瞢闇也。此未形中，將形之光華，閃動倏忽也。「馮翼」者，漸若有可馮者焉，漸若有旁翼者焉。斯則將形之時，微有影跡光轉現而爲像也。「誰能極」者，純昭則可見其所極，今冥而昭，昭而復瞢闇，無四方之可測也。「誰能識」者，有像自可識，方有憑翼之内像猶未堅，非目力之可據也。「明明闇闇」者，明而愈明，闇而愈闇也。斯時視冥昭瞢闇之互混倍分矣。「何爲」者，何所作爲也。謂盡無爲，光景何以忽異？謂屬有爲，機緘孰與料理也？有陰有陽，又有陰中之陽，陽中之陰，三者合焉，到底是一是三？何者爲本？何者爲化？理即在氣内，氣即在理内，而又終不得混之，終不得析之。此亦千古學人無能了解於其際者矣。宋儒所謂太極生兩、陰陽動静之説，屈子一言蔽之矣。於陰陽之外，另拈一太極以爲本，則太極與陰陽顯然成三。是太極有形也，不得不又增以無極。屈子只言陰陽之合，而不言三是何物，更渾淪莫破矣。

圜則九重，孰營度之？惟兹何功？孰初作之？斡維焉繫？天極焉加？八柱何當？東南何虧？九天之際，安放安屬？隅隈多有？誰知其數？天何所沓？十二焉分？日月安屬？列星安敶？出自陽谷，次于蒙汜。自明及晦，所行幾里？夜光何德？死則又育？厥利維何，而顧菟在腹？女岐無合，夫焉取九子？伯强何處？惠氣安在？何闔而晦？何開而明？角宿未旦，曜靈安臧？加，叶基。屬，音注。分，叶敷因反。在，叶紫。明，叶芒。

**品** 前總言天地，此以「圜則」四語、「八柱」二語，分言天地。着此八語作挈綱，下面又再分説天地，孰營孰作，焉繫焉加，字法又一變換。安放安屬，一句兩疊，句法又一變換。日月各着四語，段法又一變換。純言天象之中，忽及女岐、伯强，別施穿插，以破板破直。乃仍説明晦星宿，歸之天象。章法又一變換。

**箋** 此言既形之後，種種堪疑，不能盡闢其妄，不能確察其有。原蓋借此疑團以抒憤端也。謂天圜九重，孰判之而爲九？孰削之而使圜？此非人工之所能爲也。天未形而忽形，又非天工之所能自爲也。謂天積氣，何以必九？何以必圜也？九重之中，從何重爲初作之程？此非次序之所可言也，又非無次序之所可言也。凡物必有幹，乃可不墜，必有維，乃可下垂，天清上浮，究竟繫在何處？言天者曰南極北極，究竟此極加之何方？將極之外，別有置極之處耶？抑無置極之處耶？地稱八柱，以地承天，以柱承地，仰承所當，果在何處耶？下濁成地，東南不足，何故而不足耶？將解之曰：地勢西北高而東南下也。當其初凝，何故高下耶？天之有九也，以此天載彼天，誰爲放頓？誰爲連屬耶？既已有九，則必有隅隈，每一天共幾隅隈耶？此數問者，幻而未易知者也。至天周地外，則天地相沓之實理，每歲十二辰，則四時相會之常度，二曜隨天，諸星分舍，易見易知，似不待問。而循跡在今，習爲固然。鈎玄於始，則日用恒見之中，舉皆不可解之事。天地既判，清濁相分，又何以包裹相沓？曰子、曰亥，古人創立名字，何所憑據？迄今判不可易。日月列星，光華初凝，形質誰爲派置？迄今森不可淆。斯則所問愈顯正愈微矣。若夫日行幾里，曆家以爲周天赤道，計里一百七萬四千，日行晝夜一周，春秋二分，晝夜各行其半，夏長冬短，一進一短，各行其什之一。淮南子以爲出于暘谷，至于蒙谷，自晨明至定昏，凡行九州七舍，計里五億萬七千三百有九。豈不具載里數？然一切揣度之言耳。誰爲夸父追日，親知其確乎？月之盈虧，因乎日光。原豈不知？而造句務奇，曰死、曰又育，原其有深感耶？懷之入秦而不返也，原之將投水而求死也，不能如月之又育明矣。又曰「顧菟在腹」，原其更有深感耶？使無此微黑之兔影，月光豈不倍明？何所利而藏之腹也？蓋受障于讒，至上不明之隱喻也。其忽接女岐也，有天有地，因以有人。乾道成男，坤道成女，而女岐無合，乃生九子，成男成女之莊論，亦有不足憑者也。伯强害人，惠氣養人，無繇知害人之何處而驅之？無繇知養人之何處而就之？夫又安得不同哉？其又復言明也，願明不願晦，原之懷也。願如日之大明，不願如星之小光，又原之懷也。何闔何開，未旦安臧，則原所傷，而益不得不問也。

不任汩鴻，師何以尚之？僉曰何憂？何不課而行之？鴟龜曳銜，鯀何聽焉？順欲成功，帝何刑焉？永遏在羽山，夫何三年不施？伯禹腹鯀，夫何以變化？纂就前緒，遂成考功。何續初繼業，而厥謀不同？洪泉極深，何以寘之？地方九則，何以墳之？應龍何畫？河海何歷？鯀何所營？禹何所成？康回馮怒，地何故以東南傾？

尚，叶嘗。行，叶户郎反。聽，叶平聲。施，叶所加反。化，叶虎瓜反。寘，與填同。填，叶敷連反。歷，叶勒。

**品**　三才鼎立，天地之氣運，或非其人而壞，或得其人而補。天象非人所能營度初作，而地形則專資人所奠安。前「九天之際」一段詳言天，下文「九州」以下詳言地。却將治洪水之人事，插在中間，章法又一破板破直處。「鴟龜曳銜」句法出奇處，段段整對。「纂就」一段，放句單行，段法錯綜處。鮌、禹之後，忽遡康回，地之難奠，苦於洪水，乃康回一怒，比洪水爲更烈。章法又一出奇錯綜處。

**箋**　堯之任鮌，此千古君臣之恨端；禹之不能救鮌，此千古父子之恨端也。故敘次天地日月之後，而亟繼以禹鮌之事也。信任上官，懷之不聰，原所深嘆，而知人爲艱，帝猶爾爾。曰「何以尚之」，「何不課而行之」，蓋曰誤信之嗟，自帝世而已然矣，何獨今哉？原以宗臣不能救懷之死秦，禹以子不能救鮌之永遏。曰「何以變化」，「何續初繼業，厥謀不同」，蓋曰難贖之痛，自大禹而已然矣，豈獨吾哉？甚哉，斯文之悲深也！「鴟龜銜曳」者，飛鳥親高，水族就下，類既各殊，性亦各逆，欲使之互相銜曳而不相違，必無之理也。言鮌之治水，不知用順而逆也。國語稱其「墮高堙卑」，以高爲卑，則是欲鴟下而從龜，龜曳鴟以入也。以卑爲高，則是欲龜仰而從鴟，鴟銜龜以飛也。「何聽」者，不知鮌之何故而取法于是也。「順欲成功」者，不違高卑之勢而從水之性也。鴟龜互相曳銜則逆，鴟還鴟性，龜還龜性，則順功自可成，刑何所加？而鯀顧昧之也。「三年不施」者，鯀之治水，九載弗成，堯乃行永遏焉。當其三載考績，成敗足以立知，用逆不用順，必無成理矣。何不立施羽山之法，而又遲之九載方責其無成也？是堯之于鯀既未能知之于初舉之日，而又未能知之于三載之際也。課而行之，而猶然不覺也。師尚之儔，亦不聞糾舉也。豈生靈厄數應當未滿，聖神明斷亦未易蚤決耶？是則仰問而茫然者矣。「伯禹腹鯀，何以變化」者，是父是子，宜相肖似，乃鯀逆水以治水，九載之久猶不知轉移，而何以禹獨反父之所爲，自生其變化也？一家之中，智愚頓殊，一至於此。禹所纂者，即父之緒，所成亦即父之功，而謀乃不同。禹何不以其謀告之父耶？將禹時尚幼耶？觀禹貢既修太原之説，因鯀功而修，則鯀之所治，禹亦有不盡改者矣。父受過，子受成，此禹一生之恨，而亦千古之共嘆也。何填何墳者，承繼業不同而言也。墳，墳起也。左傳所謂「灌地，地墳」是也。九則，九州之則壤定賦也。墮高堙卑，鯀以此受罪。古今稱禹，皆曰反鯀所爲。然洪泉亦有極深之處，何以填之使平？欲分九則之壤，何以起之使高？若謂禹盡不用墮高堙卑之法，亦未易盡信也。總之，水之大勢既順，則墮堙亦未嘗逆。此不同中之同，同中之不同也。「何畫」、「何歷」者，禹之治水，應龍佐之，以尾畫地，何獨爲禹而畫，不爲鯀而畫也？禹導水以入河，導河以入海，應龍既爲之畫，其所經歷次第，龍跡何在？又何爲禹而歷，不爲鯀而歷也？禹藉龍之能，而鯀乃不得藉子之庇，天耶？人耶？再言鯀、禹者，總結前文也。不任汩鴻之人，而乃使營水，致曠然九載，究竟何所營乎？禹成考功而無救於其父，究竟何所成乎？蓋反覆於知人之難，行孝之未易也。其忽及康回也，鮌之後，奠地者禹也，鮌之先，傾地者康回也。注江注海，非藉怒傾之地勢，禹何繇成功哉？「何故以東南傾」，即前東南何虧之轉語也。歸之積形之自然，則何故偏不足於東南？歸之人事之使然，則所傳康回怒觸者，何故偏傾於東南也？地有八柱，乃虧在東南，豈東南之柱獨短耶？共工頭觸不周而柱折，豈東南之柱獨弱耶？

九州安錯？川谷何洿？東流不溢，孰知其故？東西南北，其修孰多？南北順墮，其衍幾何？崑崙縣圃，其尻安在？增城九重，其高幾里？四方之門，其誰從焉？西北辟啓，何氣通焉？日安不到，燭龍何照？羲和之未揚，若華何光？何所冬煖？何所夏寒？焉有石林？何獸能言？焉有龍虬，負熊以遊？雄虺九首，儵忽焉在？何所不死？長人何守？靡蓱九衢，枲華安居？靈蛇吞象，厥大何如？黑水玄趾，三危安在？延年不死，壽何所止？鯪魚何所？鬿推焉處？羿焉彃日，烏焉解羽？洿，音户。在，俱叶紫。照，叶之皓反。

**品**　「康回憑怒」與鮌禹相形，既結前段，此又即承「地何故以東南傾」一語，發揮「何洿」、「東流」及「東西南北」以詳言地。康回二句遂爲前後段之連環，文陣最爲不測。疊用「其」字，段法又一變換。詳言地中，忽插天象，曰「日安不到」、「羲和未揚」，以爲參差映帶，實則燭龍、若木皆言西北之區，連上西北，仍屬言地，未嘗一絲混亂也。其餘鳥獸草木，華夷壽夭，以盡地中之所産，而又再插天象。彈日解羽，以爲參差映帶，實則窮究烏落羽解確在何處，仍屬言地，未嘗一絲混亂也。章法整而變，變而整，備極爐火。

**箋** 此復詳言地也。八柱東南，已及於地，而未如言天之詳，故復補其説也。言地宜亟繼天，乃先言禹鯀再言地者，洪水既治而後地始奠也。均之地耳，何故錯綜而以爲九？真此之界不堪移於彼之界乎？均之土耳，何故窪而爲川，深而爲谷？豈混沌之時，預有濬之者乎？是皆至顯而實至晦者也。萬水歸東，不聞盈溢，其故安在？莫能身履而確見之，所云尾閭、沃焦之説，或以理解，或以幻言，總皆億度，屈子以一問掃盡矣。地體至方，東西南北長短，自當適均，而虧傾屬之東南，則西北之修，似多於東南，果孰爲多乎？東南同虧，而萬水皆歸東，則東之虧，又似比南更多，南較有餘於東矣。隋南之北，其順而狹長者，所廣幾何？淮南子所云：太章自東極步至西極，二億三萬三千五百里七十五步。豎亥自北極步至南極，亦二億三萬三千五百里七十五步，衹屬均停。既昧於修之孰多，又云闔四海之内，東西二萬八千里，南北二萬六千里，則東西反長，南北反狹，更昧於衍之幾何？後人紛紛妄説，原又以一問掃盡矣。崑崙之上爲玄圃，天下之山皆從崑崙發脉，則是諸山俱屬崑崙之前之左右分脉以出，非其背也。人身背後，脊骨盡處謂之尻。崑崙之頂既峻起天半，則其尻必深入地中，尻果安屬乎？背既未易見，尻愈未易知矣。玄圃已在崑崙之上，增城又在玄圃之上，高而愈高，是難以里計者也。談崑崙者，曰四百四十門，誰從此門出入而知其數乎？崑崙北門，開以納不周之風，何以必待西北爲通氣乎？若華燭龍，則亦皆西北之區也。西北無日之國，有龍銜燭以炤。崑崙西極，若木之華，其光可以炤地？何炤何光，原蓋於此有深感焉。使真有燭龍可以代炤，若華可以常光也，忠臣不患不明，浮世不患長夜矣。安得移而取之，以爲幽悲者一豁乎？莫不苦冬之凍，莫不苦夏之暑，使冬能煖，夏能寒，人心豈復怨咨哉？其地安在？庶幾可就否歟？百草欲芳而鳴鵙敗之，嚴霜瘁之。焉有石林，不憂瘁敗乎？我有繁言，不可結詒，人與人苦不相通也。何獸能言，人與獸竟可相聞乎？陸處者不能水居，類各有所殊，智各有所短。忠臣拙於爲佞，固自爾爾。焉有龍虬，負熊以遊，助其所短，水陸咸宜乎？雄虺九首，往來倏忽，安得知其定在，庶易以避乎？留不死之舊鄉，非飛騰不能至，安得知其定所，庶易以從乎？古有長人之國，今有人安在？所守何處乎？靡蓱之枲、吞象之蛇，世間異物，無所不有，莫得而親見者多矣，故雜以問也。山海經：「冥海之北有黑河。」淮南謂：「三危在樂民西。」玄趾，則異方有玄股之國。禹貢亦有三危黑水。經典可攷，而曰安在者？輿圖遥邈，實踐何人，滄桑遷變，安知今古之同否哉？故又以問也。前曰不死何所，此又問者，前問其地，此複問其年也。求仙競言延年，究竟幾何年乎？有止耶？無止耶？果真能與天地同盡耶？恐亦未易信也。鯪魚鬿堆，焉處何所，亦問靡蓱靈蛇之意也。焉躔焉解者，世俗共傳羿射九日，日落則日中之烏必墜，墜屬何地？烏墜則羽必解，羽果何存乎？古今以來，虛辭無稽，往往如此，驗其實則立窮矣。原以此問闢妄，非喜怪譎也。

禹之力獻功，降省下土方。焉得彼嵞山女，而通之于台桑？閔妃匹合，厥身是繼。胡爲嗜欲不同味，而快鼂飽？啓代益作后，卒然離蠥。何啓惟憂，而能拘是達？皆歸射鞫，而無害厥躬。何后益作革，而禹播降？啓棘賓商，九辯九歌。何勤子屠母，而死分竟地？帝降夷羿，革孽夏民。胡射夫河伯，而妻彼雒嬪？馮珧利決，封豨是射。何獻蒸肉之膏，而后帝不若？浞娶純狐，眩妻爰謀。何羿之射革，而交吞揆之？飽，叶備。降，叶胡功反。歌，叶巨依反。地，叶低。射，叶時若反。謀，叶謨悲反。

**品**　從前皆短句分段，至此却用數句作長段，章法又變換處。「射鞫」、「胡射」、「是射」，「作革」、「革孽」、「射革」，以字法添段法之映帶，又一變換處。

**箋**　繇此以後，皆詳言人事之治亂。亡王奸臣，既使人恨，聖主賢臣，亦未易滿人意。種種不齊，真難致詰。而兹則有夏一代之始末也，禹之治水前已道及，乃於此又複言之者，將言禹之傳啓，故復從禹爲開端也。言禹而若不滿于禹，言啓而若不滿於啓，蓋被誶之憤懷，借千古之帝王，以遞問而致疑也。苟可以謗，無一人而不可謗也。焉得塗山者，禹既勤力圖功，急爲下土計，則何不徑弗娶而行，乃又通之台桑，如非治水之順途，而特歸娶，則枉道既稽帝命，即因治水之順途而歸娶，則亦以娶妻而緩治水之期矣。雖曰四日無幾，而到底娶妻以圖繼嗣，謀身較急也。閔妃者，禹以治水爲閔民者也。先娶而後出，是閔民不如閔妃也，閔妃之匹合倍于閔民之陷溺也。快鼂飽者，禹娶四日而即行，固與常人戀家嗜欲不同，然總之不能不以身家爲先，譬之衆人之嗜欲則求飫於三餐。禹則求決於鼂飽者也，雖與三餐者殊，而務求一飽之意，猶然未能妄情於妻，未能妄情於繼嗣矣。言啓而獨曰「啓代益作后」者，此原之微詞也。堯舜皆官天下，禹乃家天下。禹未嘗不薦益，而啓卒以謳歌自居，是啓有意于代之，不欲讓之也。人盡歸啓，莫與啓爲孽矣，而忽有有扈之不服，是卒然離孽也。然則天下之謳歌啓，固有未全者乎？惟憂而拘是達者，父薦益則宜矢讓，此官天下之舊例，所宜拘者也。人不服則宜修德，此舞兩階之舊例，所宜拘者也。今啓偃然自居帝位，岔然而征不服，是專于憂勤，而凡歷來應拘之見，直以達節破之矣。啓于二帝之道合乎？否乎？此帝降而王一大疑案也，故以問也。射鞠無害者，啓以家天下，爲人所不服，宜有害于厥躬，損其德譽，乃與啓爲孽之人，卒歸啓所射盡，而啓之躬終不失顯名也。曰射者，諸國爲啓所勝，故以射言也。復曰后益者，啓雖代益作后，而益以禹薦，固當作后者，不妨題之曰后也。此又原一字之微辭也。作革播降者，因禹治水，稷乃教耕。凡天所降之嘉種，得以播之，是開播降之先功在禹。而益以掌火，烈山澤，則開治水之先又在益。稷之子孫與禹均有天下，益獨其後其身，兩無與焉。此又天地一大疑案也，故以問也。革，謂革故而從新也。作，創作也。益效力于治水之先，益固作革之始也。「啓棘賓商」者，棘，猶亟也，詩所謂「匪棘其欲」之棘也。賓，陳也。商，略也。九辯、九歌，即禹所云「九敘九歌」也。以所敘列者明辯而不容混，故曰辯也。言啓亟于纘禹之緒，陳列而商略此九者也。「胡勤子屠母，死分竟地」者，石破啓生，則是啓之母死而分裂，體不復全也。既已爲石，魄竟於地，形不復化也。禹勤於歸我子，而竟屠其母，以是爲問者，人生五倫，多不如意之事。堯舜以朱均爲子，而禹以啓爲子，禹之有賢子幸矣，乃父受永遏以死；啓以禹爲父，以仰纘父業爲快，於父之倫全矣，乃母屬化石以死。缺陷之端，何處不有哉？「帝降夷羿」者，古今大奸，未有非天之所降者也。天將亡是國，則特生是奸，而予之以亂國之才、亂國之膽，鬼神亦若交呵護焉，非偶然也。「革孽夏民」者，向卒然離孽而無害，茲帝以革孽其民，恐不能無害矣。「胡射而妻」者，奸人正當得志之時，百靈亦無如之何。河伯任其矢中，宓妃憑其夢狎，而況同朝之人，有不悉聽顛倒者乎？原蓋借羿以寫上官大夫之恨也，故以問也。夫亦曰帝之降之，胡令其至此極，而不爲少一節制也。帝不之督又何望哉！引弓射豨，蒸膏上饗，此真小人仰受帝降，滿志媚帝之秋，帝顧不以爲若焉。夫帝既降之矣，媚帝而又不之若乎？嗚呼！帝何見之晚耶？茲之不若，何如始之勿降耶？賢者常不幸，小人常幸，此又古今賢奸一大疑案也。浞合妻以謀羿，而曰「何羿之射革」者，羿革孽夏民者也，浞革羿者也。何羿之工於革夏，而卒被人所吞謀也？天耶？人耶？稱啓曰射鞠，羿曰射革，皆借射以言戰勝攻取之事也。益以作革，不能享有天下，歸之於啓，而羿以革孽纂夏，浞又以爰謀殲，羿之射革，啓亦烏知其後之至此哉！

阻窮西征，巖何越焉？化爲黄熊，巫何活焉？咸播秬黍，莆雚是營。何繇并投，而鮌疾修盈？

**品**　痛禹子孫被篡，忽再遡鮌，添其太息。章法幻處，胸中淒涼萬狀，恐禹亦不堪聞也。忠孝之淚，欲灑大千。

**箋**　此因夏祚之既終，而複遡夫鮌也。禹傳祚於其子，未數世而已止。禹欲蓋愆於其父，乃數百世，而鮌之惡終盈於天下。禹之所百求以贖鮌聲名者，身前身後交窮矣。力有所不得用，願有所不得慰矣。原蓋自悲其君宗臣同體，卒莫繇挽。故屢低徊于鮌禹之間，不厭複言之也。子且如是，何論宗臣也。「阻窮西征」者，羽山屬之東裔，永遏在東，不容西征，故曰被阻而窮也。「巖何越焉」，謂欲越巖以過，不可得也。「化爲黄熊」，永遏之後，國法不容偷生於中土，縱死而善化，非巫之所得活也。言魂魄總歸之羽山，巫即欲下招以祈魂之復活，不敢也。均之治水土耳，禹以成，鮌以敗。千百世下，播種去草，并投於畛隰之中，而誦禹之功者，歸鯀之惡。

嗚呼，鮌之疾愈盈，禹之心愈戚矣。

白蜺嬰茀，胡爲此堂？安得夫良藥，不能固臧？天式從横，陽離爰死。大鳥何鳴？夫焉喪厥體？蓱號起雨，何以興之？撰體脅鹿，何以膺之？鼇戴山抃，何以安之？釋舟陵行，何以遷之？安，叶一先反。

**品** 前後敘次夏事以及於湯，忽插此數行，錯綜其中。是章法變幻破直處。錯綜之中，仍復連貫，以國統不可常，神僊不可憑，物理不可定，爲忽莊論，忽旁及，比興相發之義。「天式縱横」，造語奇峭。

**箋** 前引有夏治亂，致疑于人世。此則致疑于神仙也。禹不能救其父之不殛，啓不能必其後之不亡，蓋事固難預料乎？乃事之未易料者，即神仙亦未能自必也。文子既化蜺持藥以與子喬，乃被擊而墮，何所持之不固也？尸墜而死，又何匿之不臧也？是變化之術疎也。式，法也。仙術仰法乎天，所當縱横自如，今乃被擊而陽死。陽死者，佯死也。離者，魂離而魄墮也。陽死之後，乃始化爲大鳥。其後既能化鳥以飛，其先又何墮體而死乎？則是可以變化於後，不能變化於先也，神仙猶有疎時，而况人哉！故以問也。至於天地之布氣，萬物之賦形，亦皆種種有不易知者。雨師忽興，膚寸驟合，異鹿見怪，首足重駢，誰能悉其所以然哉？獸之異有鹿，介之異又有鰲。安，置也。鰲之戴山抃舞，誰挾山而置其上者？釋舟陵行，再申鰲抃之説。惟舟可以載物，鰲之背固非舟也，戴山則水居之性變爲陵行矣，誰遷之而使變其性乎？

惟澆在户，何求于嫂？何少康逐犬，而顛隕厥首？女岐縫裳，而館同爰止。何顛易厥首，而親以逢殆？湯謀易旅，何以厚之？覆舟斟尋，何道取之？桀伐蒙山，何所得焉？妺嬉何肆，湯何殛焉？嫂，叶叟。殆，叶當以反。取，此茍反。得，叶徒力反。

**品**　先從少康説到湯，乃再説桀説湯，此又段法故意錯綜以破直處。何厚何取，命意甚奥。

**箋**　此言湯之伐夏，而復引夏代以爲開端也。不直言桀之失道，爲湯所併，而先言少康中興，忽繼以湯之易旅者，雖有中興之祖宗，不能救其後之不亡。此天道所以可疑，而人事不臧爲可恨也。「顛隕」、「顛易」，兩以致問者，姦臣之敗，亦有數存乎其間。當其應敗，則田獵在野，可藉多力以抗誅，可因曠野以逃生，而卒不得免焉。當其未敗，則同館爰止，豈不較易？兼以夜襲，復何能避？而竟誤認女岐，遂爾顛易。數耶？否耶？「親以逢殆」者，既脱易首之厄，宜可逃死，乃仍受顛隕之殆，親自逢之也。罪惡貫盈，固有候也。「湯謀易旅」者，少康以一旅復興者也，湯卒奪康後之天下，是易其旅也。「覆舟斟尋」者，國統猶之濟舟然，相依斟尋以期舟濟。澆滅相而覆其舟，少康滅澆興夏，湯復代其後，是又覆其舟也。何厚何取者，少康之得民甚厚，湯何以更厚，少康之取國甚工，湯何以更工？故爲疑訝之言。見夫少康之道，若子孫世守不失，湯未能厚之取之也。然後歸罪于桀，冷言之曰：伐蒙何得？得一妹嬉以亡其國，是爲有得乎？無得乎？伐人乎？自伐乎？于是又莊言之曰：美色害政，惑者自惑。桀實失德，非復一端。縱肆之罪，豈但一婦人？故曰「妹喜何肆」，寬喜之辜，所以甚桀之罪也。「湯何殛」者，微辭不滿于湯，放伐難免慚德，固借妹喜以爲兵端焉耳。

舜閔在家，父何以鱞？堯不姚告，二女何親？厥萌在初，何所意焉？璜臺十成，誰所極焉？登立爲帝，孰道尚之？女媧有體，孰制匠之？鱞，叶矜。

**品** 「何殛」之後，便可徑接下文「緣鵠飾玉」、同尹謀桀諸語，却於此穿插二女、有娀、女媧，又一章法破直處。「舜閔在家」與「禹閔妃匹」相映。澆桀之敗，繇寵婦人，舜之不告而娶，高辛氏之爲妃築瑶臺，豈不似昵其室家？然仍不妨爲聖帝也。國事之日非，君實聽讒失德，非盡屬婦人之罪。原蓋致慨於鄭袖，作此轉語也。使無上官大夫諸讒臣，即有鄭袖容何傷？

**箋** 此因澆桀均以婦人敗亡，而因遠遡前代妃匹女后之事也。舜何嘗無二妃，高辛何嘗無簡狄，女媧則居然以婦人宰制天下矣。「父何以鱞」者，舜之父母何故不爲娶也？「堯不姚告」者，疑聖人之急于從權，何故無禀命而遽親也？璜臺，即騷經所云乃望瑶臺，見有娀之佚女。王逸引吕氏春秋「有娀築臺，以飲食其女」是也。下文亦曰簡狄在臺，與此相應。則此爲簡狄明矣。抑臺上吞卵，登臺偶然之事耳。初意何所從起，而必於臺也？臺高十成，誰欲隆之而至此極？抑何以一妃之故，不憚費財也？女媧，史記謂女子稱帝。孰登立者，孰登女媧於民上推而立之也？天耶？人耶？乾道成男，坤道成女，陽乃統陰，陰祇承陽，是遵何道而崇尚一女人乎？女媧牛首蛇身，形體怪異。「孰制匠」者，孰爲宰制而匠造其形也？其殆天欲以大位予之，故欲異形表之歟？先言初萌，後言十成，先言登立，後言女媧，倒句以見奇也。

舜服厥弟，終然爲害。何肆犬豖，而厥身不爲敗？吴獲迄古，南嶽是止。孰期去斯，得兩男子？

**品**　再插兄弟二段，添文陣之錯綜。

**箋**　既歷言夫婦之際，而因及於兄弟也。五倫之内，缺陷多端。無所不有。舜之於象，以不賢之弟而處變者也。太伯、仲雍以讓王季，不得不他往，又以賢兄弟而處變者也。象之害舜，肆其犬豖之心，舜之身終不爲所殘，舜所以自全之術秘矣。「吴獲迄古」者，斷髮立身之地，文教不及其獲與？文教迄古公之世，乃有南嶽是止之人也。避中國以去，中國爲失兩男子，就吴以止，吴爲得兩男子，豈天將開吴耶？此不去則彼不得，天所以錫吴之緣亦巧矣。秘也，巧也，故又以問也。

緣鵠飾玉，后帝是饗。何承謀夏桀，終以滅喪？帝乃降觀，下逢伊摯。何條放致罰，而黎服大説？簡狄在臺嚳何宜？玄鳥致詒女何喜？悦，叶税。喜，叶嬉。

**品**　「后帝是饗」與前「后帝不若」相映。「帝乃降觀，下逢伊摯」與前「帝降夷羿」相映。奸臣賢相，皆帝所降生、降觀也。不肯受奸臣之饗，特受賢相之饗，皆帝所分別也。帝不受奸臣之饗，何故又生奸臣之身？特受賢相之饗，又何爲俾其助放伐？棄君臣之義，帝亦自爲矛盾矣。語具深憤，難訴難伸。既已咎帝，不宜降尹佐湯，咎人不宜盡悦湯。而又忽及簡狄生契，蓋曰生契之始，而已定爲生商之天下矣，數定久矣。章法愈變幻，意脈乃愈清楚。

**箋**　前言湯之伐桀，未及伊尹，故此復揭之也。湯之首行放伐，内懷慙德，尹爲之也。前曰「湯謀易旅」，此曰「尹承謀」，無尹之承之，湯亦未易奪桀之祚也。「后帝是饗」者，惟仁人爲能饗帝。尹工于調鼎佐湯，使湯爲帝所饗，當就桀之日，若以烹鵠羹、修玉鼎之法，教桀以小心昭事，使桀克當於帝心，毋致湯之弔伐，豈非妙用？乃承湯意以爲間于桀，伐君有陰謀，回天無大力，何哉？其終之喪也，其始之謀之也，非待終也。「帝乃降觀」者，既咎伊尹，又咎天帝。帝實降觀于世，擇尹佐湯，尹固不能違天矣。然君臣大義，究竟須存，何以伐桀鳴條，放桀南巢？黎民之衆，遂無一人以爲非，而反心服咸悦也。周之伐殷，猶有叩馬之夷齊，殷之伐夏，并無不服之頑民。何也？從來贊湯武者曰「順天應人」。屈原責天責人，深致詰焉，翻古今之案，以著君臣之義，毋使纂弑藉口也。其遡簡狄也，則又以殷之繼夏歸諸不可逃之數也。生契在帝嚳之時，契之裔封於商，而其後因以有天下，不惟人不能預測，天亦不能預料矣。築臺處狄，嚳豈知有玄鳥之詒卵？鳥即詒矣，狄何所喜於鳥卵而遽吞之？是一大疑案也。然則伐夏者玄鳥也，非湯、尹也。

該秉季德，厥父是臧。胡終弊于有扈，牧夫牛羊？干協時舞，何以懷之？平脅曼膚，何以肥之？有扈牧豎，云何而逢？擊牀先出，其命何從？恒秉季德，焉得夫朴牛？何往營班禄，不但還來？牛，叶魚奇反。來，叶力之反。

**品**　反覆於少康之中興，承上湯之伐夏，却將「干協」四語插入其中，章法又一錯綜，以破直處。因少康説及禹之征苗，錯綜中又未嘗混亂。

**箋**　季，穉幼也。傳國多仗長君，少康爲相之遺腹，非屬伯仲之列，乃德足興夏，故曰「秉季德」也。「厥父是臧」，美幹蠱也。「胡終斃于有扈」，則原之隱語也。啓以有扈不服，滅之，預爲子孫弭亂，乃復有羿、澆之繼起，以斃啓之後也。是啓之後不弊于前之有扈，而弊于後之效有扈者也，謂之「終弊于有扈」可也。牧夫牛羊，謂少康失國，屈身爲有仍之牧正也。「干協時舞」，思禹德也。禹之事堯，征苗不服，委而去之，卒以舞干羽于兩階，成堯之治。而後世乃篡弑恢復，無事不仗兵戈也。不知昔之干羽，何以能懷敵人也？「平脅曼膚」，則以駢脅爲舞懷之取譬也。「撰體協脅」者，鹿之異，「平脅曼膚」者，人之異。以爲異則脅之駢，疑其何以肥之而至是？知爲天撰之適然，則了然於非肥矣。堯舜崇揖遜，故其時之干羽可以服敵。禹受揖遜於舜，而啓仗干戈以誅有扈，不復崇禹之德，故其後世紛紛在殺運之中也。再言「有扈牧豎」者，牧正之官，原非牧豎，然既失國而爲牧正之官，猶之牧豎耳。少康官於有仍，而曰「有扈牧豎」，因見斃于效有扈者，乃屈身他依，故係之曰「有扈牧豎」也。非有扈而題之曰有扈，猶益未嘗作后而表之曰后益也。「云何而逢」，指少康之使汝艾殺澆也。「擊牀而出」，則申前「顛易厥首」之説也。澆既與女岐同館，溺於牀廣之愛，乃卒無繇得澆之首，空擊其牀而出也。「其命何從」者。澆之命不能不死於後日，乃偏不死于此時，誰爲護其命者？天意耶？人事耶？「恒秉季德」者，美康之德始終如一，無有初鮮終之嘆也。朴，鞭朴也。「焉得夫朴牛」者，即承上牧夫牛羊之説也。以牧正之官而復得天下，機緣疑屬意外，故以此致問其何所得也。惟天子乃可以班爵禄，康之初依于虞，不過以避難藏身，獲還來爲幸，乃卒以復興也。往營者，此中擇地相時，百計經營，不知幾何苦心妙用也。苟能來而不能往，則終於逃而已，國統失矣。

昏微遵跡，有狄不寧。何繁鳥萃棘，負子肆情？眩弟並淫，危害厥兄。何變化以作詐，而後嗣逢長？兄，叶虛良反。

**品**　離騷經、遠遊、九章皆以複句爲前後炤應，天問層層引事，句無緐複，乃一事屢言之，以事之複，爲點綴關鎖。「有狄不寧」，申前簡狄何喜，「危害厥兄」，申前「不危敗」。字法甚明。因言少康，復説到生契，與前言湯謀桀，遡簡狄同意。方在中興，已有伐夏之契裔伺于其旁矣。簡狄與少康，意原相連，又插入舜、象，章法尤有意于錯綜。

**箋**　有狄，即簡狄也。玄鳥詒卵以與人，此昏昧微渺不可知之故。循跡而論，簡狄宜見卵而爲之心驚不寧，乃遽吞之。如此則凡衆鳥之栖于棘者，凡有墮卵，皆可以欲得負子，而肆情於各爲吞乎？前曰「何喜」，隱譏之，此曰「肆情」，顯譏之矣。其忽及舜之厚其弟也，則又因前篡弒放伐而致感也。象至於殺舜而舜仍封之有鼻，子孫遞傳，兄弟天性之愛厚一至此。君臣之義倍於兄弟，而奸臣篡君，聖主亦伐君，抑何後世之視君臣，不如舜視兄弟之厚乎？是原所最拊心也。

成湯東巡，有莘爰極。何乞彼小臣，而吉妃是得？水濱之木，得彼小子。夫何惡之，媵有莘之婦？湯出重泉，夫何辠尤？不勝心伐帝，夫誰使挑之？婦，叶芳尾反。

品　有莘不送，湯不能得，此當日實事。却先言帝降下逢，以見天意人事，相因相成，章法善於實中造幻，順中造逆。

箋　前既言佐湯屬之尹，此又奇尹之所自出也。契之生以卵，尹之生以木，聖佐初生，咸怪異不可知如此。自天降而觀，則尹者帝之所選以畀湯，自入觀，則尹者有莘之所賤以予湯者也。起家卑微，機緣顛倒之中又忽然湊合，何變幻至是哉！「乞彼小臣而吉妃是得」者，乞專詞也。「是得」，連而及之之詞也。有莘因送女乃以尹爲媵，所專在于送女。明屬乞彼吉妃，而小臣是得。乃倒言之者，慶得賢臣則尹反爲專求，而吉妃反若爲連及也。世紀：湯夢有人抱鼎，對己而笑，寤而訪求伊摯于有莘之野，乃乞婚于有莘，摯遂爲媵臣。以是爲問者，謂湯之巧于求摯，一至此也。「夫何惡」者，尹生于空桑之木，所生既異，又長而有殊才，有莘宜知珍之，何所厭惡而竟以資湯也？訝棄賢也。伐帝，伐桀也。湯以無罪，被拘重泉，桀之過也。然分屬臣子，豈敢有求勝其君之心？報怨放伐，誰使挑之？尹挑之也。湯而真不具伐帝之勝心，不露其微，尹亦安能挑之？使尹得以挑者，又湯也。莘不媵尹，則湯、尹之謀不得相挑相合。是挑湯挑尹者，又有莘也。

會鼂爭盟，何踐吾期？蒼鳥羣飛，孰使萃之？列擊紂躬，叔旦不嘉。何親揆發，定周之命以咨嗟。授殷天下，其位安施？反成乃亡，其罪伊何？爭遣伐器，何以行之？並驅擊翼，何以將之？昭后成遊，南土爰底。厥利維何，逢彼白雉？穆王巧挴，夫何周流？環理天下，夫何索求？妖夫曳衒，何號于市？周幽誰誅，焉得夫褒姒？天命反側，何罰何佑？齊桓九合，卒然身殺。何，叶音奚反。行，叶杭。底，音指。佑，叶于忌反。殺，音弑。

**品**　言商代夏，忽接入周伐商。征誅既啓，揖遜難復，如若報應之不爽然。始不滿於湯尹，兹又不滿于武王、太公，并不滿於周公。一肚孤憤，只爲君臣大義，決不容輕，雖屬千古聖賢行事，未易附和。原所繇不死不休也。

**箋**　此全言周家一代之事也。湯放桀而武伐紂，湯之先爲契以吞燕卵而生，武之先爲稷以履巨跡而生，得統肇祥，若一轍焉。其曰「何踐」、「孰萃」，致不滿之微詞也。美順應之師者，皆曰不期而會。然前此稱不期矣。甲子之朝，誓師俱在，謂非出於期約，可乎？將誰欺乎？稱尚父之勇者，曰「時惟鷹揚，師旅用張」。一鷹先之，羣蒼鳥佐之，此豈獨尚父一人一日之事？謂非久有萃聚，可乎？「列擊紂躬」，則罪周之嚴詞也。奪其國，又不免其身。既死矣，又忍擊之乎？「列擊」，謂非一人、非一擊也，是周人盡凌其死君也。將諉之曰，陰謀盡屬太公。鉞斬旗懸，或周公所不喜見。然與武王發揆謀，圖定周命者誰乎？既已親揆之於先，即咨嗟於後，無益也。「安施」、「伊何」，則原之爲殷涕流也。天授殷以天下，殷之後人，膺天位而布惠羣國，何施不可？乃坐致滅亡也。孤負此位，竟何所施乎？國之興，必有所以成之，反其所以成，乃底于亡，召亡之罪，專屬之何事乎？此亦後代之龜鑑，不可不知也。「爭遣伐器」，諸侯各遣兵會伐也，即申爭盟之說也。「並驅擊翼」，即申羣飛之說也。「何行」、「何將」者，謂人心共合，士卒咸勇，何以至是？必有預而行之，預而將之者也。將著明也，有著明一定之指，衆乃咸喻也。前之爭盟羣飛，意已道盡。不厭複申者，亡國之恨，凡爲臣子所當留連三嘆。周之有以行之，有以將之，是周之善施也，善成也。因周之善施善成，愈可恨夫殷之安施反成也。甫言武王之興周，而遽及昭穆與幽之壞周，成、康則畧之。昭、穆、幽則詳之。何也？治少亂多，成、康之所守，不足供昭穆幽之所壞，宜鑒于殷，曾是不思，真可深嘆也。「成遊」者，聖主省民，原有巡狩，昏主恣欲，祇成其爲遊而已。譏昭而引越裳白雉者，觀後來「包茅不貢」之語，意者當昭之時，別有所徵貢于楚，遂親歷楚地耶？逢者，欲躬逢之也。祖宗無意于譯獻，而白雉遠來，子孫有意于躬逢，而出遊被溺，何相反至是哉！然則祖宗之故事，即開子孫之禍端，相反又相因也。「厥利惟何」者，方物之利，不足以當天位之重，雉即不來無損也。有昭王之南遊爲前車，而又有穆王之周流，貪心使之耳。借巡狩之名，巧以濟其挴耳。何故周流，亦居然易見矣。將使四方必有車轍馬足，穆王所謂雄心，而原乃斥之以爲「巧挴」也。何原之善搜病根也！又申之曰「環理天下，夫何索求」者，一日萬幾，環中以應，當料理者何限？乃舍此不務，何其別有索求也？是不可解也。至于幽王，尤有異者，數定于數百年之前，而禍應于數百年之後。龍漦既經三代，童謡亦非一日。因童謡而執賣弧箕之人，因被執而反收棄擲之女，此真天也。然使幽王不誅褒人，則褒人不贖罪，此女終不入王宫，又焉能得之？因得褒姒而卒爲犬戎所殺，王之誅褒人誰乎？自誅而已。此人事也，以爲人而本之天，以爲天而又屬之人，是愈不可解者也。嗚呼！天命反側，何所不有？一人之身而忽然佑之，忽然罰之。桓之九合，是得佑也。卒然身殺，是得罰也。一身且不自主，而況前王後王之際乎？宜乎祖宗之德，不救子孫之敗也。言周衰而終齊桓者，五伯遞起，周室日弱，贅旒之候也。

彼王紂之躬，孰使亂惑？何惡輔弼，讒諂是服？比干何逆，而抑沈之？雷開何順，而賜封之？何聖人之一德，卒其異方？梅伯受醢，箕子詳狂。稷維元子，帝何竺之？投之于冰上，鳥何燠之？何馮弓挾矢，殊能將之？既驚帝切激，何逢長之？伯昌號衰，秉鞭作牧。何令徹彼岐社，命有殷國？遷藏就岐何能依？殷有惑婦何所譏？受賜兹醢，西伯上告。何親就上帝罰，殷之命以不救？師望在肆昌何識？鼓刀揚聲后何喜？武發殺殷何所悒？載尸集戰何所急？服，叶蒲北反。封，叶孚音反。告，叶古后反。識與志同。喜，叶許奇反。

品　「孰使亂惑」，起下「惑婦」。紂若不信讒殺賢，即僅一惑婦，未遽亡國也。因紂之亡於周，忽遡及周初之稷。繇稷及文，繇文又遡太王。章法出没，乍順乍逆，極其變幻。惑婦何所譏，武王稱兵之詞，諄諄以妲己爲罪端。然天命久矣，紂之可譏信讒殺賢，不獨惑婦之一事，又何譏焉。放伐之際，不得不藉口於此。所以寓不滿夫武王也。文王欲曲救之，武王欲急伐之，何互殊乃爾。

箋　既詳周室之興衰，而又複言紂亡之故，遠遡周興之先者，覆轍之不鑒，祖德之不紹，徒令後人復哀後人也。前之悼殷曰「反成乃亡，其罪伊何」，虚語使人自思，尚未實指其罪。此曰「何惡輔弼，讒諂是服」，罪在此矣。屈原被讒之憤懷，作天問之本旨，於此觸古傷今，不能不明言之矣。「孰使惑亂」者，賢奸易辨，昏迷不應至此，豈别有奪其鑒而蔽其衷者耶？果孰使之耶？悲哉！原之爲此語也。比干、雷開，申言惡服之實事。「何逆」、「何順」者，忠言逆耳，諛言順心，世主之所謂逆順也。盡忠乃圖國之大計，其實有何逆乎？道諛乃欺主之以圖，其實有何順乎？「聖人異方」者，凡諸忠臣，固皆國之聖人，輔君以咸有一德者也。詩所謂「民雖靡止」，或聖或否。縱在衰世，未嘗無聖。乃死者以死，奴者以奴，不獲收同朝之用，而天各一方焉。始生之天意，豈知其卒之至是哉！有紂以爲周之資，周即無累代之德足以王矣，況自唐虞以迄殷世，德厚遞積乎？是以復逆遡於元子也。「帝何篤」者，男女搆生，人道是常，稷乃因於履帝武。是帝偏厚於稷也，可異也。帝固有心矣，人莫能測帝之心，烏復何知而偏從冰燠之？是烏反能測帝也，尤可異也。「馮弓挾矢」者，男子生而以弧矢射四方，此亦人道之常耳。稷均之「馮弓挾矢」，乃獨殊能也。詩所云「克岐克嶷」，幼知種植，則即殊能之説也。「將之」者，以此顯明其所生之異也。無殊能，則履武之生，祇爲怪誕，何足羨哉！「驚帝切激」者，因履帝武而生，驚棄不收，故曰「激切」也。「何逢長之」者，逢棄冰不死之後，又取而長育之也。前何易驚，後又不驚也？是信帝，不若信鳥也。徹社命有殷國者，武王受命始以岐周一國之社，通爲天下之大社，而新命之始則在文，故以徹社有殷，歸諸文也。號，號召也。文王號召商家之衰運，叛國征之，離民撫之，鞭其已散之勢，以代商作牧人，乃文不欲有殷而天偏命之爲有殷之初基，文之所却天之所强，未易解也。「遷藏就岐」，則又歸剪商之繇於太王也。「何能依」者，倉卒奔散，豈無懷土重遷？何以囊橐同移，生死相依，一至此也！「惑婦何所譏」者，紂之亂惑，讒諂是服，色與讒相連，必至之勢，復何待耑譏其惑婦乎？「受賜兹醢」者，紂烹伯邑考以羮賜文王也。「上告」者，告諸帝也。「親就上帝罰」者，帝欲罰殷，文之意則欲代殷受罰，親就之，不肯避也。烹其子，囚其身，就非一矣，卒不能救殷之命也。文王竭忠事紂，卒無以存紂。屈原竭忠事懷，卒無以存懷。原殆自比于文耶？在肆鼓刀，何識何喜者，嘆聖王之知人，覿而忽契，不待深言也。庸主之於忠臣，日進前而不知，抑獨何哉？非文之睿鑒不能得望，非望之陰謀莫共伐殷。服事殷者，文也。乃因得望而使武王獲藉鷹揚以伐殷者，又文也。市肆刀聲，竟爲揮鉞先兆耶？天之巧于用文，暗中播弄，必不令得行服事之志，務踐徹社之命如此，斯原所深爲文痛矣。使文地下聞之，當且悔其識望之明眸，乃受天所役，堪痛不堪喜矣。「何悒」、「何急」者，因文之無繇違天，嘆武之已甚也。勢須放伐，此聖王履運之不幸。然獨不可少平其氣，少緩其期乎？殺殷，指懸旗之事也，比南巢慘矣。非有深悒不至此。載尸，指載木主之事也。文王有知，服事本懷，豈能一日安於軍中？是不宜載而載也。數字之中，原之書法也。

伯林雉經，維其何故？何感天抑地，夫誰畏懼？皇天集命，惟何戒之？受禮天下，又使至代之？初湯臣摯，後茲承輔。何卒官湯，尊食宗緒？

**品** 寄慨於君臣之際，忽接入申生，與前說少康秉德興夏及湯之東巡伐帝，中間插入象之後嗣逢長同旨。獻象之惡，豈減桀紂？申生至於自殺，而不敢稱兵以加其父。舜幾爲弟所殺，而不忍施法以加其弟。乃君一失德，而臣輒無繇辭弔伐之舉，徒爲天愛下民故耳。是君臣之倫，終不如兄弟父子也。嗚呼！爲君者亦危甚矣，爲臣者亦薄久矣，此原所涕流也。文心穿插之妙，憤嘆萬端，一綫到底，却令讀者茫然莫尋其次第。章法幻絶，感天之下，亟説「皇天集命」，孝子感天，專於就死。人臣奉天，難免繼代，必欲君臣義明，但有望天。以天命永歸一姓，常生賢君，毋使相代，可乎？抱願痴絶。既言「集」言「代」，以四語結前叠敘夏商周之局，宜將三代各總括一二語，却止説湯，便截然而止。開放伐之始者，湯也。後之以湯爲口實者，不勝道，不忍道也，截陣奥絶。

箋　申生以驪妃之譖雉經而死。伯林，無可考。豈其所經之地耶？「維其何故」，申生無罪，未嘗有應死之故也。「感天」者，悲冤爲天之所憐也。「抑地」者，自抑而委魄于重泉也。「夫何畏懼」者，孝子之義不敢指斥受譖，與父争辨，以傷父心，一死自甘，非有畏懼而後死也。原之卒就死，亦曰「定心廣志，夫何畏懼兮」，宜其低徊於申生也。忠、孝一轍，殆以申生自比也。集命何戒者，既集之後，繼統之君，往往不自戒而至於亡。雖有忠臣，無如君之不聽何？不知天有何法，可以戒之，使常知警也。嗚呼！原之爲此言，其亦哽咽甚矣。後代之興不勃焉，則前代之廢亦不忽焉。「又使至代」者，天實催之，而不肯遲也。興廢之機彌速，君臣之義益乖，可勝道哉！催之者，天也。輔之者，則圖興之良佐也。湯得以臣摯，桀遂不得臣湯。曰「初」、曰「後」、曰「何卒」者，原之微詞也。摯初事湯，繼以湯之命往事桀，而後復返事湯，卒令湯官天下，尊追宗祖，緒貽子孫。桀何不留摯，毋以予湯？摯何不以善事湯者善事桀，毋使桀失其宗緒哉？

勳闔夢生，少離散亡。何壯武厲，能流厥嚴？彭鏗斟雉，帝何饗？受壽永多，夫何久長？中央共牧，后何怒？蠭蟻微命，力何固？驚女采薇，鹿何祐？北至回水，萃何喜？兄有筮犬，弟何欲？易之以百兩，卒無禄。薄暮雷電，歸何憂？厥嚴不奉，帝何求？伏匿穴處，爰何云？荆勳作師，夫何長？悟過改更，我又何言？吴光争國，久余是勝。何環穿自閭社丘陵，爰出子文？吾告堵敖以不長，何試上自予，忠名彌彰？

嚴，叶五郎反。饗，叶鄉。言，叶銀。勝，叶因。

**品**　前面章法，各具大段落，爲天爲地，爲歷代帝王事實，井然有條。就中錯綜，不過插入一二語，然大段落未嘗不易尋也。至此則愈加錯綜。「闔夢」、「彭鏗」、「共牧」、「驚女」、「噬犬」，乍此乍彼，若無復段落然。就中却自有隱意，總爲懷王之不得歸，竟死於秦，故作此嘆悼，不敢明言之。原亦有心避讒矣，乃卒被讒再放也。彭鏗壽何久長，蠭蟻命何固，懷王不能爲彭鏗，并不如蠭蟻，憤絶悲絶。因懷之不獲祐，故引驚女之得祐，因懷之死秦，故引秦事。兩「厥嚴」互應，吴流嚴，故能報仇於楚，子胥遂至因父仇，而鞭平王之尸。襄不克奉厥嚴，又何繇報仇於秦哉？曰「歸何憂」，則明指懷之不歸矣。末段顯言荆勳子文，一一皆楚事楚人，作通篇歸宿。告以不長，尤爲明指不歸，與「夫何久長」相應。前後綫索，一絲不亂。其曰堵敖，借以指懷也。楚人謂未成君而死曰堵敖。懷死於秦，等之未成君也。

**箋**　此承前歷代亡國之痛。漸歸之楚事，悲懷之死秦，憤襄之不能仇秦，憂楚之將終折於秦也。其首引闔廬，所以愧襄也。闔廬之散亡在外，與襄之質他國一也。闔廬有仇於楚而卒破楚，其專復殺父之仇，則子胥尤奮力焉。君臣同志，以楚之强，遂無以敵之。秦之閉懷致死，鄰國而殺吾父，視楚於子胥以君殺其臣何若？襄之當仇秦，義不共戴，視闔廬之仇楚何若耶？闔廬何以能奮武厲，能施威嚴？此必有道矣，其亦可以取法矣。廬能之，襄顧不能耶？勳闔者，大其復仇之勳，故特標之曰勳闔也。此原之書法也。嚴而曰流，則又原之書法也。不能復仇，雖有威嚴，止于己之一國而已，不克流于他國也。其引彭鏗，則尤呼天之深痛也。人生壽夭皆繇天帝，帝何所饗于鏗，而畀以八百之久長乎？嘆懷之被欺致死，不克多一日之命考終于本國也。使懷不即死，襄立之後，尚得歸國，未可知也。受壽長者何太長，受壽短者又何太短，若是乎命之不均歟？忠臣孝子，安能不怨天哉？斟雉，王逸以爲鏗好滋味，善斟雉羹，且以帝爲帝堯。與「受壽」二語不相合。晦菴闢其謬，而終不得其解。以莊子「鳥申」之説，鬼谷「五禽」之法繹之，則斟雉當爲養生之術，謂斟酌於此也。牧，猶前之言「秉鞭作牧」也。后，指后帝也。楚在南，秦在北，分據中央以共牧其民，各不相妨。不知后帝何所怒于楚懷，而令爲秦所凌以死也？蠭蟻至微，猶得各終其天年。蠭蟻之自保，力何其固，懷之自保，力何不固也？采薇回水，王逸以爲采薇之女有所驚而走，北至回水之上，立而得鹿，其家遂以昌熾，是天祐之也。彼一女耳，有何關係，乃驚而護之，走至回水，而以鹿賜之，何天偏祐此女而不祐懷也？何女獲其喜而懷不獲喜也？懷爲秦所閉，復走至趙，趙不之納，復歸死於秦。故原引采薇之女驚走得祐者，以致嘆也。噬犬百兩，王逸以爲秦伯有齧犬，其弟公子鍼欲之，以百兩之車易一犬，而秦伯不聽，因逐鍼而奪其爵禄。原之引此，嘆懷之愚，以入秦自取禍也。秦實虎狼之國，兄弟猶不相顧，不難以一犬逐其弟，況與國哉！薄暮雷電，則行者路迷膽摇，然苟得歸家，復何所憂乎？悼懷之永不歸也。「厥嚴不奉」，則嘆襄之不思復仇也。我能布我之嚴於他國則爲流，使他國憚我之布其嚴則爲奉，闔善復仇，故能流嚴。襄不思復仇，其誰憚之？其誰奉之？前曰「帝何饗」、「后何怒」，怨天之怒懷而不肯饗懷也。此曰「帝何求」，又悵然于非天矣。子不爲父復仇，而徒欲問帝求福，帝不任受咎，亦豈任受功哉！伏匿穴處，原之自斥以斥楚也。仇不可復，怨不可申，生在世間，有愧天日。逃遁而爲穴處之物類，毋比於人類足矣，復何所云乎！「荆勳作師」，絶望之後，再望襄之復仇也。美闔之復仇，特標之曰「勳闔」。望襄之復仇，預表之曰「荆勳」。作，振作也。既已作師，必審所長之何在？挾楚所長，以壓秦之所短，兵家之勝筭宜早也。不思復仇則爲過，昔不復而後思復，則爲「悟過改更」。前曰「何云」，此曰「何言」，洩憤無方，所云奚益？宣憤有日，多言奚爲？其特屬之曰我也。原蓋曰：國家誠有復仇之時，天問亦可以不作矣。最先慰心，惟我一人。舉朝憒憒，又誰知之？其再引吴光，則複指勳闔流嚴之事也。志專者氣必鋭，光惟欲復仇于楚，故卒以得勝。勝在後，而制勝之氣志固已久矣。此又原一字之書法也。苟鋭于復仇，上下同心，何憂不勝秦哉！「爰出子文」，追昔之令尹，傷今之令尹也。勸懷入秦者，子蘭也。襄王立而爲令尹者，子蘭也。子文爲令尹，定楚亂，張楚威。今子蘭何若乎？襄不思復仇，蘭當鼓之佐之，乃同甘忘父乎？勸懷入秦，實蘭之死其父，憒宜倍襄。乃竟爾寂寂乎？子文之母，環穿閭社，通乎丘陵，以淫而生子文，所出不必正，乃賢聲獨著，子蘭而反不及之乎？「試上彌彰」，則原之自咎也。已矣！已矣！不敢望襄之復仇矣，不敢咎蘭之不佐襄以復仇矣。皆吾之罪而已。當日諫懷勿入，明告以入秦，壽必不長，而卒爲子蘭所誤也。使堅以死諫，懷或可不入乎？不以身死堦前，而徒令言之而中，彰忠臣先見之名也。是以主上爲嘗試，而以名自予也。此原所繇必沉湘也。知此，則原之死因，亦大明白矣。猶可譏之曰：何必懷此都乎？乖明哲乎？忠而過乎？

# 楚辭卷四

## 九歌

吉日兮辰良，穆將愉兮上皇。撫長劍兮玉珥，璆鏘鳴兮琳琅。瑤席兮玉瑱，盍將把兮瓊芳。蕙肴蒸兮蘭藉，奠桂酒兮椒漿。

**品** 「將愉」、「將把」互映，皆從神未至、禮未行預言之。

**箋** 穆然，無可見也；將愉，若可想也。神之形，尚在未降未見之中，而愉悦之意已在若可想之內。迎之切，望之殷，自謂于東皇必有合也。珥也，琳琅也，席也，瑱也，無玉不備。蘭蕙也，桂椒也，無芳不集。不如是，懼事之未至也。

揚枹兮拊鼓，疏緩節兮安歌。陳竽瑟兮浩倡，靈偃蹇兮姣服，芳菲菲兮滿堂。五音紛兮繁會，君欣欣兮樂康。

**品** 緩安、紛繁互映，「安」上又添一「疏」字，寫出主鼓之審諦，足調舞節歌聲之和洽，音容如見。鼓急則舞不得緩，歌不得安，即緩且安，而聲不相叶矣。「樂康」與「將愉」尤首尾相應。未至而預料將愉，抑何易言之也。既至而果樂康，抑何其恰慰之也。夫豈知後此之不可得哉！

**箋** 緩節安歌，樂之始作而從容也。神猶未來，遲以俟之也。五音繁會，樂之合奏而大成也。神之既來，盛以娱之也。靈，即東皇也。芳霏霏者，靈之芳也。所謂竟體，皆芳也。蘭蕙桂椒，我之迎神以芳。菲菲滿堂，靈之所自飾亦以芳。氣兩相合焉，神人之道不殊矣，神真可以許我矣。向之想其將愉者，今真見其悦康矣。

## 右東皇太乙

浴蘭湯兮沐芳，華采衣兮若英。靈連蜷兮既留，爛昭昭兮未央。謇將憺兮壽宫，與日月兮齊光。龍駕兮帝服，聊翱遊兮周章。英，叶於姜反。

**箋**　前篇以芳備物，懼物之不潔也，此以芳浴身，懼身之不潔也。對越之懷又加一倍矣。前篇靈之來也姣服，此篇吾之事之亦以采衣，庶可相配乎？將憺者，冀神之安於我而無他往也。周章者，神之亟於他遊而意緒倉皇也。料將愉而得樂康，神人互合，望將憺而得周章，神人互殊矣。乖從此始矣。

靈皇皇兮既降，猋遠舉兮雲中。覽冀州兮有餘，橫四海兮焉窮。思夫君兮太息，極勞心兮憹憹。

**品**　「橫」、「覽」二語，善爲氣象之言，以深其衷而摇其目。上文爛昭未央，尤巧于預埋闟合。不知神意之何若，而但曰神光之昭昭，此中已有疑端焉。與日月齊光，即昭昭之説也。翱遊，則昭昭者移而之他矣。有餘、焉窮，即未央之説也。遠舉而覽焉橫焉，未央者又移而之他矣。

**箋**　既留而繼之曰「聊翺遊」，既降而繼之曰「猋遠舉」，神之意似不專屬於我，故複言之以自疑也。覽冀、橫海，揣神之遠舉，無所不之也。「有餘」、「焉窮」，不知神之翔止，終歸何地也。知其地則所思有方，心即勞而不至於極。地之不知專言一州，而一州之外已有餘域。泛言四海，四海之外更無窮際，所憹憹也。

## 右雲中君

君不行兮夷猶，蹇誰留兮中洲。美要眇兮宜修，沛吾乘兮桂舟。令沅湘兮無波，使江水兮安流。望夫君兮未來，吹參差兮誰思。來，叶力之反。思，叶新齎反。

**品**　「誰留」、「誰思」，互映有情。神之意泛，我之情專也。「要眇宜修」，語尤有致。天質不帶窈窕，即加意修飾，終不相宜。稱「要眇」，則無復癡肥之病矣。此於修飾易添飄逸者也，下字道盡箇中。無波安流，突創奇想。

**箋**　前篇曰「既留」，此曰「誰留」，昔之爲我留而悵望於即遠舉者，今且不知爲何人而留矣，妬之也，羨之也，疑之也。意者非有所留而不肯來，乃有所阻而不得來耶？波起而流不安，以此阻耶？吾當迅遣桂舟，敕戒水神，波俾之無，流俾之安，庶速其來乎？乃猶未也，將令吾舍之而他思乎？究竟堪思者誰哉？笙簧竽管所吹，可以參差錯雜，思無可參差也。

駕飛龍兮北征，邅吾道兮洞庭。薜荔拍兮蕙綢，蓀橈兮蘭旌。望涔陽兮極浦，橫大江兮揚靈。揚靈兮未極，女嬋媛兮爲余太息。橫流涕兮潺湲，隱思君兮陫側。側，叶札力反。

**品**　「横江揚靈」，下語奇峭。神未至，又安得有靈？然大江所在，固神平日往來之區也。「揚」字搜索得細，「横」字攔截得狠。洞庭、涔陽、極浦、大江，與中洲相應。始但以爲逗遛中洲而已，豈知遍索不遇，一至此哉？太息之下，亟接「横涕」，兩兩無言，忽爾淚落，傷心默喻，啞口何堪。

**箋**　前望其來坐而待之，此因其不來，往而迎之。駕龍以往，欲其速也。循湖而轉，覓其方也。既環洞庭，復横大江，分其途也。揚靈者，揚彼之靈也。神閟之以避我，我揚之以求神也。神之所在，光氣必有異也。未極者，我尚未得極我之力，私謂終必得當，神定顧我，而旁觀之女，已有告余者矣。不言其故，而但太息。言外之旨，居可見矣。嗚呼！神實邈邈，我乃戀戀。此尚敢顯與人言哉！自羞自掩，但有隱思之而已，無可揚矣。

桂櫂兮蘭枻，斲冰兮積雪。采薜荔兮水中，搴芙蓉兮木末。心不同兮媒勞，恩不甚兮輕絶。石瀨兮淺淺，飛龍兮翩翩。交不忠兮怨長，期不信兮告余以不閒。閒，叶賢。

**品**　不同、不甚、不忠、不信，疊得節促。石瀨與大江相應。中洲而大江，水繇狹以之廣，茫茫難尋。大江而石瀨，水繇深以之淺，蹙蹙靡騁。告我與太息相應。前此下女未肯明言者，今知之矣。

**箋**　「桂櫂」、「蘭枻」，迎神之舟，芳馨備至，今無所用之矣，以資斲冰，以資積雪而已，罔濟于時，自潔其身之隱喻也。薜荔緣木，采之水中；芙蓉在水，搴之木末。求靈于江，竟非其地。何以異斯哉？雖然，非地之咎也，心也。心不同，地宜其隔也。可以不隔，必須舊恩。苟恩之不甚，亦終輕絶。恩猶不可恃，况恃媒哉！蓋所自咎者，遞進而深矣。飛龍翩翩，此固向所駕之以求神者也。值此淺淺，翩然去，我舟則無所用，龍則不復爲我用，可嘆也。豈惟心殊？豈惟恩薄？且變而爲怨長焉。豈惟神之不來？豈惟我之不遇？且顯然告我以不閒焉。不閒，則未來者真不來矣。怨長，則尚冀蒙恩與同心者永無繇合矣。蓋所絶望于神者，又遞進而深矣。

鼂騁騖兮江皋，夕弭節兮北渚。鳥次兮屋上，水周兮堂下。捐余玦兮江中，遺余佩兮澧浦。采芳洲兮杜若，將以遺兮下女。時不可兮再得，聊逍遥兮容與。下，叶户。

**品**　「遺下女」，乃在弭節回旋、兀坐堂屋之後。文陣文心，最爲曲折。已歸而再思此策也，「捐」也、「遺」也、「以遺」也，皆已離江浦，心口計較之言也。「時不可兮再得」，惜此策之未用，今已歸而無及也。若作實捐遺説，味薄矣。

**箋** 既絶望而言旋，牢落之悲，不堪復道。仰見鳥而俯見水，嘿然坐對而已。絶望之中，又生餘望。曰向者爲吾太息之下女，猶有哀我之情焉。捐玦棄佩，采彼杜若，庶下女有代爲吾道此懷者乎？情癡之至，不復自知其無緣矣。不敢貽湘君而僅欲以貽下女，又不敢面貽直致于下女，而託之捐焉、遺焉、將以遺焉。見拒之後，望下女而驚其不我接矣，何魂搖之甚也。

# 右湘君

**總品** 沛乘桂舟，爲迎神就我，駕龍邅道，爲我往就神。桂櫂、冰雪，應沛乘之不來。瀨淺、龍翩，應駕飛之不遇。兩兩分合，章法最明。文勢既已結局住陣，又再拈出玦、佩、芳杜，將遺下女，應前「嬋媛」，以添餘音，以繳旁意。

帝子降兮北渚，目眇眇兮愁予。嫋嫋兮秋風，洞庭波兮木葉下。登白薠兮騁望，與佳期兮夕張。鳥何萃兮蘋中，罾何爲兮木上。予，叶與。下，叶户。張，音帳。

**品**　「愁予」，起下「召予」。「騁望」，起下「遠望」。「鳥何萃」、「罾何爲」，起下兩「何爲」，層層相呼應。

**箋**　東皇太乙最爲滿志，降于堂者也，雲中君比太乙隔矣，既降而遠舉雲中矣，爲時無幾矣。湘君又隔矣，不復降矣。未來者，竟不來矣。湘君在中洲，湘夫人在北渚，而總無繇接也。不足以生吾之喜，而祇以召吾之愁，情緒又深一番矣。眇眇者，含睇而遠望之也。當秋之時，豈能不波？欲如前之令無波，情景又換一番矣。何以解愁？其登白薠而騁望乎？不得之於晝，或得見之於夕乎？佳期其可訂乎？鳥萃蘋中，罾張木上，觸目於二物之非地，而怵然於吾願之不遂也。

沅有芷兮澧有蘭，思公子兮未敢言。荒忽兮遠望，觀流水兮潺湲。麋何爲兮庭中，蛟何爲兮水裔。朝馳余馬兮江皋，夕濟兮西澨。芷，叶子。蘭，叶言。隔句用韵。

**箋**　四顧沅澧，已矣，不敢言之矣！湘君曰「誰思」、曰「隱思」，猶敢於言思也，兹并言之，未敢矣。于是而猶望焉。豈能知夫人之何在？荒忽而遠望，付之于不可定之域而已。較之白薠騁望，尚確知其在北渚者，情景又換一番矣。寸心日夜與水俱流，知向何處乎？麋入庭中，麋失所矣。蛟來水裔，蛟失勢矣。坐愁之不堪，騁望遠望之交迕，於是移而之他鄉也。朝馳夕濟，水陸兼程也。駕言寫憂，固其法也。

聞佳人兮召予，將騰駕兮偕逝。築室兮水中，葺之兮荷蓋。蓀壁兮紫壇，匊芳椒兮成堂。桂棟兮蘭橑，辛夷楣兮葯房。罔薜荔兮爲帷，擗蕙櫋兮既張。白玉兮爲鎮，疏石蘭兮爲芳。芷葺兮荷屋，繚之兮杜衡。合百草兮實庭，建芳馨兮廡門。九嶷繽兮並迎，靈之來兮如雲。

**品** 「騁望」、「遠望」，茫無着落中，忽説「聞召」，胸中妄想耶？耳中妄聽耶？文情最幻。「荷蓋」至「廡門」，皆詳言築室聚芳，却將「白玉兮爲鎮」一語，插在中間，生其别致。

**箋** 正在絶望之中，更端他求之日，而美人忽聞召余，求之而不得，不求而自至，機緣偏在意外也。可喜也，亦可嘆也。騰駕偕逝，亟欲以我而就彼也。築室水中，又欲彼之就我也。水中者，湘夫人之所素居。因彼之居，適彼之願也。首葺荷蓋，取仰庇而居易就也。先言堂，後言房，築室之次第也。言堂先言壇，言房乃言帷，壇成而堂始有基，房成而帷始可懸，又一次第也。蓋必以荷，壁必以蓀，棟以桂，橑以蘭，楣以辛夷，房以葯，帷以荔，櫋以蕙。在上在旁，無一非芳也。白玉爲鎮，芳屋之中，非俗玩所可列也。有總聚之芳，有散布之芳。疏以石蘭，言散布也。有初葺之芳，有再葺之芳，既曰「葺之兮荷蓋」，而又曰「芷葺荷屋」、「繚之杜衡」，加功以致堅也。上芳備矣，又及於下，實庭必以百草，内芳備矣。又及於外，建門必以芳馨。築室之苦心深力，一至此乎！乃九疑並迎，忽有奪我以去者矣。吾之築室在水中，而與我争迎者爲九嶷之山神，爲水爲山，各岐所適。徒見其來，未知其降，紛紛然但覩其如雲而已。費盡築室之心力，依然愁予之眇眇而已。

捐余袂兮江中，遺余褋兮澧浦。搴汀洲兮杜若，將以遺兮遠者。時不可兮驟得，聊逍遥兮容與。

箋　靈雖來而不降于吾之室，凡前此所謂華采衣以迎神者，真無所用矣。捐袂遺褋，此裂冠毁冕之憤懷也。較前之玦、佩，换一情況矣。前篇採芳以遺下女，不得之尊，冀得之卑也。此云以遺遠者，不得之一時，冀得之後世也。前所指有其人，此之所遺不知何人，又换一情緒矣。

## 右湘夫人

總品　通篇帝子至木上爲一層，公子至水裔又爲一層。屢變其名目，以複其情緒。帝子、公子，既邈不可接，忽轉出佳人相召。既曰召予，從前期不足信，兹必信矣。「予將騰」三字，懽甚躁甚。尚未及見，遽欲築室以求其來居，忙甚癡甚。山神争迎，室廢于無用，乃并己之袂褋欲裂而擲之，憤甚狂甚，無聊之甚。逐段自寫形神，千百世下想見愁容生面。

廣開兮天門，紛吾乘兮玄雲。令飄風兮先驅，使涷雨兮灑塵。君迴翔兮以下，踰空桑兮從女。紛總總兮九州，何壽夭兮在予。塵，叶除旬反。予，叶與。

**品** 雲中君，只言神之他往，未嘗及神之有言。湘君「告余以不閒」，神自言之矣。然但曰「不閒」，無怒辭也。「聞佳人兮召予」，卒不得親焉。雖有言而不信，然未嘗曰不復相顧也。至此而神之言，乃公然相絶。文心遞變遞深，遞翻遞慘。

**箋** 廣開天門，無復阻人之虎豹矣。紛吾乘者，往以迎之也。吾方上迓而神恰下翔，於是踰以從之，自欣湊巧，天從其願矣。豈知神意之不顧耶？司命之神，司壽夭者也。轉夭爲壽，其職也。職之所在，治紛如治簡，九州交倚賴之。乃曰「何在予」，諉之而以爲非我事也。先曰「紛總總」，厭之而以爲非我能也。此尚可與訴苦乎？可與祈福乎？從前迎神而不見答，猶未知神之絶我與否。即不相昵，猶有望焉。迨神自言之，而情致恝然矣。告我不閒，未嘗非恝，猶飾辭以相慰，不閒尚有閒時也。此之直云「何在」，倍恝矣。

高飛兮安翔，乘清氣兮御陰陽。吾與君兮齊速，導帝之兮九坑。靈衣兮被被，玉佩兮陸離。壹陰兮壹陽，衆莫知兮余所爲。

**品**　「與君」、「導帝」二語並訴，憤甚。

**箋**　神既諉之而不我顧矣，將遂已乎？天門仍可開也，飛翔仍可到也，前之乘玄雲者，玆仍可乘清氣也。天下之人統于司命，司命統于帝，司命失其職，當亦帝所不許也。庶同往而質之帝乎？齊速者，欲拉同速質，俾無可諉，無可延也。「導帝之九坑」者，既謁乎帝，而又引帝以觀乎九州之山，使帝實知司命之失職，九州壽夭，不得其平也。被被陸離，司命之驕蹇自如。曳衣鳴佩，不驚帝責也。陰陽莫知，司命之言也。始曰何在余，諉之於不知也。此曰「衆莫知兮余所爲」，自知其職，自知可爲，而付之不爲，且誇言變化，詈人之不知也。前祇意恝，此則氣悍矣。神愈悍，而望與神親之情乃愈切，愈切而乃以得其愈悍，可若何？

折疏麻兮瑤華，將以遺兮離居。老冉冉兮既極，不寖近兮愈疏。

**品**　抱哀壽夭，救死不暇，何暇惜離？乃特添入「遺離居」，文勢急處能一停留，文情慘處能一冷逗，正自倍急倍慘。

**箋** 司命悍而上帝不之問，天不憐人，人與人苟自相憐而已。麻華以遺離居，因自憐而生憐人之想也。老則死期近矣，毋論夭也，壽亦無益矣。以既極之日，而遇愈疏之司命，有恨如何！

乘龍兮轔轔，高駝兮冲天。結桂枝兮延竚，羌愈思兮愁人。愁人兮柰何，願若今兮無虧。固人命兮有當，孰離合兮可爲。天，叶鉄因反。

**品** 放逐之身，豈屬佳況？乃曰「願若今兮無虧」，苟得長天年，被放未必非福也。語意卑慘。

**箋** 前既乘氣以愬帝，此又乘龍以冲天，欲向上帝而再愬也。司命之不顧，死期之可憂，終不能已于懷，而冀一假年也。低徊思之，前愬既已不效，再愬亦復何益？已矣！冲天之心，忽然中罷矣。但有攀樹執條，結桂延佇，愈思愈愁而已。愁心所至，後來之獲福，既非敢望，現在之歲月，尚恐有損，且願無虧而已。願愈小，辭愈促矣。壽夭固繇定命，離合亦有定數，天下事尚有一之可爲者乎？折麻華以遺離居，人與人苟自相憐之慘況，至此亦俱冰冷矣。

## 右大司命

**總品** 屈子必欲矢死者也，此司命所無如何者也，乃通篇怨責司命，萬恨交攢，如必不肯死然。

文心最曲。首末以三度上天之懷，分作三段布置。首曰乘玄雲，欣而欲上也。中乘清氣，憤而欲上也。末曰乘龍，無可如何，又欲再上也。乘玄雲而曰「君回翔以下」，則因神之下降，不復至天。結桂延佇，則因我之自廢，不復至天。齊速導帝，至於天矣。司命之驕，帝無如何，至猶不至也。欣者失所欣，憤者增所憤。再上者到底不復上，齟齬抑鬱，章法最工。中間添出「折遺」、「離居」四語，天不可問，人徒相憐。纏綿哀惻，味最雋，法最靈。結以「孰離合兮可爲」，久離一合，猶不能得，何論壽年？情最慘，意最長。

穐蘭兮麋蕪，羅生兮堂下。緑葉兮素枝，芳菲菲兮襲予。夫人兮自有美子，蓀何以兮愁苦。秋蘭兮青青，緑葉兮紫莖。滿堂兮美人，忽獨與余兮目成。下，叶户。予，叶與。

**品**　前篇描寫大司命傲甚横甚，自應難訴難賴。此特拈「目成」、「忽」字慶速，「獨」字慶專，説得少司命親甚昵甚，可訴可賴矣。乃有間之者，而親昵之後，仍成契闊，真堪恨絶。自有美子，何以愁苦，明刺頃襄不能爲父復仇。

**箋**　芳生堦墀，不待他求也，氣襲襟裾，不待採佩也。「夫人」，隱指大司命也。「美子」，隱指少司命也。少司命者，繼大司命之志事職業者也。則是大司命爲之父，少司命爲之子也。不獲邀恩于大司命，又轉冀之少司命焉。大司命失職，少司命幹蠱，天下之人將從夭而復壽，庶愁苦可免乎？於是而複言秋蘭，自矜得幸，曰「滿堂美人，獨與余目成」，少司命之於我昵矣，使終始如是，又豈有幾微憂色見於顔面哉！

入不言兮出不辭，乘回風兮載雲旗。悲莫悲兮生別離，樂莫樂兮新相知。荷衣兮蕙帶，儵而來兮忽而逝。夕宿兮帝郊，君誰須兮雲之際。帶，叶丁計反。

**品** 「新相知」，承上「與余目成」。懷之不返，此生離之悲也。襄之或可用原，則新知之樂也。「忽而逝」，翻上「忽獨成」。「誰須」，翻上「與余」。

**箋** 既已目成，當於我無所不厚矣。同心之言，偕往之處，宜其相告相招，而乃入不言，出不辭，乘載獨行也，少司命之行徑、心事可疑也。然猶以目成之故，未忍遽疑之也。但自嘆曰「悲莫悲兮生別離」，此一生之熱血，所最難堪者也。又自慰曰「樂莫樂兮新相知」，此今日之情況，或不至暌迕者也。恃目成之方新，謂必無恩絶之理。一癡至是，真可憐哉！再一盼望，神且衣帶逍遥，倏來又忽逝矣。佻達之行徑，輕薄之心事，畢露矣。夕宿於天帝之郊，不下降矣。别有所須於雲際，以快目成，非我獨矣。「誰須」者，不知其爲誰也，姓名未可指。既已疑之，而又未敢實疑之也。

與女遊兮九河，衝風至兮水揚波。與女沐兮咸池，晞女髮兮陽之阿。望孅人兮未徠，臨風怳兮浩歌。池，叶陁。古本無「九河」二句。

**品**「望未來」，應「目成」，始之目成者，茲且眸穿。

**箋** 神既忽逝，我當往追。夫安知誰須者之果有人乎？無人乎？親見之而後可決也，故亟曰「與女」也。咸池，星名也。彼之所宿近于帝，吾之所追亦必及于天也。不但曰同遊，必曰與之同沐，爲之晞髮者，以致親情也，以致效勞也，冀神之終顧我也。乃望之而依然未來也，下不在人間，上不在星躔，忽逝之蹤竟在何處？豈夕宿者，又晨移乎？將蹤隨風而無定乎？臨風怳然，浩歌當泣而已。

孔蓋兮翠旍，登九天兮撫彗星。慫長劍兮擁幼艾，蓀獨宜兮爲民正。正，平聲。

**箋** 天稱九重，尋之咸池之星而不遇，此不過一重之天耳，未及九也。于焉孔雀以飾吾車，翠羽以樹吾旗，窮高而益尋之，登彼九天焉。計爲妖氛、爲孽祟者，在天之上，實惟彗星。離間讒蔽，其彗星之罪乎？登而撫之，夫然後咎有所歸也。終之以稱揚少司命，曰「慫長劍兮擁幼艾，荪獨宜兮爲民正」。五十曰艾。民之幼也，艾也，其年歲皆係于司命者也。大司命不顧人間之壽夭，則擁護幼艾而稱宜民者，少司命獨焉已。祝之也，規之也，不勝其望之而以美詞歆之，俾顧己也。民正者，願司命之予民以正命也。正者民所順受，非正不願受也。

## 右少司命

**總品** 神宿帝郊而遁我，我登九天以求神，字法相應。與余成爲民正，首尾劈分兩意，繇淺入深。倏來忽逝，與余之意不復終矣。民之壽夭，少司命之本職也。于余縱不終目成，于民豈可不思爲正？

暾將出兮東方，照吾檻兮扶桑。撫余馬兮安驅，夜皎皎兮既明。駕龍輈兮乘雷，載雲旗兮委蛇。長太息兮將上，心低佪兮顧懷。羌聲色兮娱人，觀者憺兮忘歸。明，叶芒。懷，叶胡威反。

**品** 「照檻」從「將出」説，盼望甚急。太息低徊之後，忽説聲色娱人，我情與人情，竟爾相隔。世既耽娱，誰知吾苦？愈添低徊太息矣。

**箋** 主臣之祭，所患者不明。離炤高懸，則下無不達之聞，旁無可蔽之讒矣。此原所諄諄焉企彼杲日也。遡東方之將出，幸吾檻之蒙炤，撫馬志喜，可以安驅出門，不憂迷途之危矣。夜景漫漫，今爲旦明矣。駕龍乘雷，志迅速也。載旗委蛇，志從容也。時有明而無晦，途有安而無危，則從容迅速，無所不便也。慶幸之中，忽轉一念，太息將上，低徊顧懷，安之後，又或慮危，明之後，又或慮晦。此原之隱憂，未易爲衆人道也。聲色娱人，觀憺忘歸，衆人之樂者自樂，我之愁者自愁。情景不相對，人我不相通。此無可户告者也。

緪瑟兮交鼓，簫鍾兮瑶簴。鳴鯱兮吹竽，思靈保兮賢姱。翾飛兮翠曾，展詩兮會舞。應律兮合節，靈之來兮蔽日。簴，叶其吕反。姱，叶户。曾，叶作滕反。節，叶即。

**品** 備敘音樂，着「翾飛翠曾」一語，平中造奇，實中造虚。

**箋** 此接言聲色之盛也。衆所懽娱于忘歸之會，而原所低徊于事神之際也。爲瑟鼓，爲鍾簴，爲鯱竽，八音畢備也。「思靈保兮賢姱」，懽非賢非姱之雜降也。翾飛翠曾，會舞合節之情狀也。舞之抑揚，有飛曾之象。音之抑揚，亦有飛曾之象也。靈之來志喜也，來而曰蔽日，喜之中又若微有懼焉。將出而慶炤檻，乃侍從交集，復或蔽之。毋乃光有炤有不炤乎？嗚呼！何其多慮而易驚也。

青雲衣兮白霓裳，舉長矢兮射天狼。操余弧兮反淪降，援北斗兮酌桂漿。撰余轡兮高駝翔，杳冥冥兮以東行。降、行，俱叶胡剛反。

**品** 前憂彗星，此憂天狼。撫彗尚未敢，正斥其罪也。舉、射，則亟下辣手矣。每换一歌，輒進一層。以此爲次第。

**箋** 神之既來，可以喜矣，無須太息於將上，低徊於反顧矣。然毋乃日來，而惡氛蔽之與偕來乎？日中必昃不又將淪降於西方乎？吾於是雲衣霓裳，射天狼之星以杜惡氛焉。「操余弧兮反淪降」，則揮戈之説也。日或爲他蔽而我射之，日或不爲我留而我反之，兩法並用，又抑何多慮而善防也。然而淪降者，終不能不淪降也。徐焉而星斗現光，曜靈匿魄，杳冥冥矣。前曰暾將出，夜既明，神之從冥冥而來，示我以皎皎也，爲今日之晨慶也。兹曰援北斗，撰余轡，則我之從皎皎而往迎，彼於冥冥也爲明日之晨計也。坐待皎皎，則此夜既苦離光，明晨亦遲於受光。往迎冥冥，則明晨之得光早，并此夜之就光亦全矣。必曰高馳翔者，凡登絶頂而觀日，夜半即見初出，往往海外已焕金光，闤闠尚屬黑影。五嶽頂上莫不如是。身處卑則光遲，處高則光速也。是合晝夜之道，俱不患其不明者也。冥冥而曰東行者，日既西入，復將東出。迫日於西，則夸父所不及，就日於東，則舉步所易即也。

## 右東君

**總品**　「暾將出兮東方」，「杳冥冥兮以東行」，始末以迎日就日爲大關鍵。靈來兮蔽日，喜與懼交并，從中間着一轆轤。

與女遊兮九河，衝風起兮横波。乘水車兮荷蓋，駕兩龍兮驂螭。登崑崙兮四望，心飛揚兮浩蕩。日將暮兮悵忘歸，惟極浦兮寤懷。螭，叶丑歌反。懷，叶虚韋反。

**品**　先着「九河」一語，致其預想，乃徐着「四望」語，明其遍尋。文勢善于吐納。「横波」起下文「波迎」。風偏無情，吹波使横；魚偏有情，順波相媵。可以與遊，不願風之無情，乃偏受無情之相阻。既已離别，不煩魚之有情，乃偏受有情之相撩，兩皆難堪。

**箋** 九河偕遊，此未見河伯，意中預擬之言也。河有九，則遡洄、遡遊，無定在矣。非一方之可求，泛波之易遇矣。風起波横，益難矣。乘車駕龍，舍水就陸。登彼崑崙之山，居高而四望之，此固河源所從出也，水脈可尋，遐覽可周，庶九河皆在目中，而定在可得乎？飛揚浩蕩，欲見之極，意飄飄而不可止也。山高則境曠，境曠則神馳，愈曠愈馳，愈馳愈曠也。日暮忘歸，望之而未得其處也。極浦寤懷，望之而冀得其岸也。

魚鱗屋兮龍堂，紫貝闕兮朱宮。靈何爲兮水中，乘白黿兮逐文魚。與女遊兮河之渚，流澌紛兮將來下。子交手兮東行，送美人兮南浦。波滔滔兮來迎，魚隣隣兮媵予。堂，叶同。

**品** 河伯應以水中爲居，乃曰「何爲兮水中」，人不能從河伯，反怨河伯不宜居水，恨得倒置，最爲深情。與遊河渚，冀其暫移而近岸也，交乎便行，水陸互殊，終難久聚，互映有致。

**箋** 四望之後，得其所在。屋堂闕宮，俱見之矣。在彼水中矣，因其居而知其人。向所云九河未定者，今在此河矣。向所云極浦寤懷者，今在此渚矣。於是舍陸從水，舍龍螭之車，而乘黿魚以追隨河伯，幸矣得與之遊矣。初願遂矣，流冰方開，遊趣正長，而忽焉遽別也。極四望而始一見，甫交手而忽東南，合何艱，離何易也！嗚呼！竟别矣，迎我者徒有波，媵予者徒有魚耳，美人杳然矣。

## 右河伯

**總品** 「與女遊兮九河」，預擬之。「與女遊兮河之渚」，實言之。乃甫交手而遽别焉，與遊等于不與遊，恨恨何窮。「波迎」應「横波」，始以興恨者，後又以興感。「魚滕」應「逐魚」，始以志合者，後又以志離。同此景物，遂成萬變。

若有人兮山之阿，被薜荔兮帶女蘿。既含睇兮又宜笑，子慕予兮善窈窕。乘赤豹兮從文貍，辛夷車兮結桂旗。被石蘭兮帶杜衡，折芳馨兮遺所思。余處幽篁兮終不見天，路險難兮獨後來。

**品** 含睇宜笑，工于寫態寫情，再添「善窈窕」一語，情態益出。

**箋** 含怒、造怒，此君所繇棄臣之成心也。「含睇」、「宜笑」，此鬼所以通人之伎倆也。笑者自工，怒者自甚，判而不合，謂之何哉？自譽曰「宜」，又爲人之譽之曰「窈窕」，原之爲鬼言，真苦心哀婉矣。曰「豹」、曰「貍」，誇物色也。「辛夷結桂」、「被蘭帶蘅」，誇芳潔也。夫亦曰世之所有，吾無不有，如是而可以不見棄於人焉耳。折芳致遺，未相見而先之以贄也。情不敢遽，禮不敢缺也。「處幽篁兮終不見天」，自言其可悼，而冀人之悼之也。「險難後來」，若懼見責於人，而遜詞以謝之。誰與鬼約者，而惕然於至之遲乎？原之爲鬼言益苦心哀婉矣。有皇路焉，有衆人之路焉，有鬼路焉。鬼路亦憚險難，而黨人乃欲以幽險之路導君也，此原所深痛也。

表獨立兮山之上，雲容容兮而在下。杳冥冥兮羌晝晦，東風飄兮神靈雨。留靈修兮憺忘歸，歲既晏兮孰華予。下，叶户。予，叶與。

**品** 緊承「不見天」，拈出「獨立山上」，不受篁蔽。僅此片晷。忽然風雨，寫出意外之恨。

**箋** 「獨立山上」，出幽就明矣，幽篁脱矣。「表獨立」者，謂藉此時以自標表也，沾沾志幸之詞也。立山上而舉頭日近，不患不見天矣。「雲容容兮在下」，方喜見天，又倏而不見地矣。昔爲幽篁所晦者，兹又冥冥晝晦矣。風雨交來，造兹闇淡。夫誰爲之？神靈爲之也。「留靈修」者，神靈駕風雨，以與靈修之神相會也。鬼方藉此一刻之天日，以與人相會，而神乃造無端之風雨，以與神相會。鬼見人之道用明，必須天日。神見神之道用幽，必須風雨。此所繇殊勢也。

靈修未歸，則風雨未歇，風雨未歇，則天日未清，天日未清，則人鬼不得合矣。將神靈妬之耶？神未必相妬，而不如意之事偏相巧湊也。費幾苦心，歷幾險路，方得一擬見人。此期既阻，又當復反幽篁矣。當兹歲晏，鬼不獲再出，亦有人焉肯就鬼于幽，而錫以光顧之華者乎？原之爲鬼言，又倍苦心哀婉矣。

采三秀兮於山間，石磊磊兮葛蔓蔓。怨公子兮悵忘歸，君思我兮不得閒。山中人兮芳杜若，飲石泉兮蔭松柏。君思我兮然疑作。靁填填兮雨冥冥，猨啾啾兮狖夜鳴。風颯颯兮木蕭蕭，思公子兮徒離憂。栢，叶博。

**品**　「悵忘歸」，應前「憺忘歸」。彼以歡，此以恨，最工相彰。「雨冥冥」，應前「羌冥冥」，彼爲立山上之雨，此又爲行山間之雨，最苦疊逢。鬼思人而無術，乃冀人之思鬼。一則曰「孰華予」，再則曰「君思我」，愈過望愈無聊，終之曰「思公子兮徒離憂」。人鬼道殊，竟不宜相思矣，説得憤絶。

**箋**　既不得見人，而因以他之焉。移山上之立爲山間之行。采芝閒步，用消愁懷。石之磊磊，依然路之險艱也。葛則蔓蔓，依然篁之幽晦也。是現前者無一佳況也。怨公子者，咎公子之不肯華予也。悵忘歸者，滯留他山，不復返幽篁之故居也。「君思我兮不得閒」者，既怨公子之不思我，而又不敢怨，寬以自慰曰：公子未必不思我，意者其不閒耶？「告余以不閒」之謂也。既嘆山間之無佳況，幽險多葛石，又忽誇山中之有芳杜，涼蔭有泉松，前折芳以遺人者，此又欲借芳以招人也。「思我不得閒」，寬言之。「思我然疑作」，又亟咎之。既思矣，豈有以不閒阻者？疑心存焉耳。然不勝疑，則閒不勝忙矣。人鬼道殊，此所繇終隔也。苦於晝晦者，雷雨益添之。苦於幽篁者，風木益助之。永爲鬼界，人踪斷矣，徒離憂而已。與猿狖伍，與公子隔矣。

## 右山鬼

**總品** 以「山阿」、「山上」、「山間」，分列章法。出山阿而得立山上，快不可言。棄山上又入山間，苦不可言。始抱苦於不得出，終且抱恨而不敢歸。「子慕予兮善窈窕」，「君思我兮然疑作」，互映最深。凡相疑者，繇於不相知。人既喜鬼之慕人善窈窕，則明明知之而又疑之。此世事所以大壞，而一德之交，所以必不合也。

操吴戈兮被犀甲，車錯轂兮短兵接。旌蔽日兮敵若雲，矢交墜兮士争先。凌余陣兮躐余行，左驂殪兮右刃傷。霾兩輪兮縶四馬，援玉枹兮擊鳴鼓。天時懟兮威靈怒，嚴殺盡兮棄原壄。接，叶匝。先，叶詢。行，叶杭。馬，叶滿補反。野，叶上與反。

**品**　轂錯兵接，凌陣躐行，善寫勇鬭之況。殪、傷、霾、縶之後，專言鼓聲者，軍中以鼓爲主。鼓不止，士不歇，直至人盡而後已也。尤善寫死鬥之況，敗北中能描生氣。

**箋**　戈言吳，甲言犀，擇器之堅利也。錯轂接短，言近鬥也。蔽日若雲，敵之多也。矢墜争先，不以敵多而怯也。凌陣、躐行，争先之狀，不以在後而避也。右傷者，左馬既死，右馬復傷也。輪霾者，戰塵漲，車伍迷也。馬縶者，乘馬既殪傷，餘馬又被縶也。援枹擊鼓者，塵漲騎失，既敗而猶能力戰也。天時懟者，成敗有天，天實助敵矣，吾與天抗，懟天而務求勝也。威靈怒者，吾之威與吾之靈兩奮其怒也。「嚴殺盡兮棄原壄」，不盡不棄，吾之戰未肯已也。有必死之意，無求生之心也。

出不入兮往不反，平原忽兮路超遠。帶長劍兮挾秦弓，首雖離兮心不懲。誠既勇兮又以武，終剛强兮不可凌。身既死兮神以靈，魂魄毅兮爲鬼雄。弓，叶經。雄，叶形。

**品**　帶劍挾弓，于既死中，寫出裝束如故。「既」字、「又」字、「終」字，語善疊描。無首尚仗有心、有魂即兼有魄，旨善互映。

**箋**　此申言嚴殺之意也。原野之懷，豈今日始決哉！當昔從軍出門，已不求復入，一往之意，不求復反矣。「平原忽兮」，忽然而盡也。「路超遠」，去家之遠也。説至此，悲心微動矣。原野之内，又忽帶家鄉之況矣。于是乎亟自矢曰「帶長劍」、「挾秦弓」，矢懷敵愾，固死是求也，豈以首離而心遂懲哉？首未離而出不入，此世不以爲恨，既離而心不懲，則來世亦并不以爲戒矣。夫英氣至亘于來世，真既勇又武，剛强之志，無有初鮮終之嘆矣。不然，未必其死後之不含悲也。不可凌之于生前，而猶可凌之于死後也。今一無所懲，論心至此，身死神靈，生爲士雄，死爲鬼雄，又何問焉。上天下地，惟所獨立矣，魂之强，足以扶其魄之壞矣。故不惟曰魂毅，兼曰魄毅也。

## 右國殤

**總品**　未死仗魄，不能仗靈，却曰威靈。既死仗靈，不能仗魄，却曰魄毅。前後穿插，通生死爲一。

成禮兮會鼓，傳芭兮代舞，姱女倡兮容與。春蘭兮秋鞠，長無絶兮終古。

**品** 數言耳，全部楚辭，盡歸收拾。佩芳之懷，所苦難行，己志所驚；受變時趨，曰「長無絶兮終古」，則千世之伸，何妨一時之屈。此九歌所以終于禮魂也。亟承上國殤魂毅，尤爲有味。

**箋** 志趣之不立，品行之不潔，此魂逝而不堪禮成者也。生前能備百行，死後乃可稱成禮。故首揭成禮，示鄭重也。「會鼓」者，聚衆聲也。「代舞」，遞代而舞也。「倡」者，歌聲倡和也。「傳芭」、「容與」，舞應節、歌應律也。「春蘭」、「秋菊」，頌芳潔也。百年無不腐之魄，千世無不散之魂，芳聲遞流，莫之盡也。勉爲芳，而古今壽夭，可以一視矣。凡九歌所憂，皆可不憂矣，無待乞憐於司命，邀盼於東皇、雲中、湘君、夫人諸神矣。

## 右禮魂

**總品** 禮魂，却無一語及魂，但曰蘭、菊無絶，善佩芳者，蘭、菊即其魂也。命想下字奇甚。

# 楚辭卷五

閩黄文焕聽直

## 卜居

屈原既放，三年不得復見，竭智盡忠，而蔽鄣於讒。心煩慮亂，不知所從。乃往見太卜鄭詹尹曰：「余有所疑，願因先生決之。」詹尹乃端策拂龜，曰：「君將何以教之？」屈原曰：「吾將悃悃欵欵，朴以忠乎？將送往勞來，斯無窮乎？寧誅鋤草茅以力耕乎？將游大人以成名乎？寧正言不諱以危身乎？將從俗富貴以媮生乎？寧超然高舉以保貞乎？將哫訾慄斯，喔咿儒兒，以事婦人乎？寧廉潔正直以自清乎？將突梯滑稽，如脂如韋，以絜楹乎？寧昂昂若千里之駒乎？將氾氾若水中之鳧乎？與波上下，偷以全吾軀乎？寧與騏驥亢軛乎？將隨駑馬之迹乎？寧與黄鵠比翼乎？將與雞鶩争食乎？此孰吉孰凶？何去何從？世溷濁而不清，蟬翼爲重，千鈞爲輕。黄鍾毁棄，瓦釜雷鳴。讒人高張，賢士無名。吁嗟默默兮，誰知吾之廉貞？」詹尹乃釋策而謝曰：「夫尺有所短，寸有所長，物有所不足，智有所不明，數有所不逮，神有所不通。用君之心，行君之意，龜策誠不能知此事。」明，叶芒。通，叶他光反。

**品**　連用十七「乎」字，開段取整。前數「乎」字用正言，後數「乎」字用取譬。看他變處，一「寧」一「將」，每段自爲整對。「寧超然」、「寧廉潔」，「哫訾慄斯，喔咿儒兒，以事婦人」，「突梯滑稽，如脂如韋，以絜楹」則合兩段爲整對。看他又變處，段段句法匀停。却于「水凫」之下，特多「與波」、「偷全」二句，本只是十六「乎」字，添出十七，破整齊爲參差。看他三變處，取譬疊對，段段分峙不相同。却于「駑馬」、「騏驥」一段，複上「千里駒」，相連相承，又一整齊中之參差。看他四變處，正言不繼以喻，則理易腐，整段不繼以散，則體易板，作者調劑轉換，費極苦心。「蟬翼」、「千鈞」數語，再用取譬。「尺短」、「寸長」二語，又從詹尹口中再出取譬。譬愈多而後峰愈奇，味愈厚也。兩譬與前譬鼎立爲三。其法各以取譬及正言相雜相映，又是章法内參差之整齊。就中各具變幻，則前之取譬，正言在先，譬在後。後兩取譬，高張無名，物智神數，正言皆在後，譬在先，又一調劑轉換處。後人賦手，拖沓不變，縱填塞多料，以字法句法，矜其古奥。然章法未能造幻，體勢總歸鈍直，豈解如此短篇，乃具百變作用耶？漢人尚莫窺其門堂，乃或謂宋賦從原卜居開其端。嗚呼！是寧深心讀原者哉？使以章法善變爲賦心，艷麗益以增美，清空亦足呈奇，何適不可？

**箋**　衆臣留智以衛身，忠臣竭智以憂國。智留則詭踪日秘而愈巧，智竭則忠腸日露而成愚。心煩慮亂，不知所從，長于謀國者，自拙于謀身也，欲求免蔽障而弗得也。卜以決疑，矢忠無可自疑，被障思一破障，不能不疑也。悃悃欵欵，血誠重疊，期于必竭必盡，不一而足也。朴之一言，則受讒之禍根也。有術以行其忠，忠或不必獲戾，納牖諷諫非歟？朴以忠而忠多術寡矣。失之太直者，朴也。失之無文者，又朴也。此主所繇易怒，讒所繇易施也。原之病，原自知之，然終不能自療也。性不可改，云如之何。送往勞來，一身環應于前後之際也。往之人送之，則往者喜；來之人勞之，則來者慰。時俗之所云「工巧」也。是與朴反者也。朴者無處而不得孤，巧者無處而不得助也。斯無窮者，巧態日生而遞進，愈巧愈熟，愈熟又愈巧也。朴忠之伎倆易窮，彼無窮也。是與竭盡反者也。斯之一言，尤無窮之本領存焉。從巧生速，以速行巧，邪佞之逢君上，媚權貴，事甫觸于眸，而計立生于睫，莫不如是。一遲而送往，不及勞來，勞來不及送往，則爲有窮矣，機會不相投矣。大人，蔚然負鉅望之人也。「力耕」，所以埋名自晦。「遊大人」，則即不仕亦不隱，結交海内之賢達，留聲天壤也。此比不求名者低矣，比諂媚喪品、不顧名者猶高，故以兩擬也。「媮生」，冀安樂也。「哫訾」，口將言而訾毁人也。「慄斯」，抱懼于斯而未敢遽言也。「喔咿」，内抱懼而外爲强笑以施媚也。「儒兒」者，示人以儒雅之狀，兒童之容，飾詐以文，藏狠于弱，使人生愛生憐，而自親之也。四術互用，將言之械淺，未遽言之械深，求媚于人之械淺，使人自親之械深。小人之所以移君至巧，原之狀小人至備矣。「以事婦人」，則原之所痛心致慨也。此法以事婦人則可，柰何以事君乎？以妾婦自待，不可言也，以婦人待其君，尤不可言也。「突梯」，攀援而工上升也。「滑稽」，圓轉而無旁滯也。「如脂」，潤也，「如韋」，柔也。四術互濟，既工上援，又杜旁阻。滑則已潤矣，又益之以潤，潤則已柔矣，又益之以柔，有加無已，何歡不投？「絜楹」，與楹比圓也。合四術而後足以絜之，不然懼未至也。君實棟其臣，欲直以勝任，臣乃楹其術，欲圓以希寵，國事安得不壞？忠臣安得不憤哉？「呢訾」、「慄斯」、「喔咿」、「儒兒」者，奸邪若驚、若懦，初祈逢君之深胸。「突梯滑稽，如脂如韋」者，奸邪愈巧愈神，倍添得君之熟手也。諸律皆始於黄鐘，「黄鐘毁棄」，則六律俱壞矣。「瓦釜」，無聲之器，至於「雷鳴」，何況有聲者，百怪交作矣。賢士不得立功，所仗立名，讒張則併被賢者以不美之名。向所云「游大人以成名」者，尚非士君子不願求名之本懷，兹且成名不可得矣。

# 楚辭卷六

閩黄文焕聽直

## 漁父

屈原既放，游於江潭，行吟澤畔，顔色憔悴，形容枯槁。漁父見而問之，曰：「子非三閭大夫與？何故至於斯？」屈原曰：「舉世皆濁我獨清，衆人皆醉我獨醒，是以見放。」漁父曰：「聖人不凝滯於物，而能與世推移。世人皆濁，何不淈其泥而揚其波？衆人皆醉，何不餔其糟而歠其釃？何故深思高舉，自令放爲？」屈原曰：「吾聞之：新沐者必彈冠，新浴者必振衣。安能以身之察察，受物之汶汶者乎？寧赴湘流，葬於江魚之腹中，安能以皓皓之白，而蒙世俗之塵埃乎？」漁父莞爾而笑，鼓枻而去，乃歌曰：「滄浪之水清兮，可以濯吾纓。滄浪之水濁兮，可以濯吾足。」遂去，不復與言。汶，叶莫悲反。埃，叶於支反。「水濁」濁字，叶竹六反。

**品**　原曰「皆濁」、「獨清」，既清不能從濁。漁父曰清濁並用。因濁即可爲清。泥中揚波，一因濁以爲清也。濁堪濯足，又一因濯以爲清也。原曰冠，漁父曰纓。冠欲拂塵，纓何必盡避塵。纓即有塵，仍可濯也。原曰身，漁父曰足。身欲辭污，足難辭偶污。足即蹈污，仍易濯也。肯隱則塵污盡濯，不肯隱而欲清，得乎？語意機鋒，一一相射。此章法深處。「新沐」至「蒙埃」，一意耳，却分兩「安能」作對。圓者方之，以取莊整，此段法妙處。

**箋**　有所偏則凝滯。偏於濁，偏於清，偏於醉，偏於醒，其爲凝滯一也。推者，推彼而去之也。移者，移此而就之也。原之斤斤自標曰我，漁父曰凝滯而不通，與物俱物耳，未足尊我也。推移而善通，以世付世焉，仍不失我也。偕濁固難，若淈泥揚波，則泥之所沾，波之所盪，未嘗盡濁，而又不必避濁。偕醉固難，若哺糟歠釃，則糟既非酒，釃亦薄酒，未嘗遽醉，而又不必避醉，是之謂「不凝滯」，是之謂可以推而去之，可以移而就之。「不凝滯」者，何嘗不「高舉」？務「高舉」者，或不能「推移」。「深思」則「高舉」之本領，原所自許謀國，得力在此，而亦偏激之病根。漁父所嘆違俗開罪，即在此也。思不太深，則君國大事，衆人所糊塗過日者。君子亦當委曲投機，何用强聒？太深而危亡之形立在現前，諫不能不驟，語不能不激矣。驟且激，而獨立之踪，日高一日，日孤一日矣。其被放也，自令放也，非獨讒人之工也。原曰：吾亦不待深思也，朝政之是非，人品之邪正，有目可以共見，有色可以共別。察察皓皓，天性本來，難以自昧，不高舉則將受之乎？蒙之乎？不能也。漁父曰：亦非受也，亦非蒙也，有濯之法在，何畏夫汶汶，何傷夫皓皓哉？與其用湘流之水以葬而無救於國，不如用滄浪之水以濯而仍潔其身也。此招隱之歌也。蓋後世所譏原者，存乎隱遯，不必求死。原已自詰自嘲，設爲問答，一一分明矣。乃卒不能不死也，宗臣之誼與異姓殊也。

# 楚辭卷七

閩黄文焕聽直

## 九章

惜誦以致愍兮，發憤以抒情。所非忠而言之兮，指蒼天以爲正。令五帝以折中兮，戒六神與嚮服。俾山川以備御兮，命咎繇使聽直。正，叶征。服，叶蒲北反。

**品** 孤憤忽生，欲令天地神鬼一齊不得安坐。文心奇創至此。

**箋** 作誦以式訛，家父之所亟自明，冀究王之無罪也。「惜誦以致愍」，屈子之所自悲，悔訴冤之無及也。始惜之而不肯遽言，今抒之而未必見信。忠無可白于人，而祈白之于天，又祈天之分敕諸神，以共爲白焉。人世之不足賴，一神之未易決，一至是哉！祈天祈神，而仍歸之咎繇之聽直，天不足賴，終藉人而已。神即衆，仍不如繇之獨也。當衰世而欲得古咎繇之人，此豈復可望哉？嗚呼！直何時耶？聽何日耶？仰天俯地，前千世而後千世，胥爲黯然矣。

竭忠誠而事君兮，反離羣而贅肬。忘儇媚以背衆兮，待明君其知之。言與行其可迹兮，情與貌其不變。故相臣莫若君兮，所以證之不遠。肬，叶於其反。

**品**　下文厲神所占，曰「君可思而不可恃」，此曰「待明君」、曰「莫若君」，句句以君爲可恃。善伏下案。前曰「抒情」，曰「忠言」，此曰「言與行」、「情與貌」，互相呼應。情尚隱而貌顯，言尚虛而行實，如斯忠否，有何難辨？以此段催緊前段。

**箋**　前憤心事之莫白，呼天呼神，共爲剖雪。此表忠忱之易見，不待天，不待神，不待聽直，君可立稽也。曰「竭忠誠」、「反贅肬」，言血脈之不貫，痛癢之不關也。未嘗見絶而置之無用，此堂簾暌隔之大弊，宗臣所最難堪者也。嗚呼！不得不待君之徐知矣。既已離羣背衆，益惟待君而已。抑吾之待知，豈有難知哉？言行可以踪跡，情貌無可變匿，以行證言，以貌證情，至顯至邇，相臣真莫若君也。難知而君不知，猶曰此日之昧，待他日之明；易知而竟不之知，無可復待矣，不得不急於求親矣。

吾誼先君而後身兮，羌衆人之所仇也。專惟君而無他兮，又衆兆之所讎也。壹心而不豫兮，羌不可保也。疾親君而無他兮，有招禍之道也。

**品** 抒情自鳴無罪，招禍又自認有罪。五帝六神，山川咎繇，到此亦難爲原判斷矣。原實自招之，誰能雪之？艾情善用遞翻。

**箋** 既已易知，無可自咎矣。此又痛自引咎曰「背衆」者，開釁於衆者也。儇媚之忘，仇讎之集也。「先君」、「專君」，我所謂竭，衆所謂非也。「不豫」，謂不豫爲備也。仇隙既存，從而備之，猶慮或疎，況不備而可保哉！如是以徐待君之親我，不亟求合，衆人衆兆，庶不之妬乎。乃又疾求親君，心無他術，勢無他佐，而亟於欲速，是招妬也。以背衆爲始禍，以疾親爲催禍，無往而不招矣。

思君其莫我忠兮，忽忘身之賤貧。事君而不貳兮，迷不知寵之門。忠何辜以遇罰兮，亦非余之所志也。行不羣以顛越兮，又衆兆之所咍也。紛逢尤以離謗兮，謇不可釋也。情沈抑而不達兮，又蔽而莫之白也。心鬱邑余侘傺兮，又莫察余之中情。固煩言不可結而詒兮，願陳志而無路。退靜默而莫余知兮，進號呼又莫余聞。申侘傺之煩惑兮，中悶瞀之忳忳。門，叶民。志，叶之。咍，叶呼其反。白，叶弼。

**品** 曰「忽忘」、曰「迷不知」、曰「亦非余」、曰「又衆咍」、曰「又蔽」、曰「又莫察」、曰「固不可」、曰「又莫余聞」，一句一轉，叠號不休。結局所云「重著以自明」，此爲最重矣。忽忘「忽」字，最有致氣之所激，忽然不自覺也。忠臣俠客，熱血驟噴，不暇他顧，往往如斯。「迷不知門」，自供尤妙，將自己一腔忠愛寫得絶癡。不愚者必不肯忠，忠者必愚。人各有能有不能，干寵之門，實無所知，但曰不欲干，猶是矯談矣。既曰寵不知門，又曰「願陳志而無路」，門者我所從入，路者我所從出。門路兩斷，出入交窮。先曰「迷」，後曰「瞀」，因迷致瞀，瞀而益迷，始終長困，説得可嘆。

**箋** 自咎之後，又復自解。吾之先君後身也，忘焉故也。吾之專惟君而不貳也，迷焉故也。吾亦非志於招禍也，吾亦未嘗不欲避人之咍笑也，愈忠愈迷，以至於此。吾亦不自知其所以，但有日愚日甚耳。既迷而又莫爲之指迷者，我實有情而不得達於人，人又不察我之情以憐乎我。所謂「情與貌其不變」者，空自悵然矣。「煩言」，謂言之多也，意不可盡，則言不可省，故未易結也。煩言不可結詒，號呼又莫余聞，所謂言與行其可跡者，復空自悵然矣。謗不可釋，志不可陳，鬱邑侘傺之餘，又加侘傺，是有申而無已也。煩言之懷，變爲煩惑，愈惑則愈悶，悶則愈瞀，忳忳焉而已，蓋自解之後，又自憐極矣。

昔余夢登天兮，魂中道而無杭。吾使厲神占之兮，曰「有志極而無旁。」終危獨以離異兮，曰「君可思而不可恃」。故衆口其鑠金兮，初若是而逢殆。殆，叶徒係反。

**品** 忽然説夢，追思昔日，文心從實得幻，文勢從順得逆。登天却説用舟杭，字下得奇。地盡則水，水盡則天，天水相連者也。尋河源，步星槎，登天其有途乎？「中道無杭」，接入「無旁」，「旁」字下得奇。專倚中道故易窮，誠知求之四旁，而東西南北，俱可覓登矣。

**箋** 既極自憐，又復自諉，一一歸之於夢。吾之迷也瞀也，人之莫白莫察，莫聞莫知也，數已前定矣。吾夢久矣，「中道無杭」，此夢之示我以無路也、無門也。「有志極而無旁」，此占之料我不知旁門、不知旁路也。「極」，言直往也。「旁」，偏旁也。有正行，有旁行，則隨步不碍。徑直遂志，則坎陷在前，或無所避矣。如是而危獨離異，必至之勢也。其終也，衆口鑠金，必開之隙也。其初也，徘徊初終之際，一言以蔽之，曰「君可思而不可恃」而已。同衆則非恃，專君背衆則恃，從容則非恃，疾親無他則恃。

懲熱羹而吹韲兮，何不變此志也。欲釋階而登天兮，猶有曩之態也。衆駭遽以離心兮，又何以爲此伴也。同極而異路兮，又何以爲此援也。態，叶替。

**品** 「不變此志」，應前「陳志」。「同極」應「志極」。「異路」應「無路」。曰「門」、曰「路」、曰「階」，三者我無一焉，又何以行世？叠拈最慘。「何不」、「何以」，三「何」字，自罵得痛絶。

**箋** 自諉之後，又復自詰，曰夢之告我者甚明，而我竟不知變也。情貌不變，從前以此望君之見察。冷熱宜懲，從今宜以此存我之知悔也。釋階登天，曩態俱存。一生憒憒，墮落夢境，云如之何哉？水既無杭，陸復無階，兩無望矣，天尚可近乎？何以爲伴？何以爲援？所謂危獨離異之終必至是也。「此志」，即志極之志也。「同極」，志之同極也。人臣以得君爲主，所謂同極也。能媚不能媚，則異路之説也。

晉申生之孝子兮，父信讒而不好。行婞直而不豫兮，鮌功用而不就。吾聞作忠以造怨兮，忽謂之過言。九折臂而成醫兮，吾至今乃知其信然。好，叶呼鬪反。

**品** 「作忠」與「所非忠而言」相應。忠可以矢天，偏不可對人。多一番忠肝，徒添一番怨府。「作」字、「造」字，寫盡層層。

**箋** 自詰之後，又引古以自喻。不得志於君父之際，古固有然，豈獨今日？而吾知之，乃以今也，始之忽之，何其疎也。今之信之，何其晚也。君造怒者也，我造怨者也。以造怨之臣，事造怒之君，尚可合乎？以我之忠，形人不忠，造怨於人者也。天亡人國，必令其主不樂忠言，天之所廢我，乃强欲扶而興之，是造怨於天者也。

矰弋機而在上兮，罻羅張而在下。設張辟以娛君兮，願側身而無所。欲儃佪以干傺兮，恐重患而離尤。欲高飛而遠集兮，君罔謂女何之。欲橫奔而失路兮，蓋堅志而不忍。背膺牉以交痛兮，心鬱結而紆軫。下，叶户。

**品**　「在上」、「在下」，機械布滿，無隙可逃，説得千古小人廣害君子之密。曰「設」曰「張」，又曰「辟」。預開禍阱，以待愚忠之自墜。君子自買罪，而小人乃若不與焉。殺之爲有名，陷之爲無跡，説盡千古小人暗害君子之巧。三「欲」字，呼訴哽咽。「堅志」，應不變此志。前自咎不變，此又自誓不肯變。牉交鬱結，善狀痛況。結在心，故痛專在膺。五臟系皆在背，心與背尤居中相對，痛在膺，故互分互牽全在背。

**箋**　從前自解自憐，自諉自詰，又復自喻，一一回心内炤，未嘗深罪小人。至此而特揭小人之隱，曰「矰弋」、「罻羅」，「設張辟以娛君」，使忠臣受禍，而彼乃以爲娛君之舉。「娛」之一言，奸臣快絶，忠臣慘絶矣。向所謂無門無路，無杌無階，直行不得者，至此但求一側身之處，亦并無所矣。於是三號曰：欲不進而懼受患之重疊，欲高翔而懼上下之同禍，欲棄直用橫，必且舍正路，就邪路，路失矣，又吾之堅志所不忍也。三變而無一策，但有胸背交痛，言不可結，心則結矣。

擣木蘭以矯蕙兮，糳申椒以爲糧。播江離與滋菊兮，願春日以爲糗芳。恐情質之不信兮，故重著以自明。撟兹媚以私處兮，願曾思而遠身。明，叶芒。身，叶商。

**品**　「情質」，結前「抒情」。「重著」，結前「惜誦」自明。與五帝、六神、山川、咎繇相應。訴到重疊痛快，或不待神鬼代明乎？神鬼無可靠，仍靠自身，孤慘之甚。

**箋**　彼既布械，我當藏芳，擣之矯之，糳之播之，糧糗自備，有内飽而不必外揚，庶不攖張機乎？始之「惜誦以致愍」者，兹且「重著以自明」，君未必明，我自明而已。移背衆媚者，爲「撟兹媚」，移思君者爲「曾思」，移後身者爲「遠身」，斡蠱之難，卒歸高尚，易之義也。衆媚則背，兹媚則撟者，以之徇君之惡，則媚不可不背，以之愛己之鼎，則媚不可不舉也。「私處」，謂自私其身也。「重著」者，語多重疊也。曰「侘傺」、曰「申侘傺」、曰「干傺」、曰「背衆」、曰「衆人」、曰「衆兆」、曰「不羣」、「離羣」、曰「專惟君」、曰「待君」、曰「親君」，無一而非重著也。屢言情，屢言志，屢言路，又無一非重著也。

## 右惜誦

**總品**　惜誦，言君言衆人，語顯而直，自是九章首篇體裁。久經閉口，一旦訴憤，豈得半吞半吐？與他章或隱言之，或於君與小人一明及之，而不復複説者弗同。蓋既經惜誦之顯指，則再説必須更端，此中確有次第也。朱晦菴謂九章皆直致，無潤色。諸章深練無盡，何嘗太直？謂惜誦爲直，則頗近之。然章法重叠，呼君呼衆人，繚繞萬端，語雖直而法未嘗不曲也。「言」字、「情」字、「志」字，是通篇呼應眼目。中段忽入説夢，尤工于穿插出奇。

思美人兮，擥涕而竚眙。媒絶路阻兮，言不可結而詒。蹇蹇之煩冤兮，陷滯而不發。申旦以舒中情兮，志沈菀而莫達。願寄言於浮雲兮，遇豐隆而不將。因歸鳥而致辭兮，羌迅高而難當。

**品** 言不可詒，既已甘絶聞問矣，又説寄之浮雲，致之歸鳥，刻刻欲詒。

**箋** 思之之甚，無可立待而久立焉，無可望見而直眄焉。思而成迷，不自知美人之不在前也。既迷而忽醒，媒絶路阻久矣。言且無從寄，况欲立而待之，望而見之乎？冤悲日煩，幽憂日深，陷滯其中，無片刻可以發宣矣。今朝明旦，日日皆然，欲舒以發之，而陷者更益之沉也，煩者更益之菀也。依然不發而已，無可達矣。其以不可詒者，託之浮雲而雲不爲致，託之歸鳥而鳥不我就，柰之何哉！

高辛之靈晟兮，遭玄鳥而致詒。欲變節以從俗兮，媿易初而屈志。獨歷年而離愍兮，羌馮心猶未化。寧隱閔而壽考兮，何變易之可爲。知前轍之不遂兮，未改此度。車既覆而馬顛兮，蹇獨懷此異路。勒騏驥而更駕兮，造父爲我操之。遷逡次而勿驅兮，聊假日以須時。指嶓冢之西隈兮，與纁黄以爲期。詒，叶異。化，叶嫣。

**品** 因承歸鳥，翻出玄鳥之相遭。迅高亦有可值者，但古人福厚，偏得逢今人命薄，偏得迕耳。「變節從俗」，起下「何變易之可爲」、「觀南人之變態」。「異路」，應前「路絶」。

**箋** 此歷言變計之無所出也。玄鳥生商，精神足以感格，不能追古，則當從俗，而又重自愧也。使易志而可爲，猶且志屈堪羞，況變易之不可爲乎？離愍馮心，吾願也。隱愍壽考，吾寧也。不發者，不復望其發。不達者，不復冀其達也。「馮心未化」者，前年之悶尚不得消，遞年之悶又已積也，于是而了然于不可爲。鑒于前轍，不改吾度，任彼顛覆，終不肯與衆人同路也。即有騏驥、造父爲我佐助，更此顛覆，可以長驅，而吾終逡次而不肯驅，寧需時日不競世途也。坐待日落，不以纁黄而急也。

開春發歲兮，白日出之悠悠。吾將蕩志而愉樂兮，遵江、夏以娱憂。擥大薄之芳茝兮，搴長洲之宿莽。惜吾不及古之人兮，吾誰與玩此芳草。解篇薄與雜菜兮，備以爲交佩。佩繽紛以繚轉兮，遂萎絶而離異。吾且儃佪以娛憂兮，觀南人之變態。竊快在其中心兮，揚厥憑而不竢。芳與澤其雜糅兮，羌芳華自中出。紛郁郁其遠烝兮，滿内而外揚。情與質信可保兮，羌居蔽而聞章。莽，叶莫古反。草，叶七古反。佩，叶備。態，叶替。出，叶尺遂反。

**品**　承「假日」、「纁黄」，又翻出「白日出之悠悠」。「纁黄以爲期」，懼日落而期過也。「白日悠悠」，則日即初出，而幽憂在懷，當春如秋，寫慘能創。「誰與玩芳」，語更悲涼。變節則我志不肯，娛憂則古人不存。孑然顧影，何繇長生？「揚厥憑而不竢」，應前「羌憑心而未化」，出中滿内，善於評芳。文情妙處，在萎絶香盡之後，追説香氣可憐可愛，長存心鼻。

**箋**　事不可爲，既以日將落而坐聽無復揮戈之懷，并且日初出而安坐，不厪在寅之計。開春而白，春日同於秋日矣。蕩志愉樂，祇以玩日棄時，隨地遣懷耳。遣懷之餘，忽忽生感，採芳長嘆。古人往矣，憂亦不足以自娛矣。採之不如玩之之可久也。無人同玩，不如採之之享用也。除彼凡艸，佩此芳馨，未幾而萎離，可惜也。顧萎離而憂復中來，始之憂爲我也，兹之憂爲芳也，于是而再自娛焉。以我之不肯變易者，觀人之態變，吾芳雖萎，吾快終屬之，終不肯以不芳之物，爲我之快也。所快在中心，非外物之所能移。凡陷滯不發，沉菀不達，總藉此以揚吾憤閼，而不竢乎他，如之何其可變也？我之快在於中心，芳之揚亦自中出，緐中之意，兩兩相合也。澤，言潤也。芳非澤則易枯，芳中敗矣，常潤則常芳，故曰與澤雜糅，潤之中而芳出焉，萎絶則不復澤矣。緐既萎之後，想未萎之時，初採之味，初採之色，鼻受兼以目受，言之津津有味也。甚哉，屈子之深于談芳也！芳之所出氣，隨風而益遠，郁郁然旁烝四徧，滿内而及外矣。「自中」者，指芳而言也。花心之内，芳氣所兆始也。「滿内」者，指地而言也。近芳之區，芳氣所先滿也。曰「揚厥憑」、曰「外揚」，我借芳以揚我，芳得風而自外揚也。芳揚則我之意亦與俱揚矣。「居蔽聞章」者，任蔽之一室之内，蔽之幽谷之中，未有不聞者也。情質可保者，既有其質，亦若有其情焉，欲人之賞之也，珍之也。薰必不爲蕕，所謂可保也。縱在萎離，仍可敬也。

令薜荔以爲理兮，憚舉趾而緣木。因芙蓉以爲媒兮，憚褰裳而濡足。登高吾不説兮，入下吾不能。固朕形之不服兮，然容與而狐疑。廣遂前畫兮，未改此度也。命則處幽，吾將罷兮，願及白日之未暮也。獨煢煢而南行兮，思彭咸之故也。能，叶泥。

**品**　「擥大薄」、「搴長洲」，説得採芳健甚。「憚緣木」、「憚濡足」，説得逢世懶甚。曰「不悦」，又曰「不能」，自招確甚。惟小人乃能下達，彼亦各有其才與識焉。「前畫」應前「前轍」，「及白日之未暮」，應前「白日出之悠悠」、「假日以須時」。

**箋**　矢芳自珍，幾不知有人世矣。媒絶路阻，置不問矣。忽一念及，又憬然曰：尚有可通之路乎？或尚有可用之媒乎？將繇荔薜之媒，則當登山路。將藉芙蓉之媒，則當求水路。吾又憚緣木也，又憚濡足也。媒即不乏，而吾自憚於山水之路。且緣木不堪登山，褰裳不可度水也。緣木則登高懼顛，既非所悦，褰裳則入下懼陷，又非所能。使慣登、慣入、形足以辨之，心尚可無疑也。乃素乏輕便之手足，形固不經服習矣，安得不驚疑乎？於是前轍所不遂者，前畫仍自矢廣遂，轍，憑世者也，故不可遂也；畫，憑我者也，故無不可遂也。度之未改，則即前畫之自遂也。廣者，無往而不得吾志也。世途自狹，車不可行；心界自寬，芳無不可揚。命則處于幽，蹈杳冥之苦界；心則可以齊光，及白日之未暮也。思彭咸者，惜不及古之人，而又終期及之也。

## 右思美人

**總品**　「陷滯不發」、「沉菀莫達」、「揚厥憑而不竢」、「滿内外揚」，是通篇立意大呼應處。「前轍不遂，未改此度」、「廣遂前畫，未改此度」，又一立意大呼應處。皆以後段承前段，翻案出奇。善揚則不患于不發、莫達矣。世自抑我之遇，我自揚我之芳，有畫之廣遂，則不患轍之不遂矣。世自抑我之轍，我自伸我之畫。故曰情質可保，居蔽聞章。居蔽，即所謂「陷滯」、「沉菀」、「轍之不遂」也。「可保」、「聞章」，即所謂「揚憑」、「遠揚」，畫之廣遂也。文心一綫到底，最爲清徹。

心鬱鬱之憂思兮，獨永嘆乎增傷。思蹇産之不釋兮，曼遭夜之方長。悲秋風之動容兮，何回極之浮浮。數惟蓀之多怒兮，傷余心之懮懮。

**品** 九辨悲秋，可謂痛寫淒況矣。不如此「動容」二語，荒忽無盡也。「動」字、「浮浮」字，直令人坐卧行立，俱不得安。「多怒」，起下「造怒」。

**箋** 「獨嘆」、「增傷」者，嗟可訴之無人也。有人堪訴，則氣鬱獲舒，藉彼相慰，少減哀傷焉。慰藉無人，意鬱彌甚，傷斯增矣。遭夜方長者，繇夏入秋，則其初長之候也。秋有秋之容焉，風一至而容動矣。天爲變色，林爲换姿矣。「回極之浮浮」者，天有南極、北極，入地出地之定數，今受秋風所動，俱若回旋而浮起也。君之怒，則亦天之秋也。使四時而皆秋，凋殘所至，無餘物矣。屈指數之，蓀之爲怒，抑何多也！其淒然皆秋哉，懮懮之心，可終堪乎！

願遥赴而横奔兮，覽民尤以自鎮。結微情以陳詞兮，矯以遺夫美人。昔君與我成言兮，曰黄昏以爲期。羌中道而回畔兮，反既有此他志。憍吾以其美好兮，覽余以其修姱。與余言而不信兮，蓋爲余而造怒。鎮，叶珍。志，叶之。姱，叶户。

**品** 「横奔」、「覽鎮」，字法奇峭。人主至于自聖，則舉朝無可入之忠言矣，「以其美好」、「以其修姱」，拈出病根。「造怒」承「不信」，最爲扼腕。君自不信於臣，臣未嘗敢一言以獲戾於君，復有何可怒哉？多怒者，正於無可怒中，造出不測之怒耳。寫出衰朝庸主，性情難定。

**箋** 於斯而發一願，曰：逢兹多怒之蓀，紛逢尤而離謗，何所不有？吾不敢避也，願遥赴横奔以就之，從中覽觀斯民之受罪，勉爲樂受，以自鎮吾情焉。「自鎮」者，矯情鎮物之説也。「民尤」者，多怒之世，何民無尤？民而遭尤，可憐也。臣而遭尤，尚可受也。「結微情以陳詞」者，自鎮之後，又欲自解也。民遠君者也，遭尤而不得陳。臣近君者也，遭尤尚得陳也。此覽鎮之旨也。在今日則我向君以陳詞，念昔日則君與我有成言。「多怒」者，昔亦未嘗有怒，而卒以他志相離焉，追遡之下，愈難堪矣。豈真余之有可怒耶？非然也。余之所藉以事君者，曰「愠惀之修美」，曰「紛有此姱節」。乃君别逞君之美好修姱，漫不吾喜，且求勝焉，蓋爲余而造怒矣。我本無罪，君亦本無怒，忽然憑虚搆造也。「造」之一言，慘甚矣。讒人間之，怒乃以生，是首造者也。惜往日曰「含怒」，此曰「造怒」。怒而造也，無刻不開端矣，無可使有也。怒而含也，無言不獲罪矣，有益可使多也。何原之拙於避怒，而深于數怒也！

願承間而自察兮，心震悼而不敢。悲夷猶而冀進兮，心怛傷之憺憺。兹歷情以陳辭兮，蓀詳聾而不聞。固切人之不媚兮，衆果以我爲患。患，叶胡門反。

**品**　「願遥赴」、「願承間」互對，「結微情以陳詞」、「兹歷情以陳詞」互對。「不信」、「不聞」互對。「爲余造怒」、「以我爲患」，又一互對。章法整栗。

**箋**　於斯而又再發一願曰：吾豈敢逆料吾君，謂造怒之必不解哉？意者偶逢君之未閒也。此前期之所繇不果，而今詞之尚冀可陳也。得承清宴，君或自察之，不待强聒也。於是既已震悼，復不敢悼，既已冀進而無可傷，復中疑而怛傷，兩端交戰，數刻遞轉，備極可憐之狀矣。「憺憺」，安静之意也。震則動，震悼之懷，心動而傷也。憺憺之懷，心静而傷也。有不敢與冀進之念雜乎其中，故稍減動傷，而又袛藏静傷也。迨至陳辭佯聾，所謂不敢悼者，不能不悼矣，冀進者無繇進矣，昔日之與我期而不信者，又如其故矣，佯爲不聞矣。不聞者君也。不能媚者我也，固也。以爲患者衆也，果也。將歸咎於君耶？歸咎於我耶？歸咎於衆耶？其必有屬矣。「切人」，情詞迫切也。

初吾所陳之耿著兮，豈不至今其庸亡。何獨樂斯之謇謇兮，願蓀美之可完。望三五以爲像兮，指彭咸以爲儀。夫何極而不至兮，故遠聞而難虧。善不由外來兮，名不可以虛作。孰無施而有報兮，孰不實而有穫。

**品**　承前兩陳詞，又再曰「初吾所陳」，追遡堪憐。曰「可完」，又曰「難虧」，一意分作對竪。「善」、「名」、「施」、「實」四語，重疊敲喚，欲使佯聾者必聞。

**箋**　既絶望於君之佯聾矣，而又望未敢絶也。追遡初陳之詞，君即佯聾，豈真能不聞耶？所陳耿著，自至今其無能亡之，辭未嘗亡，則君固未嘗不聞也。於是而三發願，曰：吾何故獨樂蹇蹇，甘受不媚之患哉？所望蓀美之尚可完。佯爲不聞之，未始非聞耳。少留片字之獻替，猶存一刻之明良，何敢以不聞而遂已也。事是君，不能爲三五，則殉是職，必當爲彭咸。吾之所欲獻於君者，吾之所遠聞於古者也。古人立極，後人務至焉。肯望爲像，何患不至？竭我之難虧，以助君之可完，吾寧冒怒行之矣。袞職有闕，仲山甫補之，則虧復可完之説矣。善不外來，名不虛作，又一可完難虧之説也。無施斷無報，無實斷無穫，又一可完難虧之説也。是爲臣所宜致力，而不敢諉咎于君也。

少歌曰：與美人之抽思兮，并日夜而無正。憍吾以其美好兮，敖朕辭而不聽。

倡曰：有鳥自南兮，來集漢北。好姱佳麗兮，牉獨處此異域。既惸獨而不羣兮，又無良媒在其側。道卓遠而日忘兮，願自申而不得。望北山而流涕兮，臨流水而太息。正，叶征。

**品**　「日夜無正」，應前「遭夜方長」、「黄昏爲期」。「憍吾以其美好」，複前「美好」。「傲而不聽」，應前「佯聾不聞」。聞而傲，比佯聾，又深一番矣。「少歌曰」、「倡曰」，分作兩對。一從美人莊言，一從有鳥取喻。布陣甚整。

**箋**　既已不敢諉咎於君，務以竭忠自勗矣。徘徊思之，又不能不諉咎於君也。我竭日夜之力，而終無繇得是非之平，空有抽思而已。「憍吾以其美好」者，無繇少變而不憍也。「佯聾而不聞」者，兹且傲焉而不聽，不止於佯聾也。君德日以悖，臣力日以微，觸類目悲，不足以稱立朝之臣也。袛同彼南來之鳥耳。孤踪而處異域，雖有佳麗，莫覔良媒，遠道不可以復返，陳辭不可以再申，望山水而悲咽，從前熱腸，此際灰冷矣。

望孟夏之短夜兮，何晦明之若歲。惟郢路之遼遠兮，魂一夕而九逝。曾不知路之曲直兮，南指月與列星。願徑逝而不得兮，魂識路之營營。何靈魂之信直兮，人之心不與吾心同。理弱而媒不通兮，尚不知余之從容。

**品** 曰「不知路之曲直」，又曰「魂識路之營營」，自難自解。曰「一夕而九逝」，又曰「徑逝」，自解復自難。九逝矣，却曰「不知路」，逝而未嘗逝也。徑逝不得矣，却曰「魂識路」，不逝而又時逝也。數語之中，寫出顛倒錯亂，無所不有。「尚不知余之從容」，看破當時與後代人，大家瞎眼。原自以爲從容，而當年曰「婞直」，後代曰「忠而過」，誰實知原哉？

**箋** 篇首曰「曼遭夜之方長」，此曰「望孟夏之短夜兮」，繇方長之秋夜，回計短夜，覺此夜之晦明，一夜若一歲之長也。「道卓遠而日忘」，繇家而出仕之路也。家鄉之路，以久而忘也，懷土非君子之心也。郢路之遥遠，繇國而被放之路也。思君之路，即放而不忘也。忘君，非人臣之義也。一夕九逝，夢而醒，醒而復夢也。指月列星，魂之自爲指也，夢中之月星也。既得所指，可以知曲直而徑逝矣。願之而終不得也，藉夢中之月星，以導夢中之路程。月星既皆是幻，山河亦并非真，空有識路之營營而已，識亦何用哉？如斯而猶以爲識路，靈魂亦過於朴直矣，過于自信其直矣。吾之魂不能與魄同，人之心不能與吾同一也。嗟呼！無良媒在其側，吾知之久矣。豈不欲徑逝？理弱而媒不通，則覿面相阻，有險于山川，遠於遥程者，此所繇從容而不能徑逝也。是尚不知，又何云哉？

亂曰：長瀨湍流，泝江潭兮。狂顧南行，聊以娛心兮。軫石崴嵬，蹇吾願兮。超回志度，行隱進兮。低佪夷猶，宿北姑兮。煩冤瞀容，實沛徂兮。愁嘆苦神，靈遥思兮。路遠處幽，又無行媒兮。道思作頌，聊以自救兮。憂心不遂，斯言誰告兮。

潭，叶尋。進，叶薦。告，叶姤。

**品** 「聊自救」與「尚不知」相應，語意最爲愴咽。無知我者，孰能救我哉？「道思」應前「抽思」。前曰「與美人之抽思」，思專爲美人而抽，非以自爲也。至於美人不我顧，然後自道其思，祇歸自救。生平志願，豈料至此！

**箋** 昔自南而集漢北，兹乃繇北而復南行。胸中萬感，四視意摇，痛悼則不忍言，驚駭則不能言。此所繇但有狂顧也。既曰「狂顧」，又曰「娛心」，愁惕已極，若不勉强自娛，無復生存之望矣。「臨流水而太息」者，又遡湍流而自娛。自娛之慘，更慘於太息矣。遡流之後，繼以登山，陟彼崔嵬，高視一世，吾願其在斯乎！「軫石」者，欲駕車登山也。「超回志度」者，繇下升高，志度之超越也。娛在水，而願兼在山，志度之回環也。「行隱進」者，隱隱而自進於此也。親身在舟，隱意在山，故曰「隱進」也。「夷猶北姑」者，有隱進登山之懷，而未嘗往，爰宿北姑也。「實沛徂」者，崔嵬原爲虛願，煩瞀之中作此妄想，實則沛然而從舟行也。「愁嘆苦神，靈遥思」者，靈魂欲以遥思釋其苦也，思遥而路愈遠，思不足以敵路矣。路遠而處又幽，魂不足以識路矣。

如是而又無行媒，尚可恃哉？嗚呼！世無復救原者矣。長歌當哭，用藉舒懷，苟自救而已。死爲君死也，留一日之生，未忍就絶，亦爲君留也。自救自知，告之何人？

## 右抽思

**總品**　題是「抽思」，前半專説陳詞。「結微情以陳」、「歷情以陳」，分作兩樣。「多怒」、「造怒」，情不敢盡陳，故曰「結微」也。既怒之後，又冀進焉，情愈鬱而愈多矣。始避怒而不敢盡陳，玆求解怒而不得不罄陳矣，故曰「歷陳」也。初吾所陳，追遡結陳、歷陳之舉無益，而又諄諄於「可完」、「難虧」，善名施實之説，致其三陳焉。乃始之佯聾不聞，繼且聞之傲而不聽，君志益驕，臣忠益阻，無復可陳矣，空有自抽思而已。故美人、抽思以下，只歸自嘆，不復及君。前後分作兩截。自申不得，「斯言誰告」，與陳詞相反相映。

余幼好此奇服兮，年既老而不衰。帶長鋏之陸離兮，冠切雲之崔嵬。被明月兮珮寶璐。世溷濁而莫余知兮，吾方高馳而不顧。駕青虬兮驂白螭，吾與重華遊兮瑶之圃。登崑崙兮食玉英，吾與天地兮比壽，與日月兮齊光。圃，叶去聲。螭，叶丑歌反。

英，叶於姜反。

**品**　「既老不衰」、「方高不顧」，語用互映，義用雙揭。世莫知而遊瑶圃。「登崑崙」，起下「哀莫知而濟沅湘」。「齊光」，起下「蔽日」、「重昏」。所矢願彌高，所遭逢彌卑，善于相形。

**箋**　服奇志淫，君子所戒。法服是服，君子所尚。幼好奇服，非立異也。世無服先王之法服者，吾獨服之，則法服即爲奇服矣。志節不移，幼老如一，遭讒而心不肯懲。此原之所自負不衰也。鋏以昭武，冠以稱服，明月寶璐，致文飾焉。文武交備，世莫余知。彼之溷濁日以下沉，吾之清潔日以上升，真可以高馳而不顧知否矣。駕虬驂螭，高馳之具也。瑶圃崑崙，高馳之區也。不顧世人，但偕重華，彼莫知而我自有相知也。所馳既殊，所食亦異，天地日月，隨所比並，原之自期，得名兼得年矣。夫誰知比壽之始願，卒以求死博齊光哉？

哀南夷之莫吾知兮，旦余將濟乎江湘。乘鄂渚而反顧兮，欸秋冬之緒風。步余馬兮山皐，邸余車兮方林。乘舲船余上沅兮，齊吴榜而擊汰。船容與而不進兮，淹回水而凝滯。朝發枉陼兮，夕宿辰陽。苟余心之端直兮，雖僻遠其何傷。入漵浦余儃佪兮，迷不知吾所如。深林杳以冥冥兮，乃猨狖之所居。山峻高以蔽日兮，下幽晦以多雨。霰雪紛其無垠兮，雲霏霏其承宇。風，叶孚金反。滯，叶五介反。

**品**「將濟」之下，忽説「反顧」，文勢善留。「沉滯」之下説「何傷」，「何傷」之下又説「迷不如」，文勢善换。「反顧」翻前「不顧」。「浦迷」、「山蔽」，翻前「高馳」。幽晦霏承，翻前「齊光」。自家黯淡幽慘之懷，倒從山林雲雪上寫出，加倍淒涼。使人目讀，而心不敢思。

**箋**自負之後，忽然乞憐曰：「哀南夷之莫吾知。」夫斥之爲南夷，而猶望其吾知，何意之卑也！與遊之望華何往乎？「瑶圃」、「崑崙」之後，亟曰將濟沅湘，又何地之近也？可遊之瑶圃、崑崙何在乎？如彼志願，乃遭如此景況，慘耶？否耶？既曰「將濟」，路宜從舟。忽然反顧，迎風生喟，「步馬」、「邸車」，又徘徊而未即濟焉。山皐、方林之間，添一番牽掣矣。「緒風」，餘風也。緒風何嘆乎？嘆所逢者，生長萬物之風少，肅殺之風多也，故合秋冬言之也。徘徊之後，爰再決濟，舍彼車馬，從彼舲船。上沅難順，遡洄多阻，心急行遲，容與凝滯之況，又添一番牽掣矣。奮然朝夕，發此宿彼，雖無端直易到之途，尚有端直可矢之心。向之所謂高馳不顧者，又安在哉？聊曰「僻遠何傷」而已。繇是而舟行愈深。入彼漵浦，天上之路既隔，人間之路并迷。所云「何傷」者，不能無傷矣，迷不知所如矣。向繇方林而乘船，今又入林矣。向繇山皐而就水，今又入山矣。林冥山峻，冥則迷，峻則迷，林之中但有猨狖，不惟無重華之至聖，亦併無南夷之人類，稍資足音矣。山之中雲雨霰雪，幽晦蔽日，不惟無天上齊光之異彩，并無人間之霽色少供寄眸矣。

哀吾生之無樂兮，幽獨處乎山中。吾不能變心以從俗兮，固將愁苦而終窮。接輿髡首兮，桑扈臝行。忠不必用兮，賢不必以。伍子逢殃兮，比干菹醢。與前世而皆然兮，吾又何怨乎今之人。余將董道而不豫兮，固將重昏而終身。醢，叶呼彼反。

**品** 哀南夷，哀吾生，遥若對峙。是其散中取整處。「固將愁苦而終窮」、「固將重昏而終身」，又一複用取整。「重昏」二字，自道切至，非敢怨激而求死也，但覺日痴一日，以没世而已。思慕一念，魂神離魄，豈能知其所以然？

**箋** 志在崑崙，志在瑶圃，人世之山中，所不願處者也。舍山臯、方林，而騁意於擊汰，以寬吾心以廣吾遊，庶樂土可求乎？迨至水盡林深，仍歸山峻，途窮可慟，數厄難逃，無一樂矣。不能不獨處山中矣，將終於此矣。既已自哀，并哀古人，既哀古人，又何怨今人？南夷應爾，不必斥之以爲夷矣。溷濁皆是，不必斥之以爲濁矣。向之自負，奇服異佩，至是無所用於世，祇一昏昧重叠之況而已。願奢則曰「齊光」，意失則曰「重昏」。無光之可矜矣。意得而歲月增榮，則曰「天地比壽」，意失而餘生何益，則曰「重昏終身」，無壽之可喜矣。甚哉！原之深於悲也。

亂曰：鸞鳥鳳凰，日以遠兮。燕雀烏鵲，巢堂壇兮。露申辛夷，死林薄兮。腥臊並御，芳不得薄兮。陰陽易位，時不當兮。懷信侘傺，忽乎吾將行兮。行，叶户郎反。

**品**　前面洗發痛快，意已無餘，語亦難加。却將鸞鳳衆鳥，腥臊芬芳，叠分取譬，以申結局，文勢善拓。而終之陰陽易位，位易則天地竟將毀，日月竟無光矣，又安所得比，安所得齊焉？應前「壽」、「光」語，令人骨驚。

**箋**　鸞鳳日遠，世界竟無祥禽。野鳥滿堂，主人誰爲吉兆？此幽處者所同，世人共慮也。植芳爲山居之雅懷，而既死，勢不得蘊。餐芳爲山中之清福，而雜進，氣不得襲。此幽處者所向山中，倍悲也。將罪鳥耶？將罪芳耶？咎在陰陽而已。時實爲之，將若之何？忽乎吾將行，去此山而將他之也。道不可以終窮，則居不可以終膠也。反其易位，而後可以齊光，屈子其有調燮之思也夫！「露申」者，已槁之芳即重叠，申之以雨露而不復芽也。「不得薄」者，芳氣爲腥臊之氣所勝，受壓受鬱，不能噴薄也。不得薄又繇於並御，一君子不足以勝衆小人也。「懷信」者，堅抱自信，終不能從俗也。

## 右涉江

**總品**　不衰不顧，「比壽」、「齊光」，入手處説得豪氣沖霄。「哀南夷之莫知」，「乘鄂渚而反顧」，不能不顧矣。「哀吾生之無樂」，重昏終窮，不能不衰矣。結局處説得喪氣入地。愁苦終窮，重昏終身，兩「終」字，蕭颯之況，無可復鼓。又兩曰「固將」，依然氣不肯遽降，作此不甘不認之口角，文情最深。

后皇嘉樹，橘徠服兮。受命不遷，生南國兮。深固難徙，更壹志兮。緑葉素榮，紛其可喜兮。曾枝剡棘，圓果摶兮。青黄雜糅，文章爛兮。精色内白，類任道兮。紛緼宜修，姱而不醜兮。國，叶域。喜，叶居例反。爛，叶慮于反。道，叶徒苟反。

**品**「徠服」，見橘之有心。「不遷」，見橘之有品。總一土宜恒性，生此意外描寫。「文章」、「任道」，更爲深奥。詠物乃疊入理解，佳在説理能奇，不墜腐吻。

**箋**　此因所見以作頌也。涉江曰「欸冬緒風」，此冬候之景物也。江陵千樹，地氣所獨宜，是此樹之不往他邦，獨來服於楚土也。「服」者，傲岸之氣於兹馴服也。「后皇」，猶云后土之神也。生物者屬之地，故以美樹歸之后皇也。然非獨地氣也，亦有天之所命存乎其間焉。受天之命，不容他遷，故南土獨也，又非獨天也。「不遷」者，天之命難徙，則亦橘之志也。天予人以美質，而人或自敗之者多矣。惟有志之士，乃能承天。鯀人觀物，敢謂橘無志哉？爲葉爲榮，爲枝爲刺，其氣足以充之，皆其志足以持之也。在外則青黄呈采，備文章之美，在内則精白獨含，類有道之素。其志即其才、其德也。「紛緼」，盛也。修，潔治也。物多則難齊，此之多，則有姱而無醜也。文與道，舉可攷而知也。

嗟爾幼志，有以異兮。獨立不遷，豈不可喜兮。深固難徙，廓其無求兮。蘇世獨立，横而不流兮。閉心自慎，終不過失兮。秉德無私，參天地兮。願歲并謝，與長友兮。淑離不淫，梗其有理兮。年歲雖少，可師長兮。行比伯夷，置以爲像兮。失，叶試。友，叶羊里反。

**品**　複前數語，再加洗發，從「壹志」添出「幼志」，「不遷」添出「獨立」，「難徙」添出「無求」，「内白」添出「閉心」，「任道」添出「有理」，「秉德」。因幼志，又曰「年歲雖少」；因「與友」，又曰「可師」。複中更複，義味無窮。許大議論，妙在只從橘說，自表之意，即在其中。舊注不得其解，乃以爲前半説橘，後半屬原自言，遂令奇語化作腐談。「梗其有理」，「年少」、「置像」諸句，皆刺謬難通矣。

**箋**　此中上意而再一嘆咏也。曰「文章」，曰「任道」，頌橘最奥，不再洗發。乃專承「不遷」、「難徙」之言，重複不厭，何也？屈子爲楚宗臣，生死以之，無復可去故都之誼。非比異姓，尚可轉移。猶之橘樹，獨宜楚國，不能踰淮，非比他木堪以別植也。忠心物理，最爲相似，可感可涕，故專承四語，闡義寄感也。前曰「壹志」，此曰「幼志」，橘之有志，自幼而然，非待其後也。原之幼好一也。前曰「葉榮」「可喜」，此又曰「獨立不遷」之「可喜」。葉榮之足珍，總以獨立不遷而重，與衆樹之花葉可喜殊也。原之背衆一也。前已曰「難徙」，此又曰「無求」，而益之曰「廓」。難徙之性，非獨硜硜也，廓然見大，舉世無可求故也。無可求者，物類自適其性，不求媚人也。原之廣志一也。獨立必曰「蘇世」者，死而再生，此性不改，橘可枯而復生於楚土，不可以移之淮北也。「橫而不流」者，不隨波流也。隨流則直奔，不隨流則橫砥，故曰「橫」也。原之矢死一也。「閉心自慎」者，橘有不遷難徙之志，閉守於心，不待告人，人終莫能尋其可徙之過失也。此則原之對橘而自傷且自愧也。莫能讒橘之過失者而可以讒原，原不逮橘之善閉矣。「秉德」者，橘之幼而志立，老而德成也。「參天地」者，橘受地宜而不負地則參地，受天命而不負天則參天也。歲謝，斯青黄之實俱謝，圓果不復存矣，然而可長友也，其志其德俱在也。與友而曰願歲謝者，知松栢必于歲寒，尊橘亦必于歲謝，吾所欲友，存乎「徠服」「不遷」之志，非獨珍其嘉實也。故于實謝之後，願與友也。紛華堪悦者友短，凋謝仍堪盟者友長也。舉世無可友之人，乃奉友譜以拜嘉樹，原之拊心痛世，極矣。淑，善也。離，附離也。不淫，即前所云獨立無求也。梗，枝梗也。歲謝而圓果謝，所謂青黄之文、精白之色，不復可見。然而其志其德，原自附離未謝。枝梗之間，皆有理道存焉，不惟可友，而且可師也。縱橘之年壽不必侈八百歲之椿，而論師固不論年也。所謂幼志有異也，其不踰淮也，猶之伯夷之不事周焉。吾置橘爲像，宗國以外，豈有可他之者乎？

## 右橘頌

**總品**　前後分作兩截，複說愈奇。前云「可喜」，屬之花葉。後云「可喜」，專屬之不遷。前以「文章」、「任道」，屬之圓果。後以「有理」屬之枝梗，語進彌深。自慎終不過失，亦即前內白之旨。「無私」、「參天地」，亦即前「徠服」、「受命」之意。而後語視前語進而彌透。至曰「可友」，又曰「可師」，義益闊矣。以不踰淮，特尊之曰樹中之伯夷。可友可師之論，進而彌確，原真善頌哉！

悲回風之摇蕙兮，心寃結而內傷。物有微而隕性兮，聲有隱而先倡。夫何彭咸之造思兮，暨志介而不忘。萬變其情豈可蓋兮，孰虛僞之可長。

**品**　「摇蕙」四語，説得現前之景可傷。「造思」四語，説得從昔之志宜踐。遇此景益摧此志，萬變豈可蓋，自勘自判，截然難逃。

**箋**　轉蕙者，春夏之光風也。搖蕙者，秋令之回風也。深秋而嚴霜摧萬類，初秋而微風搖萬類，怖其卒，故悲其始。人不知傷而我獨内傷也。回風者，從容回旋之輕風也。殺氣既至，輕風皆慘，不待勁風也。蕙帶長而柔，此輕風之易見，故微風首搖蕙也。因微知著，因隱知彰，雖未隕物之形，而已隕物之性，暗中潛移，奪其情質。霜降冰至，皆風倡先矣。因風自感，我生不辰，今之世，秋之世也。萬物之死，以風爲端，原之死，以思爲端。始焉寄思彭咸，作忠矢死，未嘗遽死也。迨至今日，國事日非，君仇莫報，前日造之，今日償之。介然之志不可以忘，如復不死，是前願爲虚僞也。縱有萬變，不能以遁辭蓋其初心。天下有虚僞而可以長久者乎？

鳥獸鳴以號羣兮，草苴比而不芳。魚葺鱗以自別兮，蛟龍隱其文章。故荼薺不同畆兮，蘭茝幽而獨芳。

**品**　正論之下，忽疊用比，文勢善用拓，文意善用藏。此法最足化腐。

**箋**　此承上而言物類之各不容虚僞也。鳥鳴則號鳥之羣，獸鳴則號獸之羣，各自有羣，不可亂也。如思彭咸者，終當以彭咸爲羣也。苟非其類，無繇强附，如艸之苴比，終不能芳也。魚還爲魚，葺鱗以自別異，仍魚也。龍還爲龍，即匿文章以自隱藏，仍龍也。荼、薺甘苦之殊，不能以同畒而遂同味；蘭茝之味，不以幽谷而遂不芳也。有其實則始終以之也，以苦而僞爲甘，以魚而僞爲龍，以草苴僞爲蘭茝，以鳥而僞呼獸羣，以獸而僞呼鳥羣，舉不能也。

惟佳人之永都兮，更統世以自貺。眇遠志之所及兮，憐浮雲之相羊。介眇志之所感兮，竊賦詩之所明。貺，叶荒。明，叶芒。

**品** 「惟佳人之永都」與下「惟佳人之獨懷」，分作對豎，自貺自處，語亦互對。「眇遠志」、「介眇志」，字複旨殊，翻洗層疊。

**箋** 此中之意，匪人不知，惟佳人知之，務求實行以砥素心。「永都」者，以之爲都居也，意安於是之謂也。「統世」者，統包一世之美事，一肩承當，必不肯放下片刻，必不肯少漏纖毫。此非他人所能贈，吾亦非可贈它人者，故曰「自貺」也。一世遠矣，非志足以及之，不足以統之也。「憐浮雲」者，以吾之矢定力，嘆雲之無定姿也。慨世之喻也。慨世而忽又自慨，統貺之願，踐之何日乎？此吾之所感也。世與心違未可知，而心與口矢則可定。故復自信曰「賦詩之所明」也。「眇遠志」者，眇然而遠也，極吾之微視也。目力有不及，志無不及，故曰「眇遠志」也。「介眇志」者，微視之中，懼其初健而終弱，持之以介，乃不變摇，故又曰「介眇志」也。

惟佳人之獨懷兮，折芳椒以自處。增歔欷之嗟嗟兮，獨隱伏而思慮。涕泣交而淒淒兮，思不眠以至曙。終長夜之曼曼兮，掩此哀而不去。寤從容以周流兮，聊逍遥以自恃。傷太息之愍憐兮，氣於邑而不可止。

**品**　「聲有隱而先倡」、「獨隱伏而思慮」，天人同此幽涼之況。自既自處之後，又曰「自恃」。勢危於無可恃，姑一大言遣心耳。「聊」字愴，「逍遥」更愴。逍遥豈足恃哉？

**箋**　上言「統世」、「遠及」，自嗚其抱負。此言「獨懷」、「折處」，專寫其淒涼。抱負愈深，淒涼愈甚矣。「統世」者，共爲君子之思。「椒處」者，獨爲君子之日也。共爲之，故曰「志及」。獨爲之，故曰「隱思」。聲有隱也，思亦有隱。嗟呼！未易與人言矣。賦詩可明，衹虚語矣。始之造者，兹日以增矣。交淒不眠，短夜猶且不堪，而又遭此長夜，掩而去之，不可得矣，將借樂以敵哀，因景以遣情。周流他鄉，自恃逍遥，淚可收也，氣不可止也。是日出而不窮者也。

糺思心以爲纕兮，編愁苦以爲膺。折若木以蔽光兮，隨飄風之所仍。存髣髴而不見兮，心踊躍其若湯。撫珮衽以案志兮，超惘惘而遂行。

**品** 「糺纕」、「編膺」，苦語能創奇。日光者，愁人之所欲就；飄風者，逐臣之所欲避。「折蔽」、「隨飄」，乃爾反言之。時運既爾，不得不然。恨語能造奥。「案志」則不欲行矣，亟接「遂行」，渾身顛倒，自繇不得。

**箋** 於不可止之中，而求所以止之之法。言煩不可結，思煩亦不可結，衆緒雜出，是以難制。吾糺之以爲帶，編之以爲膺，則愁歸一處，足以因而制之矣。「折若木以蔽光」者，不眠至曙。遭夜方長，有夜有曙，則夜之愁倍於曙。日光盡蔽，皆夜而無曙，則無可分别，而憂不至，以夜甚矣。飄風之勁，甚于回風，觸回風而生悲，意欲避風也。欲避愈悲，「隨飄風之所仍」，則不復避之矣。無可避而慘肅之氣，視爲固然，可無悲也。前憐浮雲，其志堅，不欲爲雲，此隨飄風，其情蕩，直欲爲風也。如此自遣，一切觸目之感，可以付諸不見，而無如中心若湯也，外止而中又起也。「眇志」、「介志」，撫而按之，再求周流他邦，則超行之説也。

歲曶曶其若頹兮，時亦冉冉而將至。薠蘅槁而節離兮，芳已歇而不比。憐思心之不可懲兮，證此言之不可聊。寧溘死而流亡兮，不忍此心之常愁。孤子唫而抆淚兮，放子出而不還。孰能思而不隱兮，昭彭咸之所聞。還，叶胡昆反。

**品** 「孤子」、「放子」，疊得淒涼。「孰能思而不隱」，應前「隱伏」、「思慮」。「昭所聞」，亟承

「隱」字。欲得明白，只有一死。不然，畢生負痛，長如暗室，只有隱而無昭矣。

**箋** 既將遠行，還念時候。歲時將盡，舉目益悲。吾所憂秋風之搖蕙者，秋深冬至，槁矣離矣；所矜幽芳者，歇而不比矣。不獨隕性，且隕形矣，雖有難懲之心，不因芳歇以改志，亦何堪遇此無聊之景。言及而傷情，止愁無術，但有一死，庶以無知而忘耳。身爲孤、放，回念彭咸，思愈以隱，聞愈以昭，我之當繼彭咸，蓋顯然哉！

登石巒以遠望兮，路眇眇之默默。入景響之無應兮，聞省想而不可得。愁鬱鬱之無快兮，居戚戚而不可解。心鞿羈而不開兮，氣繚轉而自締。穆眇眇之無垠兮，莽芒芒之無儀。聲有隱而相感兮，物有純而不可爲。邈漫漫之不可量兮，縹綿綿之不可紆。愁悄悄之常悲兮，翩冥冥之不可娱。淩大波而流風兮，託彭咸之所居。解，叶居豈反。

**品** 眇眇默默，景響無應，省想不得，寫出愁鄉，氣息俱沉，形神交廢。後人別賦、恨賦，能道此等隻字否？「繚轉自締」，與「糺」、「編」相映，無待編、糺，自加團結，語更奇苦。「聲相感」應前「先倡」，「有純而不可爲」，翻前「孰虛僞之可長」。「託所居」，又應前「昭所聞」。

**箋** 既以歲時告盡，不復遠行，聊且就近登高，以舒遠望，庶幾耳目開爽乎？乃獨立生淒，竟同鬼況。欲視無路也，欲問無應也，欲聞無聲也。如此光景，可堪登乎！前曰「昭彭咸之所聞」，但有古人之死魂在前來伴也。此曰「聞省想而不可得」，竟無今世之樂事入耳可憶也。鬱鬱慼慼，向所欲糺、欲編者，兹不待糺、編矣，不開而自締矣。結於内者既堅，觸於外者益廣。眇眇無垠也，芒芒無儀也，愈思愈感，向所稱「虚僞之不可長」者，自以爲純之可爲，今始悟矣，物有純而不可爲矣，矢忠適以自戕矣。漫漫綿綿，悄悄冥冥，登山難遣，勢將淩波。波之中惟咸之居，昭所聞者，將託所居而後已矣。

上高巖之峭岸兮，處雌蜺之標顛。據青冥而攄虹兮，遂儵忽而捫天。吸湛露之浮涼兮，漱凝霜之雰雰。依風穴以自息兮，忽傾寤以嬋媛。馮崑崙以瞰霧兮，隱汶山以清江。憚涌湍之磕磕兮，聽波聲之洶洶。紛容容之無經兮，罔芒芒之無紀。軋洋洋之無從兮，馳委移之焉止。漂翻翻其上下兮，翼遥遥其左右。氾潏潏其前後兮，伴張弛之信期。雰，叶孚袁反。期，叶上聲。右，叶羽已反。

**品** 前「登石巒」，此又曰「上高巖」，勢若對列，意則叠進。前「望路」，爲人間之苦況，此則「據青」，爲天上之清景。前曰「流風託居」，此曰「依風自息」。苦樂一一不同。再言「瀓霧」、「清江」，因天上之力，掃世間之阨。或冀入世無妨，亟曰「憚」、曰「聽」。江終不可清，波終不可淩也。連用九疊字，與前段十疊字相應。章法字法，最創最慘。「芒芒無儀」、「芒芒無紀」，寫出愁狀懶散。「罔」、「軋」、「漂」、「翼」、「氾」、「伴」，與前「穆」、「莽」、「縹」、「翩」，逐字工煉。

**箋** 前登石臨波，山間水上，已經道盡，此複言之者，前之登山在於觀世無歡，此則冀上天有藉也。前之淩波意在就死，此則徘徊不欲死也。「雌霓」，天地之淫氣，聚爲霓也。「攄虹」者，胸中之憤氣，吐如虹也。讒邪害正，忠直蒙冤。彼之霓偏不肯沉，我之虹偏不得吐。「處標顛」者，出乎彼之上也。據而攄者，盡達我之中也。儵忽之間，氛者破，枉者伸，此捫天之快景也。爲露爲霜，皆秋令所以摧萬物。吸之漱之，則不懼其摧殘矣。「隨飄風之所仍」，息駕無從，「依風穴以自息」，則不憂乎飄蕩矣。至是而快然自悟，嬋媛之姿，足以保矣。猶未已也，霧則祛之，流則澄之。從山所發脈之崑崙爲之始，從水所發源之岷山爲之始，庶幾上天下地，扼要收功乎？忽一觸懷，湧湍駭目，波聲駭耳，吾憚之而又不能不聽也。「容容」、「芒芒」也，「洋洋」、「焉止」也，依然前之「眇眇」、「芒芒」也。於焉上高捫天之懷，復隨漂而從上就下矣。前後左右，隨水潮汐，與張弛之信期相應相盪，不能自主，徒爲流水作伴矣。

觀炎氣之相仍兮，窺煙液之所積。悲霜雪之俱下兮，聽潮水之相擊。借光景以往來兮，施黄棘之枉策。求介子之所存兮，見伯夷之放迹。心調度而弗去兮，刻著志之無適。曰：吾怨往昔之所冀兮，悼來者之愁愁。浮江淮而入海兮，從子胥而自適。望大河之洲渚兮，悲申徒之抗迹。驟諫君而不聽兮，任重石之何益。心絓結而不解兮，思蹇產而不釋。

**品**　前言「景嚮無應」、「省想不得」，於世路有人中，苦其寂無人。此言「借景往來」、「調度弗去」、「求介子」、「見伯夷」、「從子胥」、「悲申徒」，於孤行無人中，突出許多古人。文心幻絶。「刻著志之無適」，應前「介志不忘」、「眇遠志之所及」、「介眇志之所明」，又應前「案志」。蓋欲及、欲明者，至此俱無繇及、無繇明，欲案者不待案矣。

**箋**　前既歷山水以寫憂矣，此復合四時而遡恨。「炎氣」，炎熱之氣也。炎氣生煙，煙復生液，夏而秋也。下霜之後，繼之以雪，秋而冬也。潮水相擊，則一日再至，歷乎四時而如一者也。

觀焉窺焉，悲焉聽焉，景遞變，緒遞牽矣。於此而四時索伴，則俯乘光景，仰奮鞭策，介子、伯夷，真吾友也。「借往來」者，懼光陰之易逝，願天之假年也。「施枉棘」者，恐前驅之莫追，冀馬之速步也。曰「弗去」而又曰「無適」者，調度已定，刻意勵行，著明在此，即欲去而他無可適也，永以二子爲歸依也。「往昔」、「來者」，即指介子、伯夷、子胥、申徒而言也。在商周則伯夷，之後又有申徒，在列國則介子，之後又有子胥。爲西山饑死，爲介山焚死，爲生而自投水，爲死而君投諸水。嗚呼！何君德不明之多，忠臣含冤之衆也！既希踪往昔，冀與之同，又曰「怨」者，昔人開端於前，而歷代接踵於後，天若祚國，豈願有此可冀也，亦可怨也。後之悲今，亦猶今之悲昔。惄惄遞憂，相衍何盡？以伯夷爲往昔，則申徒爲來者。以介子爲往昔，則子胥爲來者。以伯夷、申徒、介子、子胥爲往昔，則原自視爲來者。以原爲往昔，則後人又將爲來者矣，何能不悼？何能不悲哉？從四人之中，分別低昂，則申徒之死，傷於過急，伯夷以忍餓，介子以被焚，皆隱避山中，久而後死者也。子胥則君之賜劍投江也。申徒諫一不聽，負石自沉，驟矣，乖從容之義矣。故終評之曰：驟諫不聽，任重石之何益？絓結蹇産，矢死而未敢遽死也。此原所謂「孰知余之從容」也。

## 右悲回風

**總品**　從「悲回風」至「託彭咸之所居」，繇不欲死，説到必當死。「悲摇蕙」，不欲死也。「統世自貺」，不欲死也。「掩哀」、「逍遥」、「惘惘遂行」，種種不欲死也。至不忍常愁，則當死。始于造思者，繼以昭聞，則當死。欲遠望自寬，而眇眇默默，總無佳況，則當死。物有純而不可爲，則當死。非託居何以昭聞，則必當一死矣。從「上高巖」至「負重石之何益」，不解不釋，又繇可以死，説到不忍死。託彭咸曰「淩大波」，則見波聲之洶洶，可以死。覩潮水之相擊，可以死。入海可以死，望河可以死。而淩波之後，亟曰上高巖，是避彭咸之所居也，不忍死也。湧湍曰憚，益怯彭咸之所居也，不忍死也。伯夷之死，子推之死，未嘗不在山巖，而徒爾弔古怨悼也，又一不忍死也。徘徊河海洲渚間，則非復高巖矣。彭咸之所居，催人矣，乃宗子胥而又排申徒，曰「負重石之何益」，久欲爲彭咸，復不肯遽爲申徒也，又一不忍死也。前後兩截文陣，工于互繞，就中言愁，複語百出，而愈複愈清。處處擒應，一綫到底，不外兩意。一曰：愁之聚者，欲其散而祛之也。一曰：愁之散者，欲其聚而銷之也。「冤結内傷」、「隱伏思慮」、「鞿羈不開」、「繚轉自締」、「調度不去」、「著志無適」、「絓結蹇産」，皆爲結聚難破之愁況。「於邑不止」、「踴躍若湯」、「眇眇無垠」、「芒芒無儀」、「漫漫不可量」、「綿綿不可紆」、「容容無經」、「芒芒無紀」、「馳委蛇」也、「漂翻翻」也、「遥遥」也、「潏潏」也，均爲四散難收之愁緒。「氣於邑而不可止」之下，亟曰「糺纕編膺」，散者欲其聚而銷之也。「糺編」之後，亟曰「隨飄風之所仍」，聚者又欲其散而祛之也。「踴躍若湯」之下，亟曰「撫佩衽以案志」，散者又欲其聚而銷之也。「不開」、「自締」，則無繇銷而彌添其聚也。「眇眇」、「芒芒」、「漫漫」、「綿綿」，則無繇祛而彌添其散也。「據青冥以攄虹」，結聚者欲其得攄而散出。「依風穴以自息」，四散者又欲其得息而止聚。然終不能不散也，可軋則堪以聚銷，乃紛罔者欲軋以聚之而無從。「馳」、「漂」、「翼」、「氾」者祇伴之而莫主，又終不能不聚也。有所適則堪以散祛，乃調度者欲散以遣之而無所適。「絓結」、「蹇産」者，彌係之而莫開，奈之何哉？晦菴謂悲回風顛倒、重覆、疎鹵。試以篇法兩截之互繞，句法兩意之互擒，細細尋之，萬變無窮，一絲不亂。求隻字之顛倒、片語之重覆、纖隙之疎鹵，俱無繇摘矣。甚哉！騷之深，而未易讀也。

皇天之不純命兮，何百姓之震愆。民離散而相失兮，方仲春而東遷。去故鄉而就遠兮，遵江夏以流亡。出國門而軫懷兮，甲之鼂吾以行。發郢都而去閭兮，怊荒忽其焉極。楫齊揚以容與兮，哀見君而不再得。望長楸而太息兮，涕淫淫其若霰。過夏首而西浮兮，顧龍門而不見。心嬋媛而傷懷兮，眇不知其所蹠。順風波而流從兮，焉洋洋而爲客。淩陽侯之氾濫兮，忽翺翺之焉薄。心絓結而不解兮，思蹇産而不釋。將運舟而下浮兮，上洞庭而下江。去終古之所居兮，今逍遥而來東。行，叶杭。蹠，叶灼。薄，叶拍。客，叶康落反。釋，叶時若反。江，叶工。

**品** 三后之純粹，古帝之得保其純也。有純而不可爲，原之不得保其純也。人難仗純修，繇于天不錫以純命耳。起語甚深。出門發郢，詳數去鄉次第。望樹望門，又詳數戀鄉次第。

**箋** 此原之自悼，而曰「百姓震愆」、「民離散」者，對天言之也。「震愆」、「離散」，指被放也。君有不明，天無不均。受禄於君，君實不以我爲臣，不得同百官之數矣。受命於天，天獨不以我爲民，并不得備百姓之列乎？「方仲春」者，萬物當春，莫不向榮，而已獨春非我春也，仰天可怨。逢春益可憐，尚忍言遷哉？不忍言而竟不得不言。一一數之，則春其候也，甲其日也。「遵江夏」，「出國門」，「發郢都」，「望長楸」，「過夏首」，「顧龍門」，其經歷徘徊之地也。爲望爲顧，從舟行之後，更作回首之思，此眷戀中所尤難堪者也。始之「哀見君而不再得」，繼曰「顧龍門而不見」，愈隔愈悲矣。地且不見，毋論君矣。爲時日，爲地名，瑣屑繁稱，心中目中，歷歷然遣之不得，忘之不能。數一聲，哭一聲矣。軫懷之極，繼以傷懷，懷傷而魂虚，浮浮焉如，無可實踐之地矣。雖有容與之楫，回望藉遲，無如順流之波，相催以速。在朝爲臣，在野爲民，被放以出，飄蕩爲客而已。四方靡騁，將焉往而爲之乎？陽侯有神，汎濫彌甚，吾欲蹠實無所蹠，玆又欲高翔無所薄也。高翔者，不欲從陽侯也。陽侯溺死於水，故不欲與偕也，此心能解乎？此思能釋乎？嗚呼！竟運舟下矣。身與國同宗，從高陽受姓以來，世麗於楚。而今且爲逐臣，此一去也，實「去終古之所居」，悲慘至極，豈堪一刻逍遥哉！今竟若此，不能不逍遥而來東矣，絓結蹇産之恨，祇以供逍遥之況矣。

羌靈魂之欲歸兮，何須臾而忘返。背夏浦而西思兮，哀故都之日遠。登大墳以遠望兮，聊以舒吾憂心。哀州土之平樂兮，悲江介之遺風。當陵陽之焉至兮，淼南渡之焉如。曾不知夏之爲丘兮，孰兩東門之可蕪。心不怡之長久兮，憂與憂其相接。

惟郢路之遼遠兮，江與夏之不可涉。忽若去不信兮，至今九年而不復。慘鬱鬱而不通兮，蹇侘傺而含慼。風，叶孚金反。慼，叶子六反。

**品** 須臾難忘，九年不復互應。去郢曰「方仲春」，望郢曰「九年」，是作蓋在既遷九年之後，追遡九年前之仲春也。有此一語，益見前段之慘。當時出門之甲子，入舟之回望，從九年後，記憶如昨日，此情何堪？「爲丘」、「可蕪」，更深一層。身逐而君不得見，九年前之光景，悲猶可言也。國危而地不易見，九年後之朝政，恐益不堪言也。「曾不知」字，「孰可」字，哀呼以醒羣寐。平樂生哀，遺風生悲，觸緒多端。

**箋** 身不可歸，魂尚可歸也，此非國法所能禁也。居則已去乎終古，魂則未忘乎須臾，愈難返，愈繫思也。前從初出國門，歷數地名，此復從久離國土，複敘鄉邑、州土也。「兩東門」也，「郢路」也，「江、夏」也，皆所難忘者也。夏屬水口，爲丘者，慮滄桑之變易也。「夏丘」也，「兩東門」，即郢門，可蕪者，悵荊棘之將生也。始思郢都，茲并思郢路。始過夏而思龍門無繇見，茲則并思夏無繇涉，心之嬋媛傷懷者，茲則不怡之長久矣。憂憂相接，非但一傷矣。鬱鬱侘傺，比向之蹇產絓結，又有倍焉者矣。

外承歡之汋約兮，諶荏弱而難持。忠湛湛而願進兮，妬被離而鄣之，彼堯舜之抗行兮，瞭杳杳其薄天。衆讒人之嫉妬兮，被以不慈之僞名。憎慍惀之修美兮，好夫人之忼慨。衆踥蹀而日進兮，美超遠而踰邁。天，叶鐵因反。

**品**　「湛湛願進」，與「蹀踥日進」相形。「踥蹀」乃日進之巧術，尺尺寸寸，必争必營。「湛湛」則抱忠持重，空稱願進，而拙于求進矣。「抗行薄天」，又與「被障」相形。臣子所慮生平之踐履尚卑，未足取信于上下，故讒易施鄣，至抗而薄天，品高極矣，未易鄣矣。猶且被以惡名，又何人不可讒哉？「忼慨」尤與「慍惀」相形。宵小安有忼慨之神氣？然當其得君得時，侈口而談天下事，無一非忼慨之情狀也。君子氣無所吐，祇有蘊積難明，遂其忼慨矣。「慍惀」、「忼慨」四字，説得君子真可憎，小人真可好。

**箋**　此接「含慼」而言也。中既含慼而寡歡，則外即承歡而終慼矣。舉天下之大，無可解憂矣。「汋約」，即遠遊之所謂「神要眇以汋約」也。慼多歡少，神氣不旺也。荏弱難持者，憂愁日以重，氣血日以衰，不自支持也。「願進」者，雖在斥逐之年，未嘗少忘懷忠立朝之願也，即前所云「靈魂欲歸」，未嘗須臾忘返也。「湛湛願進」者，忠藏于心，無復可訴于人，無繇得獻于君，湛湛然自爲深沉而已。自願之，祇自知之也。「被離」者，受黨人之妬，被其離間也。即有願進之在今，無如鄣蔽之自昔。堯舜猶且可訕，孤臣安得與争？我之修美慍惀，偏有憎之者，小人之慷慨驕滿，偏有好之者。彼之慷慨日以進，我之修美日以疎。取遠邁而較踥蹀不敵也，如之何哉？此則顯咎黨人，而又隱咎君心矣。

亂曰：曼余目以流觀兮，冀壹反之何時。鳥飛返故鄉兮，狐死必首丘。信非吾罪而棄逐兮，何日夜而忘之。丘，叶欺。

**箋**　「望長楸」，「顧龍門」，一曼目流觀也。「登大墳」，「淼南渡」，又一曼目流觀也。此傷今之目也。「瞭杳杳其薄天」，堯舜之行，與天比隆，杳然上古，皆可以瞭而見之。此又一曼目流觀也，弔古之目也。流觀遍遍，一反無時，生不得反歸，死猶冀反葬。向所嘆「皇天之不純命」，不得列於民之數，不得列於百姓之數者，尚得列於鳥之數、狐之數乎？甚哉！原之不忍死也，日夜戀土之懷，慘痛至此極也。

## 右哀郢

**總品**　通篇分爲三段，開章至「來東」，言出門之愁。「靈魂」至「含慼」，言回思之愁。「承歡」至「逾邁」，痛恨黨人，被其生離之愁。末乃以求得歸死爲結局。睁開不得見故鄉，日暝尚冀返故土，其或以地下之眼，魂氣出没，重望長楸，顧龍門，再見君，免作「曼目流觀」之嘆乎？篇中

「顧」、「望」、「瞭」、「曼」諸語，是其字法布置炤應處。

惜往日之曾信兮，受命詔以昭時。奉先功以照下兮，明法度之嫌疑。國富强而法立兮，屬貞臣而日娭。秘密事之載心兮，雖過失猶弗治。心純龐而不泄兮，遭讒人而嫉之。君含怒以待臣兮，不清瀓其然否。蔽晦君之聰明兮，虚惑誤又以欺。弗參驗以考實兮，遠遷臣而弗思。信讒諛之溷濁兮，盛氣志而過之。何貞臣之無辠兮，被讒謗而見尤。慙光景之誠信兮，身幽隱而備之。臨沅湘之玄淵兮，遂自忍而沈流。卒没身而絶名兮，惜廱君之不昭。否，叶悲。

**品**　曰「昭時」、曰「照下」、曰「明法度」，主德臣忠，只此向明之一途。曰「蔽晦君」、曰「被謗幽隱」、曰「惜壅君之不昭」，貞臣所以蒙罪，宵人所以得志。統此墮暗之一病。層層五映，字法最工。「含怒待臣，不清瀓其然否」，千古直臣受冤，昏君亡國根因，盡此二語中。「虚」、「惑」、「誤」、「欺」四字，疊得小人械多，君子氣蹙。考實是破虚之捷訣。羣械雖多，主術原簡，其如盛氣志何？

**箋**　所恨者今日，所惜者往日。功可成，世可治，而卒以隳也。一身何足道，國事遂不復可爲，此原之所以嗚咽難已也。理國之法，昭時爲大，適逢機會，所謂時也。先此時則未合，後此時則未及也。鼓吹休明，所謂昭也。未昭者，亟爲申明；已昭者，益從昭光大也。「奉先功以照下」，則昭其所已昭也，「明法度之嫌疑」，則昭其所未昭也。原之經濟，具在是矣。既昭之後，國乃治，法乃立，君乃安，其道則用昭，其事則用秘用密。貞臣內載于心，雖有微過小失，君既屬之，則必寬之，弗之治也。過猶弗治，況無過乎？乃以純龐不泄，善秘善密之臣，而卒爲讒間，此中或然或否，是泄是密，清澂立見，而含怒在先，察核不顧。貞臣之治國用昭，讒臣之蔽君用晦。曰「虛」、曰「惑」、曰「誤」、曰「欺」，四者遞用，無弗搖之君矣。其始，讒之未敢便欺君也，聊爲虛言而已。虛言久，則君暫以惑，至惑而君之所行，乃多誤矣。君既自誤，乃無不可肆吾欺也。于是始之虛，變而爲實，君不復參聽而別求其實矣。惑變而爲信，前之含怒者，益盛怒矣。過失弗治，不可得矣，究竟何嘗有罪哉？我之用昭，終不敵小人之用晦。顧視光景，負慙何極？既被晦蔽，聊爲備患之計而已。盛怒在君，備患無策，臨淵自沈，庶消憒憒。徘徊水上，未可以遽，不欲以無所著述，便爾吞聲，不能昭匡國之法，而尚欲昭讒人之罪也。

君無度而弗察兮，使芳草爲藪幽。焉舒情而抽信兮，恬死亡而不聊。獨鄣廱而蔽隱兮，使貞臣而無由。聞百里之爲虜兮，伊尹烹於庖厨。呂望屠於朝歌兮，甯戚歌而飯牛。不逢湯武與桓繆兮，世孰云而知之。吳信讒而弗味兮，子胥死而後憂。介子忠而立枯兮，文君寤而追求。封介山而爲之禁兮，報大德之優游。思久故之親身兮，因縞素而哭之。或忠信而死節兮，或訑謾而不疑。弗省察而按實兮，聽讒人之虛辭。芳與澤其雜糅兮，孰申旦而別之。何芳艸之早殀兮，微霜降而下戒。諒聰不明而蔽廱兮，使讒諛而日得。自前世之嫉賢兮，謂蕙若其不可佩。妒佳冶之芬芳兮，嫫母姣而自好。雖有西施之美容兮，讒妒入以自代。願陳情以白行兮，得罪過之不意。情冤見之日明兮，如列宿之錯置。聊，叶留。厨，叶稠。戒，叶居得反。好，叶虛既反。[二]

**品** 「藪幽」、「蔽隱」應前「幽隱」。「抽信」應前「曾信」、「誠信」。「按實」應前「考實」。「虛辭」應前「虛惑」。「蔽廱」應前「蔽晦」。讒人日得，申冤冀其日明，非日明無以敵彼之日得也，此之明遲一日，則彼之得添一日矣。愈添愈蔽，冤將無繇明矣。「列宿錯置」，以譬語出奇助陣。

**箋** 臣佐君以治國，在明法度，君察臣以息讒，亦必有度。無度則虛、惑、誤、欺，交得嘗之矣，即欲察，無以察矣。芳艸處幽，無繇見矣，臣所懟誠信者，無繇抽信矣。不幽則光自昭，信自券，無待抽矣。幽則照有所不及，光有所不到，無繇抽矣，但有以死亡爲恬然而已，不聊生矣。

君失其度，屬目嫉者，再欲使之，不知其所繇矣。湯、武、桓、繆之於百里、伊尹、呂望、甯戚，此善使臣者也。吴、晉之於子胥、介子，此不善使臣者也。死而後憂，無及也，禁而後報，無益也。君之被欺，至此極也，總之始於一慮而已。嗚呼！弗考實者，自古已然也。芳之藪幽，未易别也，别之之道，防其早夭，戒於霜前，則蔓艸不得藪之矣。艸之蔽芳，春夏皆然，而獨以霜爲戒者，春夏生長，艸與芳並旺。縱或蔽芳，未爲芳之大害也。霜降艸萎，腐葉瘁莖，壓于芳上，足以夭此芳矣。此護芳之明眼深心也，人主所宜具之聰明也。其可蔽于聰明者，實不聰明者也。我之早戒失先着，則讒嫉之蔽我得長策矣。且讒之來，何所不有？毋論芳夭也，即不夭，而或竟以爲不芳，前世所云「不可佩」，豈獨今哉！既已妬芳以爲不芳，則必逞醜以爲不醜，嫫母而代西施，所必至矣。讒人蔽之，我欲白之，讒人晦之，我欲明之，罪過雖出于不意，而情冤何嘗難明？列宿在天，豈難舉首哉？藪幽者，固懸宿者也。

乘騏驥而馳騁兮，無轡銜而自載。乘氾泭以下流兮，無舟檝而自備。背法度而心治兮，辟與此其無異。寧溘死而流亡兮，恐禍殃之有再。不畢辭以赴淵兮，惜廱君之不識。載，叶子賜反。再，叶子賜反。

**品** 將開章「明法度」一語，再申言以作結。生平自負經濟在此，被讒受罪亦即在此。宜其嗚咽難罷也。「不識」與「不昭」對峙。通篇章法，只分作兩段，最爲整肅。「惜往日之曾信，屬貞臣而日娭」至「惜君之不昭」爲一段。「君無度而弗察，使貞臣而無繇」至「廱君之不識」爲一段。

**箋**　身既不用，而復回思法度之不可廢。始之奉詔命以造憲令者，今雖不用吾身，猶當用吾言，忠臣無己之極思也。惜往日專追遡懷王之時，此則兼頃襄以興嘆也。背法冀治，等諸乘馬無制，乘桴無具，顛陷必矣。馬言騏驥者，駑馬遲鈍，即乏御勒，猶可支持，若千里之足，可易制乎？備舟檝言下流者，桴可施於平波，不可施于急流也。邦之將亡，則禍且有再，求死於本國不可得矣。懷之死秦，此原之所最心痛，以頃襄之憒憒，國必折於秦，此原之所最心驚也。既亟於溘死，而又務畢辭，暴彼讒人之誤國，所謂「懸吾目以觀越之入吴」也，留此辭以爲驗也。

## 右惜往日

**總品**　「明」、「晦」、「虛」、「實」四字，通篇分合翻洗。曰「昭時」、「照下」，曰「明法度」，理國之貴明也。曰「惜廱君之不昭」，曰「願陳情以白行」，曰「情冤見之日明」，訴罪之冀明也。曰「蔽晦君」，而君受晦之誤，曰「身幽隱」，曰「芳艸爲藪幽」，曰「鄣廱」、「蔽隱」，而臣受晦之苦矣。參驗考實，則貞臣不至蒙罪。省察按實，則讒人不得售奸。曰「虛惑誤又以欺」，讒術多端，姑以虛爲先嘗之方，尚未敢謂君之遽聽也。曰「聽讒人之虛辭」，主德易摇，不待讒人之畢其術，再用惑，再用誤，再用欺，而已傾耳受之矣。可笑！可悼！歷代同軌，章法通體瑩透。

滔滔孟夏兮，艸木莽莽。傷懷永哀兮，汩徂南土。眴兮杳杳，孔静幽默。鬱結紆軫兮，離慜而長鞠。撫情效志兮，冤屈而自抑。鞠，叶給。

**品** 「眴兮杳杳」，畫出愁人眉目，千載如見。「孔静幽默」，承「汩徂」尤慘。既曰徂南，道塗之中，何限聞見？乃以愁況入其中，如聾如瞽，但有現前，皆成幽默，寫慘至此。

**箋** 「滔滔」、「莽莽」，當孟夏之時，萬物無不暢盛也。「杳杳」、「幽默」者，入傷徂之懷，萬景無不荒寂也。「眴兮杳杳」者，目數視而不得所可見之處也。失意失神之中，見日月而皆若無光，顧河山而盡成冥途也。「孔静幽默」者，因眴而及聽也。杳杳則幽，幽則默矣。無象可覿之謂幽，無聲可聞之謂默，聲象交廢之謂孔静。目既不見，耳亦不聞，如此景況，如此心情，竟入於鬼界矣，豈復知有人世喧動之樂哉！永哀之思，益增長鞠矣，不能不永，不能不長矣。從不能不永，不能不長中，又再回想焉。苟情志之未灰，念紆結之宜解，撫我之情，致我之志，冤屈雖悲，强制可遣，一念之起，勉自抑之，哀亦不可永也，鞠亦不可長也。初愁不起，則後憂不接，此抑之之方也。

刓方以爲圜兮，常度未替。易初本迪兮，君子所鄙。章畫志墨兮，前圖未改。內厚質正兮，大人所晠。巧倕不斲兮，孰察其揆正。玄文處幽兮，矇瞍謂之不章。離婁微睇兮，瞽以爲無明。變白以爲黑兮，倒上以爲下。鳳凰在笯兮，鷄鶩翔舞。同糅玉石兮，一槩而相量。夫惟黨人之鄙固兮，羌不知余之所臧。改，叶既。明，叶芒。

**品**　「未替」、「未改」、「所鄙」、「所晠」，語語對列。巧倕以下，逐段遞進。上下、白黑，判然易知者，乃至變倒，比「孰察」、「不章」、「無明」，繇于「不斲」、「處幽」、「微睇」之未易知深一層。鳳代雞入則鳳傷矣，玉共石糅則玉傷矣，比白黑、上下之混淆，未有實傷，又深一層。

**箋**　此言我節不可變，黨人不吾知也。寧方毋圜，浮世難問，此立身之常度也。刓而爲之，我所不肯替也，有畫有墨，古法具存，此守先之前圖也。章而志之，我所不待改也。圖如圖繪之圖；畫，刻畫之痕也。畫久而渝，爲一章明之，足矣，未容改易也。墨者，繩墨之際，分毫無可增也。從破俗見言之，則曰「易初本迪，君子所鄙」。易者，變其初心也。迪，訓迪也。「本迪」者，棄我初心，反索本領於俗之迪我也。謂師彼之爲圜也，從遵古昔言之，則曰「內厚質正，大人所晠」。其內厚，故可容我之章明也。無盡之蘊，不妨闡發也。其質正，故但志古之繩墨。謹而循之，原無枉曲待我之別施繩墨也。避見鄙於君子，等所晠於大人，如是而古今天人之際，可以表我之獨立，聽人之共知矣。質正則何往非正，章畫則何往非章。既正既章，又何患心目之不明哉！然而事猶有難言者，衆人見顯，不能見隱，手斲之正顯，心揆之正隱。君不我用，技無所施，善揆之心，至正之質，誰人察之？此藏於無可見，雖有未矇未瞽之目，未之能見也。爲玄文，爲離婁，何嘗不可見？而文或處幽，婁或微睇，以有可見者，又疑于未遽見。加以矇瞽之目，又安得見哉？且非獨此也，人情愈險，世道愈厄，則即明見之，而且故意顛倒，以白爲黑，以上爲下矣。鳳爲雞侮，玉與石同，何態不備，何事不有乎？此誰之罪哉？黨人耳。夫惟黨人之鄙也，陋而無識，夫惟黨人之固也，堅而不返。合斯二者，而欲示以余之所善，既不能知，亦不肯知矣。

任重載盛兮，陷滯而不濟。懷瑾握瑜兮，窮不知所示。邑犬羣吠兮，吠所怪也。非俊疑傑兮，固庸態也。文質疏内兮，衆不知余之異采。材朴委積兮，莫知余之所有。重仁襲義兮，謹厚以爲豐。重華不可遌兮，孰知余之從容？采，叶此禮反。有，叶于彼反。

**品** 此段語語深奥，煉句煉字最爲不苟。從「孰察揆正」至此，皆痛寫不相知之恨。曰「羌不知」、曰「衆不知」、曰「莫知余之所有」、曰「莫知余之從容」，長號疊訴，哀音纏綿。

**箋** 此承上黨人之不我知，而又悵然於古人之不可遇也。我之任載大事，自負能濟者，今無共濟之人，陷而無以濟矣，我之懷握多寶，自矜可示者，今無堪示之人，窮於無可示矣。以我之前，且不能自知我之後，而又何咎於黨人之不吾知乎？聲吷所怪，不足責也，其偶然也，態成其庸，不足道也，其常然也。返而自思，吾亦有吾之咎焉。吾以文示人，而又韜之以質，文密而質疏，文露而質内，質中之文，豈易知其異采哉？吾以材示人，而又行之以朴，貌積朴則近愚，心積朴則近拙，朴中之材，豈易知其有材哉？重仁襲義，豈不豐于道德，堪誇富有，而一味謹厚，以是爲豐，深藏若虛，明道若昧。重華往矣，又孰知之？

古固有不並兮，豈知其何故？湯禹久遠兮，邈而不可慕。懲違改忿兮，抑心而自强。離慜而不遷兮，願志之有像。强，叶其兩反。

**品**　前所痛恨人不知我，此所自嘆我亦不能知，應前最慘。「抑心」與「自抑」相應，「願志有像」與「效志」相應，「改忿」與「前圖未改」相應，「離慜」與「離慜長鞠」相應。抑心又説「自强」，則抑而不抑矣。離慜又説「不遷」，則離不妨離矣。相應中又各翻案。

**箋**　既恨重華之不可遇，而又低徊自解曰：聖賢之生多不並世，自古已然。非獨吾生，其故不可問也。不遇重華，當以次而求之禹湯，均屬久遠，無一可慕也。俯仰古今，莫不與我違者，真可忿矣。懲人之違，我以爲我之不自違，改我之忿，人以爲古來之不必忿，則但有抑此愁心，扶我强氣而已。始之自抑，不欲其離愍也，恐以長鞠而神弱也，欲其遷也。茲之自抑，又不妨其離愍也，砥以不遷而愈强也，不厭長也。「願志之有像」者，志爲心之所之，無形者也，志而有像，則堅矣，凝矣，永無可摇矣。其俟之自强功成之日歟？望三五以爲像者，君也；比伯夷以置像者，我也。

進路北次兮，日昧昧其將暮。舒憂娛哀兮，限之以大故。亂曰：浩浩沅湘，分流汩兮。修路幽蔽，道遠忽兮。懷質抱情，獨無匹兮。伯樂既没，驥焉程兮。民生稟命，各有所錯兮。定心廣志，余何畏懼兮。曾傷爰哀，永嘆喟兮。世溷濁莫吾知，人心不可謂兮。知死不可讓，願勿愛兮。明告君子，吾將以爲類兮。愛，叶於既反。

**品** 前曰「豈知其故」，此曰「限以大故」，曰「知死不可讓」，茫然之後，説出了然，生平疑根，將死大悟，墮地定命，應至于此。慘甚！痛甚！「各有所錯」，「各」字尤慘。錯小人於朝堂之上，錯君子於波流之中，亂世應爾，天之布置久矣。「定心廣志」與「抑心效志」相應。就死説廣志，理最奇透。達觀千古，恰在此辰。「不可讓」，「願勿愛」，意更峭愴。自催自夬，免挨他日。

箋　古今不可問，自强不可遷，君國不可返，則但有矢死靡他而已。進路者，進沅湘之路也，此投死之區也。江沅均爲南行，「北次」者，乖其所之，一託宿焉，不欲死之意也。日既將暮，則投死可以無急也，又一不欲死之意也。少遲數刻之死期，何妨舒憂，何妨娱哀，然有限我以大故者矣，若或催之矣。「豈知其故」者，兹知之矣。遇重華、禹、湯，則爲喜起之臣，不遇重華、禹、湯，則當爲死忠之臣，故在是矣。瞪視沅湘之分流，睠念來投之修路，向幽蔽而尚隔者，今明現前矣，向遥遠而遲行者，今忽焉已至矣。江水逼人以死地矣，江聲告人以死期矣，所云質正之盛心，文質之異彩，撫情之深思，已矣，俱無所用於世矣。懷抱獨知，世無復相馬者矣，付驥骨於清流足矣。將曰自沉之非正命耶？自計此生有才無遇，七尺堂堂，安頓何所？尋常糞壤，豈堪委體？天實錯吾軀於波流，禀命久矣，今日之事，非我之憒憒也，天也。吾之心志必如是而始安焉。以忠貞爲要歸，定也，非憒亂也。從君國爲起見，廣也，非狷狹也。此吾所以決計而無畏懼也。無畏懼者，無所怵于人之譏我也。既無畏懼，而又不能不嘆傷者，君國之恨，地下逝魂所不能忘，縱骨化形消，而此傷猶增，此嘆猶永也。生前之傷嘆莫之省，死後之傷嘆益莫之聞。九泉迥隔，又安能呼溷濁之人而寄聲相謂，俾改故轍，慰此逝魂乎？思至此，則一死亦非了局矣。又自勸自決曰：世豈有可偕死之人同心地下哉？此非可讓之事，願勿自愛其死而已。縷陳死因，明告後之君子，倘後世之中有同忠如我者，吾將引之以爲儔類，庶地下不孤也。嗚呼！原之痛悼當世極矣。從彭咸之遺則，以此心質之前世也。明告爲類，以此心待之後世也。前望千載，後望千載，顧影孑立，足跂眸穿，悠悠當代，竟何人哉！

## 右懷沙

**總品**　是篇爲畢命之辭，易于用慘，却語語用奥。此手筆高處，愈奥愈慘。入手「眴兮杳杳，孔静幽默」八字，寫得眼前三光萬象，盡歸消滅，以奥爲慘。深渺至此，千百句不能敵也。「易初本迪」、「章畫志墨」、「内厚質正」諸語，皆有意于用奥，然後歸咎黨人，叠用「不知余所臧」、「不知異采」、「莫知所有」、「孰知從容」，重叠叫冤，乃終歸之「古固不並」、「豈知何故」，忽然吞聲，無可歸咎。文勢文情，抑揚剥换，妙有姿態。「何故」之後，拈出「限以大故」、「民生稟命」，事事皆天也，非人也，益見黨人之不足咎，呼應尤爲緊密。臨結曰「不可讓」、「願勿愛」，於決死中，寫出低徊不忍死。心口商量，自問自答，千載如聞，文致更工于縹緲。

**【校勘記】**

〔一〕「虚既反」三字原脱，據集注補。

# 楚辭卷八

閩黄文焕聽直

## 大招

青春受謝，白日昭只。春氣奮發，萬物遽只。冥淩浹行，魂無逃只。魂魄歸徠，無遠遥只。遽，叶渠驕反。

**品**　曰「受謝」、曰「遽」、曰「冥淩浹行」，字法句法，能創能煉。

**箋**　生物之功，玄冬之所辭謝而不能任也，惟春能受冬之所謝，起而任之。萬物莫不乘春以生，魂獨不可乘春以返乎？「遽」，驟也，物之勃然驟蘇也。氣之所鼓，蔑不速也。「冥」與「昭」相反，「淩」與「發」相反，陽氣發萬物，陰氣淩萬物，陽氣上升其象爲昭，陰氣下沉其象爲冥。魂不升而從陽，必且墜而從陰，當此三陽發物之候，氣雖就煖，候未離寒，玄冥之氣，淩轢萬物者，未嘗不浹行於天地之間。以自畢其餘寒，實將挾物以墜陰，不肯盡縱物以讓陽。故勸魂無逃，恐爲陰之所收也。

魂乎歸徠，無東無西，無南無北只。

**品** 着此總挈，然後分列以東章法。

東有大海，溺水浟浟只。螭龍竝流，上下悠悠只。霧雨淫淫，白皓膠只。魂乎無東，湯谷寂寥只。魂乎無南，南有炎火千里，蝮蛇蜒只。山林險隘，虎豹蜿只。鰅鱅短狐，王虺騫只。魂乎無南，蜮傷躬只。魂乎無西，西方流沙，漭洋洋只。豕首縱目，被髮鬤只。長爪踞牙，誒笑狂只。魂乎無西，多害傷只。魂乎無北，北有寒山，逴龍赩只。代水不可涉，深不可測只。天白顥顥，寒凝凝只。魂乎無往，盈北極只。膠，叶樛。躬，叶居延反。

**品** 首段省却「魂乎無東」句，以此段與總挈之語緊相接連，故可省也。後人不解作法，乃疑爲殘缺應補，豈不令古人一噱。「白皓膠」與「白顥凝凝」相映。造句咸工于寫氣。善奮發者，春氣也。善膠凝者，淫氣、寒氣也。東、北皆言天地荒涼之氣，南言物類，西言神，段法各自變換。

**箋**　溺水，水性善沉溺也。「漖漖」，流迅疾也。流迅則螭龍亦併在所流之中，不得安潛，而悠悠與波上下也。水中之物猶不易居，魂可度乎？「白皓膠只」，謂霧雨之氣淫而不歇，常結爲白皓之色，如有膠定之象也。霧既滅而又將霧，雨既止而又將雨，故其色長如是，霞光日彩，不可得見也。「炎火千里」，地氣炎熱，若千里皆火也。虎豹，行而噬人者也，遠見其行，猶可避也，蜿則蹲伏以伺人，不易避矣。王虺，伏而噬人者也，不履其穴猶可避也，騫則昂首以俟人，又難避矣。虎豹踞險隘之中，取道所不能不繇。王虺、雜魚、狐之類，水陸將必有一遇，魂尚敢南乎？然蛇虺虎豹魚狐，彼皆不能自匿其形，亦必人爲彼所得，乃能傷之。若蜮則潛於水中，射人之影，誰能逐步顧影？誰能燃犀察形？難避又更倍矣。蜮之爲物，無目而利耳，聽聞人聲，便以口中之毒射人。讒夫之舌，何以異斯？此原所最宜心驚，故以蜮爲終招也。至于西方，又有異焉，南方之害人者物類也，西方之害人乃專屬神。凡物之噬人，咸以怒逞威，而是神則得人誒笑，喜躍欲狂，嗜殺之心腸情狀，固莫不如是哉？原所願曰六神嚮服，選神並轂，得無逢是之神乎？可賴否乎？「顥顥」，冬夏積雪，天光恒白也。「凝凝」，寒氣結而不散也。盈北極者，北方山不生屮木，永無他物類，顥顥凝凝，長爲蕭條空虛之區，魂將欲孤往而填滿其地乎？

魂魄歸徠，閒以靜只。自恣荆楚，安以定只。逞志究欲，心意安只。窮身永樂，年壽延只。魂乎歸徠，樂不可言只。安，叶一先反。

**品** 此段又總挈下數段，以束章法。下面飲食聲色園囿，段段遞數，總屬「逞志究欲」、「樂不可言」。先曰「不可言」，乃縷縷言之。「自恣」、「安定」，則總挈之字法。恣所嘗，恣所擇，恣所便，恣志慮，安以舒，靜以安，定空桑，層層回應。

**箋** 凶、悔、吝，咸生乎動，不靜不可免也，不閒不能靜也，既靜則可自恣矣。動不可恣，靜可恣也。靜中之恣，恣亦靜也。曰「安以定」，又曰「心意安」，惟恐其不安不定，而魂因以他往也。曰「恣」，又曰「逞」、曰「究」，惟恐其不恣、不逞、不究，而因以不得安、不得定也。惓惓反覆，真善招哉。

五穀六仞，設菰粱只。鼎臑盈望，和致芳只。内鶬鴿鵠，味豺羹只。魂乎歸徠，恣所嘗只。鮮蠵甘雞，和楚酪只。醢豚苦狗，膾苴蓴只。吴酸蒿蔞，不沾薄只。魂乎歸徠，恣所擇只。炙鴰烝鳧，煔鶉陳只。煎鰿臛雀，遽爽存只。魂乎歸徠，麗以先只。四酎并孰，不歰嗌只。清馨凍歓，不歠役只。吴醴白糵，和楚瀝只。魂乎歸徠，不遽惕只。羹，叶力當反。擇，叶徒各反。存，叶祖陳反。先，叶桑津反。嗌，叶弋。

品　將招之以飲食，分作四段。首二句言穀食，中槩言鳥獸、六畜、魚蔬之美味，終以醇酒，段法各有次第。「恣嘗」、「恣擇」、「不沾薄」、「不歰嗌」、「不歠役」，句法互映。先曰「吳酸」、「吳醴」，他國之味也。終曰「楚瀝」，本國之味也，字法互映。

箋　「致」，致其極美也。「內」，納也。五穀積至六仞，而所設者又有菰米。鼎熟多至盈望，而所和者貴其致芳。爲羹之法，烹調咸宜。鶬鴿與鵠，皆可以納於羹之中，而所味者又有豺羹，言種種無不有矣。復有其特出也，「甘鷄」，調其味而使甘也，苦狗，以膽和醬也，「吳酸」，吳人爲酸之法也。「沾」，沾滯也。味沾滯則太濃，適得其中，不濃又不薄也。「爽存」，謂爽脆之致存於此也。「遽爽存」者，同一鰿雀之恒味，一經煎臛，味遽有殊也。「麗以先」者，衆品盛麗之內，選所獨先也。前曰「恣所擇」、「恣所嘗」，聽魂之自先之也。此曰「麗以先」，則招魂者之代爲擇之，以冀其獨嘗之也。酒醇則入口無澀病，入喉無嗌病。「凍飲」，所以徐賞其清芳之妙，不求貪醉也。凍飲則所飲不復多，酒氣不速行，是不爲沉湎大歠所役，而深得微醺之趣者也。屈子自謂「舉世皆醉而我獨醒」，故以此招之，是不碍於醒者也，非受役於皆醉者也。「吳醴」、「楚瀝」，合兩國之味也。醴爲甘酒，瀝爲清酒。以甘和清，均之歸醇而辭烈也。「不遽」者，不須遑遽也，即所謂安定也。

代秦鄭衛，鳴竽張只。伏戲駕辯，楚勞商只。謳和揚阿，趙簫倡只。魂乎歸徠，定空桑只。二八接武，投詩賦只。叩鐘調磬，娛人亂只。四上競氣，極聲變只。魂乎歸徠，聽歌譔只。

**品** 招之以聲音，分作二段。「代秦鄭衛」，當時之樂也。歌伏戲之駕辯，則古矣。楚之勞商、揚阿，趙之簫，又當時之樂也。投以詩賦，則又古矣。段法暗自互映。張，言樂之始。亂，言樂之終。又自互映。四上競氣，語尤奇峭。

**箋** 代、秦、鄭、衛，合四處之音也。鳴竽張而歌駕辯、勞商，樂聲歌聲互相雜也。徒歌曰謳。衆樂之聲停，但以歌謳之互答爲美。孤吹趙簫，與人聲相叶。謳者，按歌之節，歌者，按簫之節。是謳和歌，歌主倡；歌又和簫，簫主倡也。「定空桑」者，代秦鄭衛及竽簫歌謳之聲，恐魂或以爲不足聽，則有琴瑟在，是所當心定於此也。既言歌，復言舞。「二八」，舞列之人數也。「詩賦」，則歌雅、歌豳之類也。「娛人亂」者，樂至將終，則音尤足娛也。因其終，故曰「極聲變」也。樂一闋輒一變，聲之變者，至此而極也。樂主聲，歌主氣，風雅詩詞，多以四字爲節。歌法繇揚而抑，抑而復揚，所謂上也，競也，即秦青入雲之響也。氣有所短，則歌聲沉而不能復上矣。聽歌譔者，言所歌無不具也。前段未嘗無謳和之歌，而以音悦魂爲主，故結歸空桑。此段未嘗無鐘磬之音，而以歌悦魂爲主，故結歸歌譔。斯互異之旨也。

朱脣皓齒，嫭以姱只。比德好閒，習以都只。豐肉微骨，調以娛只。魂乎歸徠，安以舒只。嫮目宜笑，蛾眉曼只。容則秀雅，穉朱顔只。魂乎歸徠，靜以安只。姱修滂浩，麗以佳只。曾頰倚耳，曲眉規只。滂心綽態，姣麗施只。小腰秀頸，若鮮卑只。魂乎歸徠，思怨移只。易中和心，以動作只。粉白黛黑，施芳澤只。長袂拂面，善留客只。魂乎歸徠，以娛昔只。青色直眉，美目媔只。靨輔奇牙，宜笑嗎只。豐肉微骨，體便娟只。魂乎歸徠，恣所便只。姱，叶苦胡反。佳，叶居宜反。澤，叶待雒反。客，叶苦各反。昔，叶先約反。

**品**　招之以女色，分作五段，比前飲食、聲音爲較詳。易于娛人者，莫女色爲甚，故特詳招之也。五段中，言豐肉微骨者二，舉全體也。骨微而體始柔而有韵，體不韵則顔面亦爲減矣。言宜笑者二，此態之所從出也，笑則姿態見，而有宜不宜之别，態非可强爲也。言目者二，美人之神在目也。言眉者居其三，此似最無關而最爲有關，所以助目之神者，眉之美也。言心者二，心非可得見，而女德以性情爲主，故又特言心也。複處皆各有别旨，總挈處兩言「安」。飲食聲音，皆未應「安」字，獨于女色兩曰「安」，女色之美，易予人以「心安」者也。

**箋**　「嫭姱」之下，亟曰「比德」，有色必兼有德，婦容之所易不足者，德也。美好幽閒之下亟曰

「習」，性之所成，又兼習之所就，婦態之所益可喜者，習也。「調」，均調也。肉與骨之際，天之所生，如若人之所調劑也。魂之四馳，所苦在不安舒，返而見此習都者，則當爲之一安舒矣。返而見此調娱者，則當爲之再安舒矣。「容則秀雅」者，容既美而合乎法則也，姿既秀而又兼乎大雅也。秀易而雅難，是則眉目朱顔中所尤相映發者也。穉，年幼也。穉年而有雅況，無童心，尤難也。秀雅，則窈窕之中具静安之致焉。魂與之對，不足以資我之静安乎？「滂浩」以言廣大，謂性度也。婦人之性多屬褊隘，得寵善驕，失寵善怨，未有廣大者。心性不堪近，則即顔色有餘，不爲足貴。故于「滂浩」之後，再言「滂心」，恐色佳而心未必佳也，心滂則態愈綽約。心，態之主也。態，心之輔也。無滂心而漫逞綽態，是謂妖態，非雅態也。心態相兼，而姣麗之致倍添其溢出。故上曰「麗佳」，此又曰「麗施」也。態有餘則善施，心有餘益善施也。「倚耳」，耳與肉相貼曰倚，言不外反也。「曾頰」，即前所云「豐肉」也。肉豐故頰能重，言面容之圓滿也。肉豐之人，易于全體癡肥，亟言腰小頸秀，頰豐而頸與腰又未嘗豐也，穠纖中度也。「若鮮卑」者，意鮮卑之胡，其人必腰頸瘦小，故舉以爲比耶？最不可移者惟思，怨較思，又更難移矣。有麗人以相周旋，則魂之心所用于彼者，將移而用之于此，雖一時之中，思怨未能遽忘，然漸可移也。「易」，平易也。平易其中而和其心，性情之可喜也。婦人之心多險毒而少平易，多懆戾而少温和，前言心曰「滂浩」，此又曰「和易」，惟廣大故能和易，惟和易故徵其廣大。廣大者，心之内藏；和易者，心之外見也。「以動作」者。隨時隨事，皆秉是心以行之也。前三段備寫姿容，靜時之姿容也。此乃耑言其動，爲施芳澤，爲拂袨而舞，爲留客，皆其動時之事也。動則所謂習都秀雅。態之綽，姣之施，皆于動見之矣。預言之于未動之先，而動時之愈美不待言也，且不勝言也。此文心吐吞之妙也。「娛昔」者，昔日之苦，以今日之歡補之，非荒淫而娛今也，娛昔而已，療愁救死，當亦莊人正士所不諱也。舊注不得其奥義，乃欲引古字而釋爲夜，以切于留客，淺俚甚矣。四段既畢，無可復贊，乃複言眉，複言目，複言牙，複言宜笑，複言豐肉微骨，以爲總結。津津乎不知厭也。所以挑魂之慕，使從吾招也。前曰曲眉，此又曰青色直眉。曲者其形，直者其色也。色之青如一綫之直也。目又曰「嫿」，嫿然黠慧，流眄之中，咸有慧心溢出也。「宜笑」又曰「嗎」。嗎，笑貌。前未笑，而知其宜者，此以笑，而益見其宜也。前曰目宜笑，笑與目相助。此曰「靨輔奇牙」宜笑，以頰有靨輔之美，口有奇牙之美，與笑相助也。皓齒從未笑言之，奇牙從笑言之。前曰「豐肉微骨」，此增之曰「體便娟」，凡肉豐者，體或不能輕便而娟好，兹之爲體豐與逸兼也，斯則複言之中，又各殊之旨也。

夏屋廣大，沙堂秀只。南房小壇，觀絶霤只。曲屋步櫚，宜擾畜只。騰駕步遊，獵春囿只。瓊轂錯衡，英華假只。茝蘭桂樹，鬱彌路只。魂乎歸徠，恣志慮只。孔雀盈園，畜鸞皇只。鵾鴻羣晨，雜鶖鶬只。鴻鵠代遊，曼鷫鷞只。魂乎歸徠，鳳凰翔只。假，叶古路反。

**品** 招之以宫室遊獵、園囿花鳥，合作二段。前説聲音，一段可了，却用二段爲臚列。説女色，四段已畢，却又複言，用五段爲臚列。此之言宫室，言遊獵，言園囿、花鳥，可以分作數項，却只用二段了之。遊獵中可着多少鋪揚，却只用一句了之。段數之或多或少，語之或詳或略，皆在常情意度之外。此作法幻處高處。囿中花木單言茝蘭桂樹，不他及者，以佩芳，原之本懷也。園中衆鳥，既以鸞凰與各鳥並稱，又複結鳳凰者，以命鳳凰爲媒飛騰，原之本懷也。因其本懷以爲招也。此命意深處。前飲食、聲色諸招，非原意中，招之以不應招之物，至此乃漸與原意中相近，然後下文顯言正論，愛民養士，尚三王，以爲招之終。章法意脈，轉换最有次第。此二段遂爲承前起後之轆轤。

**箋** 此歷言爲魂造屋闢苑也。「絶霤」，觀之高，出于霤之上也。有堂，有房，有壇，有觀，有櫚，屋中之次第也。屋欲大，堂欲秀，房欲在南，壇欲小，觀欲絶，别屋又欲曲，屋中之布置也。「茝蘭桂樹」之下，亟繼以「恣志慮」。前曰「恣便」、「恣擇」、「恣嘗」，未嘗及志慮。原非聲色飲食中人也，即日招以所可恣，志慮不存焉，芳彌路，而原之志慮乃屬之矣。紉佩申纕，其在斯矣。「畜鸞鳳」，即所云宜擾畜也。「羣晨」，鳥之羣飛羣鳴，槩在晨也，過晨則各殊矣。「代遊」，或彼去而此來，或彼來而此去，遊于園之中者互相代也，「曼」，曼衍不絶也。繇羣言代，繇代復言曼，詳數鳥之情狀也。鳳凰翔而特繫于魂歸者，鳳凰素爲魂所欲得，以供使令，園之中畜以待魂久矣。今適其飛翔之候矣，任所使之矣。

曼澤怡面，血氣盛只。永宜厥身，保壽命只。室家盈庭，爵禄盛只。魂乎歸徠，居室定只。

**品** 此段便可直入察篤諸正論，却又將「宜身」、「保壽」二語，再應前「窮身壽延」之句。「居室定」，再應前「安以定」之句。乃將「爵禄盛」一語，逗下「尚賢」、「舉傑」諸段之意。作法中又一承前起後之轆轤，勢已翻而故停，如琴瑟中之遲聲取媚。

**箋** 矢伴彭咸，此原之務求死而不欲壽也。形容枯槁，則原即欲壽而恐不得壽矣。招其魂以亟救其形容，庶幾枯槁者返而爲曼澤怡盛乎？形容復而志意漸舒，然後壽命可保也。「爵禄盛」，則仍見用於朝，可以不爲彭咸矣。「居室定」，即上文夏屋之旨也。奔走無定居，君即欲復用之，知其何在哉？

接徑千里，出若雲只。三圭重侯，聽類神只。察篤夭隱，孤寡存只。魂乎歸徠，正始昆只。田邑千畛，人阜昌只。美冒衆流，德澤章只。先威後文，善美明只。魂乎歸徠，賞罰當只。名聲若日，炤四海只。德譽配天，萬民理只。北至幽陵，南交阯只。西薄羊腸，東窮海只。魂乎歸徠，尚賢士只。發政獻行，禁苛暴只。舉傑壓陛，誅譏罷只。直贏在位，近禹麾只。豪傑執政，流澤施只。魂乎歸徠，國家爲只。雄雄赫赫，天德明只。三公穆穆，登降堂只。諸侯畢極，立九卿只。昭質既設，大侯張只。執弓挾矢，揖辭讓只。魂乎歸徠，尚三王只。神，叶式云反。當，叶平聲。海，叶呼洧反。明，叶謨郎反。卿，叶乞郎反。讓，叶如羊反。

**品** 「接徑若雲」、「名聲若日」、「赫赫雄雄」，首末語氣軒壯。先言「孤寡存」，乃及「人阜昌」、「萬民理」，是王政必先大本領，不明不能行仁。首言聽言察，而後及「孤寡存」，此尤德澤之原也。「東」、「西」、「南」、「北」四語，應前魂無東無西，無南無北。昔之離楚而處處不可往者，今將回楚而處處又安矣。魂仗楚之庇，四方更將仗魂之庇矣。結應之法，最爲工巧，使人不覺。四方治洽，承洗「阜昌」、「衆流」之旨。「舉傑」、「執政」，承洗「尚賢」之旨。「流澤施」與「冒衆流」、「德澤章」相應。「天德明」與「美善明」相應。段段互連，數段仍如一段。結末曰「尚三王」，而所重在射禮之揖辭讓，直欲升三王于二帝，代征伐爲揖讓，尤有微意。

**箋** 「千里」、「若雲」，地廣民衆也。王聽不聰，魂所驚也。六神嚮服，魂所冀也。聽若神，而可以不待呼神矣。「察篤」，察其苦而厚之也。不察不知篤，不篤無貴察。「夭」者已逝，人所置爲不必察者也。「隱」者難明，人所謝爲不能察者也。用心於此，而孤寡足以自存矣。「正始昆」者，國事從前之失德，至今日而正，憑今日爲始，且以遺之後昆，永無敗厥度也。「田邑千畛」

者，每一邑而皆燦然於千畛之田，則野無不闢，民無不農，皐昌固可立致矣。「德澤章」，則爲先德而後威。又曰「先威」者，至此時而可以用威也。威言武功，文言文教也。武以克敵，文以飾治，敵不克，治不遍也，威文合，而美善乃不受晦也。章以明，而賞罰又焉有不當乎？此真魂所願返也，若日明之至也。民若雲，君若日，始之徑千里，邑千畛，政教祇行於一國，兹則四海無不理矣。北南西東，澤罔不訖矣。讒人高張，賢士無名，魂所最駭也。兹尚賢士矣，繇章德澤而尚賢士，繇尚賢士而益施流澤，苛暴禁，讒罷誅，士之豪傑直贏，無不布滿於朝端，豈猶有遺賢乎？魂若不歸，是少一賢也。故亟招之曰：國家爲也。赫赫雄雄，而天德明，配天之業，於是竟矣。穆穆登降，而始之用聽用察也。先威也，繼之用禁也，用誅也，俱可以不用矣。相與習射禮而尊揖遜而已。叔季昏亂之象，忽然而所尚者，三王之治，不惟可追其踵武，且將超而上之也。以此爲招，而魂之本懷，一一恰慰，有不蹶然起，勃然來哉！

**總品**　起處「謝」字、「奮」字、「浹行」字，以字法相形爲段法。飲食聲色諸段，層層點綴。「恣」字、「安定」字，以段法相縮爲章法。「接徑」諸段，若雲若日，美善明，天德明，德澤章，流澤施，又以句法相形相縮爲段法章法。

# 招魂

朕幼清以廉潔兮，身服義而未沬。主此盛德兮，牽於俗而蕪穢。上無所考此盛德兮，長離殃而愁苦。帝告巫陽曰：「有人在下，我欲輔之。魂魄離散，汝筮予之。」巫陽對曰：「掌瘳，上帝其命難從，若必筮予之，恐後之，謝不能復用巫陽焉。」

**品** 開口曰「主此盛德」，説得壯甚。千秋當世，孤推我一人以爲德之主也。無所考，説得慘甚，不惟君上不能用，且不能考而知之，安得不墮殃苦哉？巫陽不肯從帝之筮，説得急甚。殃苦既長，魂魄久散，早一刻，亦即一刻之帝恩也。

**箋** 「清」、「廉」、「潔」，三言之，此立身之本，未敢以一言而遽已也。清、廉、潔而後能見義明，見明而後能服義，義積而後德盛，忠臣砥行之端委也。上不考之，讒乃得蔽之矣。君不憐才而至帝代爲憐，善憐之帝，終如不考之君，何哉？謝，遜謝也。待筮魂之所在，乃始下招予之，則將有太後之恐，天下之人交遜謝而無所賴於巫陽矣。「謝」之一言，作者之冷語。舊注俱連上作句，始費解而以爲脱誤，何嘗脱誤哉！

乃下招曰：魂兮歸來，去君之恒幹，何爲乎四方些？舍君之樂處，而離彼不祥些。

**品**　以「何爲乎四方」一語，作下文東西南北之總挈，與大招同法，彼顯而此隱。「恒幹」字奥。

**箋**　矢忠所以幹事，欲幹楚國者，原也。身恒存，國乃仗其恒幹。魂離魄而不克存身，何以匡國乎？離，罹也。魂之散也，但以爲四方可無不之，豈知舉皆不祥之區哉？

魂兮歸來，東方不可以託些。長人千仞，惟魂是索些。十日代出，流金爍石些。彼皆習之，魂往必釋些。歸來歸來，不可以託些。魂兮歸來，南方不可以止些。雕題黑齒，得人肉以祀，以其骨爲醢些。蝮蛇蓁蓁，封狐千里些。雄虺九首，往來儵忽，吞人以益其心些。歸來歸來，不可以久淫些。魂兮歸來，西方之害，流沙千里些。旋入雷淵，爢散而不可止些。幸而得脱，其外曠宇些。赤蟻若象，玄蠭若壺些。五穀不生，藂菅是食些。其土爛人，求水無所得些。彷徉無所倚，廣大無所極些。歸來歸來，恐自遺賊些。魂兮歸來，北方不可以止些。增冰峨峨，飛雪千里些。歸來歸來，不可以久些。　壺，叶行古反。久，叶居止反。

**品**　四段易板，西方語最多，北方最少，以此爲段法之各變。惟魂是索，吞人益心。旋淵爢散，以此爲句法之出奇。彼皆習之，幸而得脱，鋪敘臚列中，忽着一轉，又一段法之示幻。

**箋** 東方長人方求魂以供食，不往猶恐犯之，其可往而應彼之求乎？「習」，慣習也。生長其中者，受熱既慣，不憂流鑠也。「釋」，解散也。魂爲炎熱所淩，將四散而不得聚也。蛇狐往來，未必神於倏忽，猶可藏避，至雄虺而避斯艱矣。蛇狐縱傷人，猶藉他物以供食，不專仗人以益心，至雄虺而益心者，專在吞人。欲祈彼之不吞，將令彼自損乎？避益艱矣。讒邪不害君子，則一刻不能意安，是皆以吞人爲益心者也。旋，回湍也。「雷淵」，淵之旋聲如雷也。魂一墮其中，則將靡散而猶不得止，謂旋湍之深也。脱旋淵而又苦蜂蟻之相逢，免蜂蟻而又苦叢菅之難食，即食叢菅而又苦求水之難得。衆苦備至，三魂何堪！

魂兮歸來，君無上天些。虎豹九關，啄害下人些。一夫九首，拔木九千些。豺狼從目，往來侁侁些。懸人以娭，投之深淵些。致命於帝，然後得瞑些。歸來歸來，往恐危身些。魂兮歸來，君無下此幽都些。土伯九約，其角觺觺些。敦脄血拇，逐人駓駓些。參目虎首，其身若牛些。此皆甘人，歸來歸來，恐自遺災些。天，叶鐵因反。侁，叶式巾反。淵，叶一[一]因反。瞑，叶平聲。都，叶丁奚反。牛，叶魚[二]奇反。災，叶子私反。

**品** 大招止於四方，此添出天上、地下以見奇。令巫陽下招者，帝也。君不憐才，帝獨憐之，則魂所歸依，莫若上天，天上多一賢，楚國少一賢矣。特言天上之諸獸、神人，不許人上天以阻之，命想最爲靈雋。魂既不獲上天，則憤而寧入幽都，不願偷生世間，必至之勢也。特言后土侯伯之惡以阻之。世上既無仁明之君王，地下亦安有慈悲之侯伯？寓意最爲淒涼。上下交窮于無可往，不得不返楚國矣。下文亟接「入修門」，光景躍現。

**箋**　帝之招魂也，所以惜賢才，而俾之輔國也。天之生才實難，與其再生一賢才，遲延歲月，不如護此將死者予以重生之速也。若夫魂舍彼國，而以爲上天之足樂，帝座之可依，以赴帝招，又誰輔彼國者？非帝意也。故招之使返，而又阻之使毋上也。虎豹犲狼，九首之夫，皆爲帝守關者也。上帝以生人爲主，何以容其啄害懸投哉？不欲世人之上天，故俾嚴爲守也。邪人爲帝所屏以投荒，不許其上，賢人爲帝所留以經世，又不欲其上也。既有啄害者，能越而過乎？有拔木九千者，力能敵之乎？有往來侁侁懸投人者，能瞷其不在以爲闌入乎？致命然後得瞑者，不使其人之遽死也。豺狼爲帝致罰於上天之人，非以供噬，故但懸之投之以苦之，仍俾不得瞑目，以備嘗楚痛，俟帝謂行法已畢，然後容其死也。嗚呼！上帝之酷刑，固有倍於人間者乎？排閶闔者，原之夙懷，兹亦可以知恐而知罷矣。至於幽都，又有甚焉，后土之侯伯，皆代后土宣化秉紀者也。乃身自爲虎豹豺狼，以逐人爲事，以甘人爲癖。曰「血拇」，則所逐所食之人，其亦多矣。角也，脄也，首也，目也，合而爲九約之身，遥望形狀，無一而不可畏也。嗚呼！地下侯伯之無道，又有倍於世上者矣。

魂兮歸來，入修門些。工祝招君，背行先些。秦篝齊縷，鄭綿絡些。招具該備，永嘯呼些。魂兮歸來，反故居些。天地四方，多賊姦些。像設君室，靜閒安些。門，叶莫連反。絡，叶路。呼，叶胡故反。居，叶去聲。

**品** 前面六段皆用「魂兮歸來」，在先又叠「歸來歸來」於後。此用「魂兮歸來」起句，作二小段，後面用「魂兮歸來」結句，作二大段，互變其法。「歸反故室」與二結句相似，則二大段中，又暗作三段。「高堂邃宇」，亟承「像設君室」，「室家遂宗」，亦連「飾高堂」，總映「君室」。則段落分列之中，又互相貫而無段落矣。「天地四方」二語，總結前東西南北、天上、幽都六段。若在入修門之前，便有炤應關鎖痕迹，今插入於入門後，入室先，使人不覺，法最工巧善藏，與大招「幽陵」、「交趾」四語，應法插於段法之中相同。秦篝、齊縷、鄭綿，總指一魂衣，却着此分國描寫，可以略者偏用詳。「靜閒安」，與大招語意相同。

高堂邃宇，檻層軒些。層臺累榭，臨高山些。網户朱綴，刻方連些。冬有突厦，夏室寒些。川谷徑復，流潺湲些。光風轉蕙，氾崇蘭些。經堂入奥，朱塵筵些。砥室翠翹，挂曲瓊些。翡翠珠被，爛齊光些。蒻阿拂壁，羅幬張些。纂組綺縞，結琦璜些。

室中之觀，多珍怪些。蘭膏明燭，華容備些。二八侍宿，射遞代些。九侯淑女，多迅衆些。盛鬋不同制，實滿宮些。容態好比，順彌代些。弱顏固植，謇其有意些。姱容修態，絙洞房些。蛾眉曼睩，目騰光些。靡顏膩理，遺視矊些。離榭修幕，侍君之閒些。瓊，叶渠陽反。備，叶步介反。衆，叶直恭反。代，叶徒係反。閒，叶許研反。

**品**　「高堂」至「多珍怪」，純言宮室之美。「蘭膏」至「侍君之閒」，純言女色之美。宮室中雜以山水花木，服飾玩好，以相錯綜。女色中復繳轉「離榭修幕」，以與宮室羅幬相映帶。「騰光」、「遺視」，特寫美盼之一俯一仰，則千秋美人圖盡此矣。「侍君之閒」，應前「安閒」。

**箋**　高與邃兼，屋始相稱。堂前施檻，增宇之邃，軒則用層，配堂之高。高恐太明，而日光易以入，邃又恐太暗，而日光易以隔。有檻，有層軒，兩無碍矣。無屋之處，錯以臺榭。臺榭雖高，而無山光相佐發，則人工勝而天趣少。以其層累者，施之於臨高山，而後户牖之間，皆岩石之趣，抑何玉之善言布置也。「網户朱綴」，雕啓閉之户，爲瓏瓏之制，飾以朱文之相綴也。連户之旁，與户相連者也。户既施彩飾矣，與户相連者，刻之以俾相配也。綴以朱文者，績工之事也，刻以方目者，梓工之事也，各致其能也。户宇炤耀，而無流水以助之，天趣又減矣。爰導川谷，周于舍下，既徑屋而去，又繞屋而復，環屋之内，處處得水，處處可以聽水也。朱綴方連，倒影其中，不更燦發乎？凡地之處高者，必無得水之勝，今臺榭可以臨高，而庭舍仍堪臨流，是獨擅之地靈也。流水之旁，蘭蕙緣徑，已去而仍繞者水也，已過而仍返者風也。水善復，風亦善轉，因水之曲，助風之旋，蘭蕙所在，風無不遍，既吹馨香以入堂，更繇滿堂而進奥。風處處入，香亦處處受。上而朱色之承塵，下而鋪列之筵，皆香之區也，又何玉之善言風，善言香也。真可以招魂使返矣。「砥室」，砥石之所磨礱也。「翠翹」，插翠色之長羽以供玩也。「蒻阿」，以蒻爲阿曲之狀，飾壁也。壁有阿曲之處，蒻之制亦依之，俾相貼也。「迅」，體致輕迅也。「盛鬋不同制」，鬢之或長或短，或腴或削，或鬆或緊，各出新以鬬妍，故不同也。鬋不能盡異，鬢則可異，梳掠之工拙所攸分也。「順」，和順也。女多宫滿，易至相妬。前曰「射遞代」，娱女者之意，使其代也。此曰「順彌代」，事所娱者之意，自安于相代也。蛾眉誰肯讓人？有厭射而欲其相代者，則必有忿悁而怨夫來代者，乃莫不相比相順也。是彌可以遞代也。「順彌代」而曰「容態好比」者，觀其容態，足以知其心也。「固植」，謂其胸中相順之懷，卓然足以自植也。是其所見者大，所持者固也。女流耳，何以能知和順至此？故復贊之曰「謇其有意」也。士無賢不肖，乃入朝見嫉，以原之賢，卒受擯焉，何讒人之不順也！此玉之微旨也。絚洞房，謂其容態所溢，連續不斷，遍於洞房之中若絚也。此字法之奇也。睩，視貌。細而長曰曼。微微轉睛之中，而光已上騰，神有餘也。曰「騰」、又曰「遺」者，注視之處，若有餘光遺于地也。矊，脈也。睩者，視之轉。矊者，視之藏。轉而光若上飛，藏而光若下射。美盻之致，合而備矣。靡，顔顔之柔如欲靡也。離榭，則即前之所云「累榭」也。修幕，則即前之所云「羅幬」也。

翡帷翠帳，飾高堂些。紅壁沙版，玄玉之梁些。仰觀刻桷，畫龍蛇些。坐堂伏檻，臨曲池些。芙蓉始發，雜芰荷些。紫莖屏風，文緣波些。文異豹飾，侍陂陁些。軒輬既低，步騎羅些。蘭薄户樹，瓊木籬些。魂兮歸來，何遠爲些。蛇、池，並叶徙何反。籬，叶羅。爲，叶訛。

**品** 「翠帳」與前「羅幬」、「修幕」相映。「刻桷」與前「刻方連」相映。「芙蓉」、「芰荷」與前「蘭蕙」相映。「臨曲池」與「文緣波」、「川谷徑復」、「流潺湲」相映。

**箋** 此申前堂宇之説，以作此段之住局也。前所云堂檻、山水之美，未及玩賞之人，此曰「仰觀」、曰「坐」、曰「伏」、曰「臨曲池」，則一一以茂對收之矣。前云「二八遞代」、「蘭膏明燭」，只及房中侍從，而未及外廷之人。此曰「侍」、曰「羅」，則山水之趣，時時以外庭兼之矣。「文異豹飾」，猶詩之云「羔裘豹飾」，侍從之服色也。既低，低而待登也。主者將登，則步騎羅列以預俟也。

室家遂宗，食多方些。稻粢穱麥，挐黄粱些。大苦鹹酸，辛甘行些。肥牛之腱，臑若芳些。和酸若苦，陳吴羹些。胹鼈炮羔，有柘漿些。鵠酸臇鳧，煎鴻鶬些。露雞臛蠵，厲而不爽些。粔籹蜜餌，有餦餭些。瑶漿蜜勺，實羽觴些。挫糟凍飲，酎清涼些。華酌既陳，有瓊漿些。歸反故室，敬而無妨些。行，叶杭。羹，叶郎。爽，叶霜。

**品**　此爲招以飲食，與大招同。另爲一段，却不用「魂兮歸來」句，使三段只若二段。其不欲顯分三段，亦自有故。此曰「華酌既陳」，下段曰「肴羞未通，女樂羅些」，則女樂總因飲而設，到末「酎飲盡歡」，與此「酎清涼些」、「羽觴瓊漿」相應。則此段與下段，又只是一段，不得顯分之爲三也。作者毫釐斟酌如此。

**箋**　「室家遂宗」，即大招之所云「室家盈」也。忠臣不惜其一身，未必盡不顧其一家，故以是招之也。「食多方些」，總挈種種之飲食也。五穀之皆備，六畜魚鳥之皆全，則食之多也。五味遞參，芳用杜若，羹用吴，漿用柘，則方之多也。大招與此俱言凍飲，豈楚俗之所喜耶？抑是酒宜於凍飲耶？其曰「敬而無妨」，則招魂之真丹也。能敬，何所不可？可以生而之死，可以死而又之生。詩所云「我友敬矣，讒言其興」，謂惟敬足以避讒也。

肴羞未通，女樂羅些。陳鐘按鼓，造新歌些。涉江采菱，發揚荷些。美人既醉，朱顔酡些。娭光眇視，目曾波些。被文服纖，麗而不奇些。長髮曼鬋，豔陸離些。二八齊容，起鄭舞些。衽若交竿，撫案下些。竽瑟狂會，搷鳴鼓些。宮庭震驚，發激楚些，吳歈蔡謳，奏大呂些。士女雜坐，亂而不分些。放敶組纓，班其相紛些。鄭衛妖玩，來雜陳些。激楚之結，獨秀先些。箟蔽象棊，有六簙些。分曹並進，遒相迫些。成梟而牟，呼五白些。晉制犀比，費白日些。鏗鐘搖簴，揳梓瑟些。娛酒不廢，沉日夜些。蘭膏明燭，華鐙錯些。結撰至思，蘭芳假些。人有所極，同心賦些。酎飲盡歡，樂先故些。魂兮歸來，反故居些。奇，叶歌。離，叶羅。下，叶户。先，叶詢。迫，叶補各反。白，叶蒲各反。日，叶若。瑟，叶朔。夜，叶羊茹反。假，叶故。居，叶舉慮反。

**品**　前之美人，皆言當夕淑女，此之美人，則屬作樂舞女。侍側之淑女，莊言之，故曰「騰光」、「遺視」。舞女不須莊言之，故曰「娭光眇視」。淑女必曰相代，女與女猶不欲其雜也。舞女故可雜坐，士與女不必分矣。下語各有斟酌。兩言「激楚」，終以「同心作賦」與「造新歌」相應。原之騷，字字皆激楚之調也。既作者被之管絃，未作者再待結撰，師弟同心，聊以作賦，終其餘年，可乎？言外微意，悲涼無盡。

**箋**　前曰「軒輬既低，步騎羅些」，此曰「肴羞未通，女樂羅些」皆言預候也。造新歌而曰「陳鐘按鼓」者，樂聲歌聲，必須節奏相叶，故以鐘鼓諧其節也。不合于樂而造歌，歌無所用之矣。涉江、采菱、陽阿，則皆其歌名也。娭光者，醉後之目，微帶娭笑之容。容帶娭則光亦帶娭，與恒時不同也。「曾波」者，因娭光而波爲之重叠，美眄倍有加也，醉中之態，溢出無盡也。「不奇」，猶奇偶之奇，言纖麗之層複，不一而足也。鬈有餘則鬋易以曼，曼謂細長也。「發揚荷」者，樂之初奏也，既歌而舞，又曰「發激楚」，則殆樂之再奏耶？陽阿之調，主于清微，故其言曰「陳鍾按鼓」以發之。激楚之調，主于猛壯，故其言曰「狂會震驚」以發之。吴歈蔡謳，則繼激楚而和也。激楚，其楚國之本音耶？故又以吴、蔡二國之音佐之耶？激楚之結，殆樂之三奏乎？發激楚則激楚爲始，結激楚則激楚又爲終。始之所歌者，先涉江、采菱、陽阿，則激楚固後諸歌而始發者也。「獨秀先」者，奏樂次序，雖激楚不在最先，而音之秀異，則居獨先也。「六博分曹」者，樂既終而以呼白爲助飲也。鏗摇與揳，則樂既終而復作也。樂再作而飲不休，則「費白日」者，又費長夜，故亟繼之曰「沉日夜」也。「結撰至思」者，將再造新歌也。從前撰造之新歌，經管絃而已成舊詞矣，故又以深至之思爲結撰也，思不求其至，歌不克新也。「蘭芳假」者，假，猶昭格之假。沉思所入，妙緒忽來，如芳風之乍到也。結撰以殫乎人力，蘭假則湊乎天機，天人兩擅，文心之妙盡矣。「人有所極，同心賦些」，則玉之爲原深悲也。世事國事不堪復道，極於此而已。作賦以外，無可望矣。如蘭者，固同心之言也，欲不賦而更何爲乎？「樂先故」者，相樂之懷先故舊也，君臣之道不可得明，姑盡歡以銷愁。眷戀於同心故舊之間，毋以魂離魄僵，添讒人之見快而已。

亂曰：獻歲發春兮，汨吾南征。菉蘋齊葉兮，白芷生。路貫廬江兮，左長薄，倚沼畦瀛兮，遥望博。青驪結駟兮，齊千乘。懸火延起兮，玄顏烝。步及驟處兮，誘騁先。抑騖若通兮，引車右還。與王趨夢兮，課後先，君王親發兮，憚青兕。朱明承夜兮，時不可淹，皋蘭被徑兮，斯路漸。湛湛江水兮，上有楓。目極千里兮，傷春心，魂兮歸來，哀江南。乘，叶平聲。還，叶旋。先，叶私。兕，叶詞。楓，叶孚金反。南，叶尼金反。

**品**　從前招以宮室、飲食、聲色，皆旁詞耳，魂豈肯顧哉？至作賦乃漸相近，然慘極矣。留此餘生，僅供作賦乎？到此忽着正論，催魂以君國之思，即大招所云「魂乎歸來，國家爲」也。大招顯言之，此隱言之，章法最奥，以使人耐思爲工。其稱王之田獵，非以田獵之可樂爲招也，謂原被放而王之左右無其人，招之以輔王之忠腸也。「誘騁先」、「引車還」、「課後先」，此皆魂所宜引，宜誘、宜課也，寓意最曲。「哀江南者」，楚地固皆江南之區也。前所招原以宮室、飲食、聲色、作賦、返故居，皆爲原一身計耳，此曰「哀江南」，則專爲國家。輔王無人，而江南豈復楚有哉？終將折而入秦而已。魂若不歸，是不哀江南也。命想最闊最奥。

**箋**　原之去郢以春，故爲追遡之曰「發春南征」也。菉蘋之葉初齊，芷初生，新春之景物也。廬江、長薄，去國所經之地也。「畦瀛」者，瀛之中又有畦也。倚沼登畦，回望故國也。去國漸以遠，故曰「遥望博」也。「懸火」，爲懸燈。「延起」者，一燈既懸，衆燈相延而遞起，行陣之兵法也。「玄顔」者，獵以晨出，人人在未辨色之中，故曰玄顔也。「烝」者，燈光四照，人人昏黑之顔容，皆受燈光所烝映也。懸火延起，而獵陣齊矣，然後出陣以獵，有步走以搜獸者，有驟馬以搜獸者，分陣而各騁争先也。誘，誘獸而使之出也。騁屬人，鶩屬獸，抑鶩者，抑獸之奔馳，不使得逸去也。既抑之而不使奔，又若通之而使得奔。「引車右還」，讓獸之過，以射獸。左，所謂若通也。苟不以射左爲貴，則引車相迎，而直射之，不待還車矣。有抑之法，無若通之法矣。此言射與御之各中程也。「課後先」者，總攷獵功也。「君王親發憚青兕」者，故記之旨也。故記曰：「射中青兕者死。」君王所不宜親射，臣子當爲之代。故親發而曰「憚」也。國無忠臣，則邦即傾覆，君即死亡，其誰佐哉？君即欲免於死亡，意有所憚，其誰問哉？此玉之悲悰隱語也。誘、騁須人，則魂當返，引車須人，則魂當返，課功須人，則魂當返，君王憚於親發，代射須人，則魂益當返矣。「朱明承夜」，嘆放逐之久，不返也。初放以春，朱明則夏矣。時不可淹，既夏而又將秋冬也。斯路漸，而昔之路貫廬江以去者，迄今草盛水深，杳無再經之踪矣。「目極千里」，即前之所云「遥望博」也。「傷春心」者，歷歲遞遷，不知易幾四時，而昔者被放之春日，炯炯難忘，如昨日事也。則凡所傷者，皆春心也。「哀江南」者，欲魂哀念全楚，亟來歸也。國事日非，舉朝之人不知哀，亟待魂而後知哀也，知哀乃知救也。

**總品**　東西南北四段外，添天上、幽都，判而爲六。宫室、飲食、聲色四種中，連二八淑女於宫室，又連二八女樂於飲食，綴而爲一。是其有意變化大招處。前曰「蘭膏明燭，華容備些〔二〕」，後曰「蘭膏明燭，華燈錯些〔二〕」，賞色賞聲，慣卜其夜。前曰「汎崇蘭」，宫室之美，藉芳芬以善入，堂奥畢遍。後曰「芳蘭」，假詩賦之妙，挾芳芬以偕來。肝肺自具，前後互映，最饒致味。結局時久路漸，水楓心目之感，淡宕淒涼，字外紙外，别有哀音。

【校勘記】

〔一〕「一」字原脱，據集注補。

〔二〕「叶魚」二字原脱，據集注補。

# 聽直合論序

是書之成，蓋閱稔十有七矣。繇辛巳，俶事于箋品，迄丁酉，已事于合論，胥天也。有厄余身，以啓是書之天；有奪余世，以滯是書之天；有既厄既奪，仍似亨吾身，似存吾世，以曲全是書之天：凡三變焉。厄亦有二：使余不厄于鈎黨，下西曹，則日夕稱侍從，如昔人所云堯典、舜典字、清廟、明堂詩，塗抹更改，冀所施之，豈暇以行吟稱劇心？使余不再厄于舊逋，寓淮上，則天問之未注者付諸闕義，淮上諸及門無繇請補請梓矣。故曰：以厄爲啓也。嗟乎！天謂一厄之不足以啓，乃至再厄也。其爲是書計誠厚，爲余一身計，不太挹乎？一身之困苦有盡，千秋之擔荷無窮。彌挹視之，實重付之。啓既承天，付何敢違天？當癸未初議梓時，即欲作合論以殿其後。經拈二招，而余自慮其滯，遂不復待合論之成，亟付諸梓。既梓矣，其中每篇之總品亦有未補者。諸生慮夫待補始印之滯，亟刷百餘部以充帳秘。計至甲申，可大流行，闖變遽聞，携板歸閩。人欲速而天偏欲遲，因奪致滯如此。吾不知天之滯之與啓之之意，何以相反？徒有喟然曰：「其讒原之上官、子蘭餘魂尚在，妒我闡揚，播弄於上帝之側，務廢是書哉？」既絶肅心，甘孔僾，而以諸中堂揭薦，不得堅避小草。因是板之未畢，復携至白下。嗣後家中著述藏於岩間者，盡爲山氛殘燬。使是書蚤完，不復携出，必在殘燬之列。然後知天之滯之，正所以留之與啓之之意，未嘗相反也。毋乃正則之魂得請於上帝，作此珍護乎？自此以後，遯荒無聊，愈欲拈合論，以了前因。隨作隨輟，以不忍就，致不能就。丁酉仲春，抱疴瀕危，幸而重蘇，乃又喟然曰：「天以滯吾書，爲留吾書。合論未畢，安得不留吾身？」若又因循，負身負天，忠魂不依然皺眉，讒魂不依然鼓掌哉！畢吾合論，以全乎其爲騷學，使來許讀之曰：「此某世某人之天、之書也。」非亨似亨，非存似存，何容不汲汲哉！啓滯之天顯，曲全之天隱，而意則一。於是繇夏迄秋，成十九聽，以舊拈二招終焉，使可繼全騷以並行。箋、品所未殫者，得合論而益詳也。亦可去全騷而單行。大意既得，貫串交通，讀合論，不待讀箋、品，併不待讀騷矣。賈生弔屈，所以自弔。年來流離瑣尾，節食典衣，出門惘惘，無澤畔可吟，無宋玉之徒可侶，無詹尹、漁父可問，其爲憔悴約結，視屈百倍。它世或悼我餘生，或憫我牢落，當自有聽吾之直者，此書具在，筆墨之光，猶堪噴薄也。

大槩斥憨齋黄文焕自識靈均舒恨地

# 楚辭聽直

## 聽直合論

黄文焕維章著

莫不讀騷者，而卒未嘗有一人讀騷也。使誠有一人讀騷，則騷心之從容，騷辭之婉厚，攷諸歲月，不欲死而不容不死者，決宜了然，胡至繇昔迄今，沉冤不白哉？然則舉二千餘年之人，槩斥之曰未嘗讀騷，代靈均舒恨，非過也。惜誦之篇，號天號神，而終歸之使咎繇聽直，惟天不能吐言，神不能見聲，故不得不望之咎繇之人。前世邈矣，當世已矣，所望者後世之爲咎繇者耳。班孟堅聽之，而以爲「露才揚己，忿懟沉江」。誼乖明哲，不得直也。楊子雲聽之，而以爲「揚纍蛾眉，棄珍由聃」，不得直也。甚哉！二子之未嘗讀騷也。抑子雲尤甚，孟堅尚稱騷爲詞賦宗，子雲則曰「遜以浮」，併其辭而詆之。夫有惻怛忠君之言，可以浮相加者乎？投閣與投江，志行相反，言語相違，自無足怪。孟堅亦依附竇氏，身誇明哲，固其宜哉！王叔師以同里之人，身任聽直，尊騷最至。顧所以應死之故，非懟沉，非棄珍，毫未發明，直而猶之未直也。劉勰取叔師已聽之直，再欲有進焉。既云四事合於經術，又曰從居彭咸，狷狹之志，仍與珍棄懟沉同旨，反滅叔師之所直矣。之數子者，固靈均地下之魂所未敢遽望其能聽者也。以靈均之學淵且弘，依前聖，志三五，數子未足以知之也。至朱晦菴之注騷，意必超出其上，乃亦以爲辭旨流於怨懟，志行過於中庸。嗚呼！屈子所望於後世者，於是乎絶矣。生前被讒於小人，死後復不見諒於衆君子，何原之重不幸也！吾亟爲原雪冤，則莫若揚己揚眉之説爲最當破，亦最易破。小人所誣原曰「自伐其功，以爲非我莫能爲」，託是言以相加耳，無原自伐之實據也。今孟堅、子雲合稱揚己揚眉，是真自伐矣。問所揚之確據安在？將從原之騷辭而定之耶？未讒之先，何曾有騷？迨受讒而不得不抒旨自明，尚云揚乎？必欲以無據之自伐，反證成爲有據乎？彼讒人者，既以空言得行於當年，乃益以實證倍行於後世，何讒人之重幸也！屈原有淚，地下無獲拭之晨；讒夫有口，地下增益張之舌矣。人人讀騷，人人助讒，云如之何？故曰最當破也。誠知夫未讒無騷，何揚之與有？故又曰最易破。若夫從漢人以及宋儒，均謂原不宜死，則竟爲牢不可破之説矣。原以言自明，而衆以其言爲罪。此所可忍受者也。至以死自明，而衆又以其死爲罪，毋乃再死有餘辜乎？讒人於原，但讒之而已，未即逼其死。即欲其死矣，未必既死以後，尚加以再死之罪也。然則騷之受罪於讀騷，倍於受讒矣，其爲不幸無窮期矣。折獄之道，存乎片言，余是以首列聽忠，抉其決宜一死，以破夫再死之毋容受焉。繼之聽學，學者忠之本，宜先於聽忠，顧反居次。以屈子之忠，不可不早白，屈子之學，可以不求知也？聽忠者，示世之共辭，聽學者，尊屈之專辭也。專辭者，吾所欲祀之孔廡者也。三則聽年，年明而忠明矣。何年宜未死，何年宜就死，懟耶？否耶？棄且乖耶？否耶？過於中庸耶？否耶？徒以忠之必死明之，忠尚未明，更以忠之不肯遽死明之，其爲非過、非懟、非乖、非棄，始明也。何也？原若死於懷王信讒之後，則爲干進，爲怨君，爲非中正，種種可詆。乃死在懷既死秦，頃不復仇九年以後，無可詆也。四則聽次，核次即藉以核年。年所難考，尚於次乎畧考之。四聽具，而原之志行直矣。其篇其句，則人人讀騷之所易聽，而亦鬱不得直，用複之難讀故也。能直其複，豈反不直於不複。故以聽複爲要。而詳於複芳以及複玉、複路，又詳於複女焉。言女之多複，此後世所易譏其荒褻，使知原所寓意，在斥鄭袖與迎婚而發，則抱憤萬狀，方恨所複之未多荒褻云乎哉。複女之宜聽，倍於他複，故以終也。諸聽之關係大，聽體之關係小，然不可不聽也。附於九聽之後，十而猶之九也。凡此十者，皆總聽也。從各篇分聽，非及二招，而原之全部，字字直矣。令招繇漢以來，諸君子之讀騷冤騷者，聚魂於一室，其可以共無間然矣。人人所未能直，而謂字字咸直於余，毋乃僭以咎繇自任乎？曰：否。原所自言者，固原之自爲聽，自爲咎繇也。從其自爲聽，自爲咎繇者，一一申明之，毋以吹毛失其本旨。直固易易也。且有太史公在，太史公之聽其辭，則曰媲美風雅。聽其志，則曰争光日月。盡之矣，翻太史公之案而務半譽半詆之，胥助讒人者也。吾不敢助讒人，何得不專助太史公？

# 聽忠

千古忠臣，當推屈子爲第一。蓋凡死直諫者，君死之；死封疆者，敵死之：均非自死。至國破君亡，而一瞑以殉社稷，屬之自死矣。然皆出於一時烈氣，勢必不容偷生，未有如屈子之於故君既逝，新主復立，曠然十年外，竟終投水者。忠不首屈，又將誰首哉？乃千古共詆之，亦惟屈爲第一。自漢代以及有宋，人人尊其辭，即人人詆其忠。以爲忿懟，以爲狷狹，以爲忠而過。夫臣之於忠，只有不及耳，安得過哉？原於懷王之時作離騷，即云「願依彭咸之遺則」，「將從彭咸之所居」，矢志於投水以死久矣，顧未嘗死也。懷王爲秦所留，宜死，未嘗死也；懷王喪歸，宜死，又未嘗死也。原固知後世之人，必將詆之爲忿懟，故以未遽死。屢次自明，其於首篇曰「屈心而抑志」，曰「和調度以自娱」。於遠遊曰「長嚮風而舒情」，曰「内欣欣而自美」，「聊媮娱以淫樂」，曰「氾容與而遐舉兮，聊抑志而自弭」。於天問則悼比干，痛梅伯，嘆申生。於九歌則兩曰「聊逍遥兮容與」。於惜誦曰「擣兹媚以私處兮，願曾思而遠身」。於思美人曰「吾且儃佪以娱憂」。於抽思曰「尚不知余之從容」，曰「聊以娱心」，曰「聊以自救」。於悲回風曰「寤從容以周流」，「聊逍遥以自恃」，曰「驟諫君而不聽，任重石之何益」。於哀郢曰「聊以舒吾之憂心」。於惜往日曰「卒没身而絶名兮，惜廱君之不昭」。於懷沙曰「撫情效志，冤屈自抑」，曰「重華不可遇兮，孰知余之從容」，曰「懲違改忿兮，抑心而自强」。此尚有一語屬忿懟之可詆乎？原固知後之人必將詆之爲狷狹，故又亟自明以遵堯舜之大路，斥小人之窘步。於遠遊曰「悲時俗之迫阨」，於思美人曰「廣遂前畫」，於橘頌曰「廓其無求」，於悲回風曰「統世以自貺」，曰「眇遠志之所及」，於懷沙曰「定心廣志」。有一語屬狷狹之可詆乎？原知後之人必將詆之爲忠而過，故又屢自明，曰「耿吾既得此中正」，曰「依前聖以節中」，曰「令五帝以折中」，曰「指蒼天以爲正」，曰「求正氣之所繇」。中矣，正矣，何過之有？夫以原之自明如此，卒受世之共詆如彼。世固謂原之可以不死，而未知原之必不可不死也。原不死即不忠，别無可以不死之途容其中立也。懷王雖信讒疏原，而出使於齊，尚在任使之列，原不宜死。迨懷客死於秦，原自謂身負不忠之罪，故屢言不欲死，不即死，而究歸必死焉。其罪安在？當懷入秦時，原諫勿行，子蘭勸行，既已明知虎狼之國，將貽君王之不返，乃不碎首堦前，堅以死諫。姑一諫而止，是懷之死，不獨子蘭死之，實原死之也。原真身負死罪矣，欲不以一死謝君，可乎哉？此其痛心疾首，自咎自知，非他人所敢以咎原者也。然則何以不死於懷死之日，何以不死於喪歸之日，而待被放九年以後乎？曰：原冀頃襄之報仇也。東君之「舉長弓兮射天狼，操余弧兮反淪降」，其隱言之者也。國殤之「車錯兵接」，「列陣躐行」，其明言之者也。既敗棄野之後，而猶思帶我長劍，奪彼秦弓，此其矢報仇尤明矣。「夫人兮自有美子，蓀何以兮愁苦」，則更明言頃襄之不報仇，不可以爲子也。年復一年，仇雖未報，猶姑待之，猶姑望之，迨至七年，頃襄迎婦於秦，復與秦平，竟忘父仇矣，永無報仇之日矣。原安得不以夙所矢死，聊且遲死者，決於九年後之一死哉？知此而原之死，必無可寬。原之忠，復何可詆也。嗟乎！史學明而騷冤雪矣。

# 聽學

子夏於事君致身，雖曰未學，吾必謂學，未聞所學至深，而千古莫以學歸者。楚當春秋時，爲中國所擯，不知學問之源流何所自來，徵諸能讀九丘八索，則楚人之藏書，固有他邦所無者矣。季札觀樂，歷代諸國之聲，咸高下了然。苟非平日熟知，何繇聞聲遽判？此其學豈列國之君臣能一及之乎？屈子之忠，余既發明其得中正之道，決宜一死，非過非激。至於學之所存，直當從祀孔廡。繇漢以來，未之抉也。講學如朱子，乃亦排之曰：「不知學於北方，以求周公、仲尼之道而獨馳騁於變風、變雅之末流，以故醇儒莊士，或羞稱之。」嗟乎！原所著俱在，所援引古昔俱在，有何非道？有何應羞？不得於君，蔽障於讒，變風、變雅之體，淒愴宜爾，有何墜於末流？舍援古矢忠以外，又有何別屬醇儒、別屬莊士耶？朱子於屈，未嘗不推隆其氣節，而獨深排其學，何也？每見宋儒以「道學」二字，爲宋代直接孔孟，特登之私壇。凡於孔孟後，不許一人謂堪知學。故於原必斬之耳。余何敢駁朱尊屈，然書不可掩。管子、晏子諸書，雜伯之言，誰如原醇者？荀卿爲後代所獎，疵與醇雜，性惡之謬尤甚。老子、莊子咸輕視仁義，詆毀帝王，醇又孰如原？請一一爲明其學，以洗其冤，全部可詳論也。周公之道，思兼三王。孔子之學，只在祖述堯舜，憲章文武。其於詩則兼綜商、周，書則斷自堯、舜，易之十三卦，則遠引黃帝以來。蓋周孔之道學，盡於此矣。屈子於首篇引「三后之純粹」，實首遡三皇，即繼以「堯舜之耿介」，務宗二帝。曰「湯禹儼而祇敬兮，周論道而莫差」，又曰「湯禹儼而能合」，其於三代之英，庶幾有志矣。遠遊則「高陽邈以遠」，「軒轅不可攀援」，「指炎帝而直馳」，「從顓頊乎增冰」，詳言夫二帝三代以前者，蓋業云遠遊，必倍遠遡也。天問專詳於二帝、三代之際，以堯爲始，疊言任鯀任禹與夏、殷、周。夏之盛衰，殷之盛衰，周之盛衰，各各分段剖列。又以「舜閔在家」、「堯不姚告」穿插於殷代夏之後，重言殷之先，爲再詳於二帝。九章「望三五以爲像」，遠引并包，復曰「彼堯舜之抗行」，曰「湯禹久遠」，孔子之祖述憲章，周公之思兼三王，有不常在其心中、口中乎？曰「及前王之踵武」，曰「固前聖之所厚」，曰「依前聖以節中」，非原自負所學而明言之乎？其尤所諄諄，則專在舜，曰「就重華而陳詞」，曰「吾與重華遊兮瑶之圃」，曰「重華不可遇」，蓋以誅凶聖讒，惟舜倍堯，故以抱痛爲醉心焉。至於帝王諸臣，首篇之「摯咎繇而能調」也，「說操築」也，「呂望鼓刀」也；天問之任「禹力獻功」也，「媵有莘之婦」也，比干也，箕子也，師望也；九章之又言箕子、伊尹、呂望也，言伯夷也，無不臚列矣。下及於伯佐諸臣，與處患之伍子、介子、申徒、接輿、桑扈，亦各分舉之。史學淹貫，尚有與並否？理學之深，更可供揚扢者。言衆芳之所在，必本於純粹，易之所謂純粹，精也。語樂而惓惓於「奏九歌以舞韶」，又曰「九韶歌」，孔子之樂則韶舞也。談仁義，則「孰非義而可用」，「重仁襲義，謹厚以爲豐」，孔孟之遞言仁義與子思之言敦厚也。談文質，則「文質疏内兮，不知余之異采」，孔子史野彬彬之旨也。談性命，則「民生禀命」，「受命不遷」，「命則處幽」與「物有微而隕性」，子思性命之旨也。談道德，則首篇之「孰異道而相安」，「覽民德焉錯輔」，涉江之「余將董道」，橘頌之「類任道」，「秉德無私」，具之矣。其云「參天地」，子思「與天地參」之旨也。遠遊「審壹氣之和德」，借王子之言，發千古之秘。曰「大無垠，小無内」，中庸之「莫破莫載」也。曰「壹氣孔神，於中夜存」，孟子之夜氣足存也。曰「庶類以成兮，此德之門」，中庸之「中和育物」也。其他言誠，言信，心志情質之際，無理不披。徧閱子家之書，以絜醇絜莊，吾欲祀原於孔廡，無以易矣，又烏待北學始謂之學哉？漢人尊騷爲「經」，大約謂騷於詩近，不抉其與他經四書相合何在，無徵曷信。王逸以易、書尊之，而歸諸「駟虯乘鷖，則時乘六龍」；崑崙流沙，則禹貢敷土」。旨不相協，徵非所徵。劉勰謂四事同乎風雅，又摘四事異乎經典。既録所正言者，顧排所寓言者，均不深知原之學耳。朱子非不深知，觀其注抽思至「善不由外來」四語，贊爲明白親切，雖前聖格言，不過如是，不可但以詞賦讀之。蓋確然許以聖學之徒若此，而仍詆爲未知學，不求道，儒者羞稱，何也？既詆復許，則余所駁朱以尊屈者，固奉朱以尊屈，不相礙也。

# 聽年

太史公爲原作傳，而未詳列其任左徒何年，放何年，卒何年，二十五篇之作分屬何年。迄今世遠年湮，茫無繇定，令人憾太史公之疏。意者當時亦未易知耶？就騷之中，補史之闕，大略可攷者，離騷作於懷王時，其餘俱作於頃襄時。此王叔師所已核之年也。余以遠遊雖作於頃襄，當屬懷王在秦尚未死時。原雖不爲頃襄所用，尚未迫遷時，故其語但云「仙遊」，無大悲恨。至天問，則屬懷王初死，結句明言「吾告堵敖以不長，何試上自予，而忠名彌彰」。罪己之知王不返，未以死諫也。懷王已死，而頃襄無復仇之志，故九歌致嘆於「夫人兮自有美子，蓀何以兮愁苦」，以此知作九歌之年，自在天問之後。卜居則既放之三年，應在九歌之後，原已自紀其年矣。漁父之決志於死，無居堪卜，年在卜居之後。九章詳言被放，或作於初放之一二年，固有在卜居前者，繼之久放，以迄投水，自應在諸篇之後。此余所新核之年也。至於懷王信任屈子，用爲左徒，不知在懷王何年，又不知信任凡幾年，杳無可考。其被放也，洪興祖以爲懷王於十六年放之，十八年復召用。是頃襄王時爲再被放也。王逸於哀郢之仲春東遷，注以懷王不明，信用讒言而放逐東徙。興祖之説，蓋本於逸。以史記考之，則諸家之謂懷爲放者均誤。史記但云「王怒而疏原」，疏則僅減信任之專，非放也。固未嘗不在位也。史記又云「屈原既詘」，詘而不復在位明甚。觀其又云「原既疏，不復在位，使於齊」，則王不任以左徒，仍任以出使，非放逐無左徒之位耳。左徒典司政，本自屬王之親之。出使而任外事，自屬王之疏之也。若以疏爲放，以出使之疏爲召用，均非也。任左徒既不知何年，而謂放在十六年，未有確徵也。懷王十八年既釋儀，而原諫其宜誅。懷王三十年將入秦，而原復諫其毋入，則無日不在朝明矣。前此之均未放益明矣。若以懷王爲放，則卜居云「既放三年」，九章云放「九年而不復」，與洪興祖之云十六年放，十八年即召用者不合。王逸及諸家俱以哀郢屬懷王之放，則九章槩言放，未言用，與十八年之使於齊而返諫，三十年之諫勿入楚，兩在朝班，又不合。駁其所不合者，而以史記爲憑，則所云「頃襄王怒而遷之」，與哀郢「仲春東遷」，恰相符焉。遷之江南者，固襄之信再讒爲之也。當懷時，原未嘗東遷也。讒則再，放非再也。讀離騷之言曰：「國無人莫我知兮，何必懷夫故都。」足以知其未放。惟未遷於故都外，故欲辭故都而去也。若遷，則以望故都而不見爲慨矣，忍云何必懷哉？屈原傳於「子蘭爲令尹」之下，復曰：「屈平既嫉之，雖放流，睠顧楚國，繫心懷王，不忘欲反。」太史公明言頃襄之後始放。其不忘欲反者，以懷王之在秦，欲懷王之得反，非原之自欲爲仕計而求反也。計原之被放，非頃襄初年，則即次年。而其投水而死，後世不知何年。或以爲即在頃襄二、三年間。以騷攷之，放「九年而不復」，則頃襄九年之時，原尚未死。又越孟夏，懷沙自沉，固屬之十年矣。所繇遲遲其死者，當懷被誘，天下咸不直秦。懷死喪歸，在頃襄之三年，原實留此餘生，以覩頃襄之復仇。直至七年，楚謀與秦平，迎婦於秦。此後好會日密，復仇無望，是以不得不死於十年也。合騷於史記，以辨諸家言放兼懷之誤，以辨從昔疑其早卒之誤，試與後之讀騷者共證之。

## 聽次

楚辭篇什，首離騷經，次九歌，三天問，四九章，五遠遊，六卜居，七漁父。王叔師、朱晦菴本均同。余爲更定，次遠遊於離騷之後，三仍天問，四則九歌，卜居居五，漁父居六，九章終焉。晦菴之次第，因乎叔師。叔師謂原於懷王時作離騷，於頃襄王時作九歌、天問、九章、遠遊、卜居、漁父，懷、襄之互分，固信然矣。若九歌六篇之次第，此叔師所未深考。即或叔師以前，劉向諸人定之，均未深考也。何也？他篇尚易混淆，移後爲先，移先爲後，可以任之。至九章，則決不宜在遠遊、卜居、漁父之上，以可考者確而易知也。余所槩爲更定，一曰意緒之相關，一曰歲月之堪據。離騷作於懷王，遠遊作於頃襄，年固互隔，然意緒則同。以遠遊，即離騷「忽反顧以遊目兮，將往觀乎四荒」、「何離心之可同兮，吾將遠逝以自疏」四句之旨暢言之耳。其中句法，語語相似。首稱「悲時俗之迫阨」、「遭沉濁而污穢」，即騷之「世溷濁而不分」也。「載營魄而登霞兮，淹浮雲而上征」，即騷之「駟玉虬以乘鷖兮，溘埃風余上征」也。「命天閽其開關兮，排閶闔而望予」，即騷之「吾令帝閽開關兮，倚閶闔而望予」也。「召豐隆使先導」、「風伯爲余先驅」，即騷之「前望舒使先驅」、「吾令豐隆乘雲」也。「朝發軔於太儀兮，夕始臨乎於微閭」，即騷之「朝發軔於蒼梧，夕余至乎玄圃」、「朝發軔乎天津，夕至乎西極」也。「屯余車之萬乘兮，紛溶與而並馳」、「駕八龍之婉婉兮，載雲旗之逶迤」，即騷之「屯余車其千乘，齊玉馱而並馳」、「駕八龍」、「載雲旗」也。「撰余轡而正策」，即騷之「總余轡於扶桑」也。「召玄武而奔屬」，即騷之「後飛廉使奔屬」也。「涉青雲以汎濫游兮，忽臨睨夫舊鄉」，即騷之「陟陞皇之赫戲兮，忽臨睨乎舊鄉」與「周流夫天余乃下」也。「上至列缺兮，降望大壑」，即騷之上下其求索也。意同文同，應自相連。遠遊之決宜繼離騷明矣。晁補之本，亦於離騷後即係遠遊，即王、朱所同，固晁所排。如謂遠遊真欲制煉魂魄，後天而終，豈其旨哉！天問之仍居三，以不待易也。離騷、遠遊俱言「吾令帝閽開關」，此其欲登天而問乎？騷之言「周流乎天余乃下」，殆登而未問乎？遠遊之「載魄登霞」，問太微，集重陽，入帝宫，造旬始，觀清都，所登之處爲最詳。徐而睨鄉抑志，終之視無見，聽無聞，未嘗以言問也。不登無繇問，擬登又未及問，胸中萬感，究竟何能默默？故繼之以不得不問也。遠遊欲快意於升天，天問則兀坐而憾天也。九歌之宜居四，以問天之後，偏祈慰望於諸神也。天無言，而與人遠者也。縱詳於問天，而天不能以言示人，誰相答者？神則可有言，而與人近者也。偏祈焉而涖我之神，或有以語我乎？又安得不望？又安得不以望之？此而未相慰者，移以望彼乎？歌之命名爲九，而數則十一，國殤、禮魂不在神列，亟繼山鬼者，此原之所以自悼也。吾爲人而神不吾憫，吾將爲鬼而神亦不吾憐乎？既已爲鬼，亦無俟神之憐之矣。且吾自可稱雄，自可無絶，則爲鬼，固即同於爲神矣。此其宜次於天問之意緒也。再以騷之自言徵之，而意緒尤有昭然者。騷於「周流乎天余乃下」之後，復拈氛占，而曰「百神翳其備降」，非繇天而祈神之確證耶？或曰：意緒相關，數篇固然。乃改九章於卜居、漁父之後，合王、朱及他諸家洪、晁之本，俱不足憑，而專以臆斷，毋乃謬歟？曰：歲月之易考在也，無歲月之先後，則不可移舊本，無屈子自言之歲月，則亦不敢移舊本。卜居、漁父皆明言被放，而卜居但曰「既放三年」，九章之哀郢則曰放「九年而不復」。誰先誰後，依原自言，豈待臆斷？太史公雖未詳定諸篇之次第，而傳中於引漁父後，乃云作懷沙之賦，懷石自投。則三篇次第，太史公固已定之，何不依太史公，顧欲依他本哉？且他本之槩終於卜居、漁父也，大約以是二篇，文體稍變，似屬騷之餘意，故以終焉，非確考於歲月間而終之也。然則前人所已定者，皆紊其舊，余所更定者，適還其舊耳。

## 聽複

楚辭之難讀在複，以不得其解，則視複生迷，因之生厭也。然其運法之謹嚴，用意之奇變，乃專在複中。或以複翻前，或以複應前。首騷三千餘字，篇最長，故複最多。複言「路」，複言「芳」，複言「玉」，複言「女」，深意疊出焉。繇地而仰天，複以繇天而下地。靈氛之吉占，複以巫咸之再占，意亦各殊。非複則長者散矣，無以爲相翻之法，無以爲相應之法矣。字句複而意能變，所以爲奇。若字句變而意始變，何奇之有？遠遊之複，稍減於首騷，以其篇之長，亦減於首騷也。雖減而複亦不少。屢言氣，則曰「求正氣」、曰「殆六氣」、曰「氣入」、曰「壹氣」者，其複中之奧理也。屢言所遊，則地下之遊界，天上之遊界，各分東西南北者，其複中之方位也。天問純言事實，可以篇雖長而不複。乃於天地及堯禹殷周所順言者，又顛倒複言之，於以見法工，於以供味永。九歌短甚，複無可施，而以後歌翻前歌，淺深互進，寓其非複似複之意與法焉。卜居疊複，將、寧、乎字，以虛字爲複者也。漁父曰「皆曰」、「安能」，亦以虛字複對。九章則每篇之中，又各自有其複矣。篇不如騷經之長，複不如騷經之多，而其複中之妙，或顯或藏，所當詳晰。惜誦以呼君恨衆爲複。言「君」者十一，言「衆」者六。思美人以變易爲複，以情、志、心、度爲複。曰「變節」、曰「易初」、曰「何變易之可爲」、曰「南人之變態」、曰「舒中情」、曰「情與質」、曰「志沉菀」、曰「吾將蕩志」、曰「馮心未化」、曰「竊快在其中心」、曰「前轍之不遂兮，未改此度」、「廣遂前畫兮，未改此度」。或應或翻，兩備之。抽思以詞言爲複，曰「結微情以陳詞」、曰「茲歷情以陳詞」、曰「初吾所陳之耿著」、曰「傲朕辭而不聽」、曰「昔君與我成言」、曰「與余言而不信」、曰「斯言誰告」。涉江以知、顧爲複，曰「世溷濁而莫余知」、曰「哀南夷之莫吾知」、曰「吾方高馳而不顧」、曰「乘鄂渚而反顧」。橘頌之複「不還」也，複「難徙」也，「壹志」而複以「初志」也。是數篇者，皆複之顯而易見者也。懷沙既以質正、文質、抱質相複，又曰「羌不知余之所藏」、「衆不知余之異采」、曰「莫知余之所有」、曰「孰能知余之從容」、曰「世溷濁莫吾知」、曰「窮不知所示」、曰「豈知其何故」，就死愈迫，冀知愈艱。己且自迷，不獨衆人。以此互敲，複亦顯而易見。哀郢、惜往日、悲回風之複，則半用藏，複在意，不止在字。複之屬哀郢者最少，僅「忠湛湛而願盡」、「衆踥蹀而日進」二語。其以地藏複，又未嘗不多。龍門者，郢之東門。首曰「東遷」，曰「出國門」，繇龍門而出矣。至於西浮不見龍門，西與東隔。西浮之後，運舟下浮，逍遥來東，又東與西隔。從東複西，曰「西思」，從南渡複東，又曰「孰兩東門之可蕪」。郢都郢路，夏首夏浦，「夏之爲丘」，「江與夏之不可涉」。紛複焉。複之屬惜往日者，藏意在昭、幽二字。曰「受命詔以昭時」、曰「惜壅君之不昭」、曰「炤下」、曰「明法度」、曰「不清澂其然否」、曰「舒情而抽信」、曰「願陳情而白行」、曰「情冤見之日明」，均「昭」字之義也。曰「身幽隱而備之」、曰「使芳艸爲藪幽」、曰「獨鄣壅而蔽隱」、曰「蔽廱」，均「幽」字之義也。悲回風較八篇爲最長，故複最多，藏複亦最奥。曰「惟佳人之永都」、曰「惟佳人之獨懷」、曰「昭彭咸之所聞」、曰「託彭咸之所居」，句既顯然對竪。曰「志介」、曰「遠志」、曰「眇志」、曰「案志」、曰「刻著志」、曰「造思」、曰「隱伏而思慮」、曰「思不眠」、曰「紆思心」、曰「憐思心」、曰「孰能思而不隱」，字亦顯然各應，而意之所藏，不易輕見。一曰愁之聚者，欲其散而祛之。一曰愁之散者，欲其聚而銷之。觀其稱「冤結」、「鞿羈」、「繚轉」、「絓結」、「蹇産」、「不去」、「無適」，非愁況之交聚乎？觀其稱「眇眇」、「芒芒」、「漫漫」、「無經」、「無紀」、「馳委虵」也，「漂翻翻」也，「遥遥」、「潏潏」也，非愁緒之四散乎？散欲其聚而銷，故曰「糺纏編膺」、「撫佩案志」、「依穴自息」，洋洋務軋焉。聚又欲其散而祛，故曰「隨飄所仍」、「據冥以攄」、「翼左右」、「氾前後」、「張弛各伴」焉。兩意疊發，層層環繞，復處處分明，在諸複法中，此爲更奇矣。分論全部，每篇用複之大略，已盡於斯。其餘篇中之複字、複意，余所品箋，又有詳焉。後人擬騷，竟無知其用複之妙、學其用複之法者，法不妙則意不奥，復何以稱騷？宋玉身爲弟子，尚未窺此秘，矧屬其他？即以九辨稽之，非不屢言秋，乃語複意亦複焉，烏用複爲？故必知似複非複，乃可與讀騷，乃可與學騷。至於每篇以外，再合論全部，以尋其所專複之四字，似複非複之四意，曰芳、曰玉、曰路、曰女，則尤讀騷學騷者秘所當窺也。

## 聽芳

屈子以衆芳比古后，其所立意，則求芳不一地，與用芳不一法盡之矣。首篇援芳最盛，他篇亦多遞見，然字句屬同，意義疊異。就一篇味之，一篇之異同宜析也；就諸篇味之，諸篇之異同亦宜析也。首篇初言扈、紉，亟云「朝搴阰之木蘭，夕擥洲之宿莽」，爲芳之遠求。次言「雜申椒與菌桂，豈惟紉夫蕙茝」，爲求之再增。三言「既滋蘭之九畹，又樹蕙之百畝。畦留夷與揭車，雜杜衡與芳芷」，則遠求不如近植，遠求之再增，不如近植之倍增。四言「朝飲木蘭之墜露，夕餐秋菊之落英」。矢朝夕之求同，而此專指墜落。前係芳盛欣賞，後係芳殘戀惜，前祇搴、攬，後係飲、餐，判然不同矣。「掔木根以結茝，貫薜荔之落蕊。矯菌桂以紉蘭，索胡繩之纚纚」，俱屬收拾衆香於殘散之餘。木蘭也，茝菌、桂蘭也，數者固前所同，而供飲之意不同，掔、貫、矯、索之工不同。即前亦言紉，而繇矯以紉之工又不同也。芳殘戀惜之懷，固有更深於欣賞者也。所謂「萎絶何傷」，哀其蕪穢也。五言「既替余以蕙纕，又申之以攬茝」。前於飲、餐之後，詳云攬、貫、矯、結，似屬資爲佩帶，而未明言之，此始拈出君欲廢芳，我欲申芳，君欲廢其纕之一，我欲增其纕之二。攬茝與前之紉茝、結茝同，而始係從心，兹爲抗節，又不同矣。六言「步余馬於蘭皐，馳椒丘且焉止息」。向所欲雜之、滋之、紉之，俾芳爲我有者，兹且縱車馬以游觀，又不同也。七言「製芰荷以爲衣，集芙蓉以爲裳」，於蘭、菊、菌桂、蕙茝、留夷、揭車、申椒、薜荔、胡繩諸芳之外，別列芳品。前之供飲餐、供纕者，兹且供服焉。芳不同名，用芳亦不同法如此。八言「薋菉葹以盈室，判獨離而不服」。君之替之，以其佩芳，女嬃之詈之，反欲其服不芳。芳貴夫衆，爲薋、爲菉、爲葹，不芳之艸亦衆矣，似欲相敵矣。九言「攬茹蕙以掩涕」。向之用芳不一法，兹乃以爲掩涕之用哉！豈堪復言飲餐、復言纕、復言衣裳哉？十言「結幽蘭以延佇」，亟承「吾令帝閽開關，倚閶闔而望予」之下，耽芳之懷，不得當於君，不得當於姊，不得當於世，終將不得當於身，庶幾得當於天乎？此又一用芳之法也。十一言「户服艾以盈腰，謂幽蘭不可佩」、「蘇糞壤以充幃，謂申椒其不芳」，則原所求得當於天者，竟受排於黨人，無繇逞其用芳之法也。女嬃所言者，賚、菉、葹不芳之三艸，黨人增艾爲四，且珍糞壤，所以敵吾衆芳者，不芳之衆更如此。十二言「蘭芷變，荃蕙化」、「蘭無實」、「椒專佞」、「覽椒蘭其若兹，又況揭車與江離」。衆不芳既壓衆芳，雖芳難敵，乃衆芳竟變不芳，將平日之服芳，毋乃俱爲服不芳乎？十三言「芳菲菲而難虧兮，芬至今猶未沬」。舉世之芳皆變，而我之芳終不變也。此原首篇前後談芳之同異也，最詳於言芳者也。遠遊一曰「微霜降而下淪兮，悼芳艸之先蘦」。再曰「誰可與玩斯遺芳兮，長向風而舒情」。三曰「嘉南州之炎德兮，麗桂樹之冬榮」。言芳甚畧，然悼不芳，懼無伴，徬徨弗淺。上天界，仍羨南桂，眷戀亦弗輕矣。天問之不及芳也，所問皆一切事實，非屬比興之泛論，固宜其不之及也。九歌又疊言芳，所以用芳之法，較騷首篇更有進焉。東皇太乙曰「蕙肴蒸兮蘭藉，奠桂酒兮椒漿」。則蒸、籍酒漿，均實以芳爲用，不獨餐露飲英矣。雲中君曰「浴蘭湯」。又用芳爲浴，不獨蒸、藉酒漿也。湘君一曰「桂舟」，二曰「薜荔拍兮蕙綢，蓀橈兮蘭旌」，三曰「桂棹蘭枻」，四曰「采芙蓉」、「搴薜荔」，五曰「采杜若」。拍屬飾壁，綢屬縛屋，用芳於居室。舟與橈，棹與楫，用芳於泛水。旌則用芳於建標。所用彌多而彌鉅，猶於薜荔、芙蓉、杜若，屢采屢搴水中木末芳洲，無不之焉，可謂詳矣。湘夫人一曰「沅有芷澧有蘭」，遥想夫生芳之地。二曰「築室水中，葺之荷蓋」。外實以芳，爲卜室之用焉，亟繼之曰「蓀壁」、「椒堂」，曰「桂棟」、「蘭橑」，曰「辛夷楣」、「薜荔帷」，曰「葯房」、「蕙櫋」，無一而非用芳。曰「疏石蘭」、曰「芷葺荷屋」，曰「繚之兮杜衡」，無非加倍於用芳。既屋之上，屋之內，槩用芳矣，屋之下，又曰「合百艸兮實庭」，屋之外，又曰「建芳馨兮廡門」。蓋用芳之彌闊彌增也。視首篇離騷之詳言芳及前篇湘君之詳言芳，此爲尤詳。彼詳於各事，此詳於建室之一事也。結以「搴汀洲杜若」，則與湘君之「芳洲」同旨矣。大司命之「結桂枝兮延佇」，承「高馳冲天」之下，與首篇開闢意同。湘君、湘夫人爲水神，可以迎之，可以就之，故詳於舟與室之用芳。大司命尊而且杳，不敢言就，不敢言迎，但有延佇愈愁。是以不敢多言芳，而只云「結桂」，與前湘君、湘夫人之詳者異也。少司命曰「秋蘭麋蕪，羅生堂下」，「菲菲襲予」。芳不待於他求矣。「荷衣蕙帶」，少司命之神所服皆芳，不待吾以芳供之矣。然少司命終不爲我來，與大司命之「孰離合兮可爲」，竟相同也。此求芳與不待求芳，供芳與不待供芳，均置於無用者也。屈子別一言芳之旨也。東君曰「援北斗兮酌桂漿」。藉天星以爲斟芳之用，又一用芳之法焉。河伯曰「乘水車兮荷蓋」。河伯又自有其用芳之法焉。至於山鬼，而人所苦於芳之未易用，阻於不得用者，乃意爲鬼之用人，不克用芳以迎神，鬼顧欲用芳以遺人也。「被薜荔，帶女蘿」，「辛夷車」也，「桂旗」也，「帶杜衡」也，鬼一一擅之矣；三秀、杜若，鬼一一取之矣。國殤之不復言芳也，以無所用芳也。居室飲食、衣服舟車之需芳，固皆矢戰時所不問也。身之將死，永無用芳之日矣。然其魂不没也。芳之居室飲食、衣服舟車，盡可棄捐，而流芳之聲價，自在後世也。無佩蘭菊之魄，而有佩蘭菊之魂也。此所以國殤不言芳，而禮魂又言芳，且曰「長無絶兮終古」也。卜居漁父，語多明顯，不以芳爲比興。九章復錯綜言之。惜誦曰：「檮木蘭以矯蕙，糳申椒以爲糧。播江蘺與滋菊，願春日以爲糗芳。」蓋用芳之法，專以救饑焉。思美人既曰「擥芳茝」，曰「搴宿莽」，繼曰「解篇薄與雜菜，備以爲交佩」。蓋用芳之法，專以供佩焉。其曰「羌芳華自中出」，「紛郁郁其遠蒸」，「滿内而外揚」，則察芳之眼，嗅芳之鼻，殆最細心哉。曰「薜荔爲理」、「芙蓉爲媒」，欲以芳代人，用芳最奇。曰「憚舉趾」、「憚褰裳」，採芳最懶，視諸言芳，又一變矣。抽思不言芳，而曰「惟蓀之多怒」、「蓀佯聾而不聞」，則固以芳比君也。涉江曰：「露申辛夷，死林薄兮。腥臊並御，芳不得薄兮。」悼芳與嘲服芳，雙拈生慨。橘頌則橘之能芳，自在不言中，無待復以芳贅。悲回風啓口即曰「摇蕙」，亟繼以「艸苴比而不芳」、「蘭芷幽而獨芳」，分別物性物候。又曰「惟佳人之獨懷，折芳椒以自處」。又曰「蘋蘅槁而節離，芳已歇而不比」。尊佳人之遂願，懼吾身之失時也。哀郢不言芳，而於望長楸之樹，微帶點綴。惜往日又疊言之，一曰「君無度而弗察兮，使芳艸爲藪幽」。諸篇以芳借喻，未有如此篇之直咎君者。再曰「弗省察而按實，聽讒人之虚辭。芳與澤其雜揉，孰申旦而別之」，又以闡乎直咎焉。三曰「自前世之嫉賢兮，謂蕙若其不可佩」，引古以直咎也。懷沙但悼艸木之莽莽，是芳非芳，俱不必論，付之一死而已。二十五篇言芳之詳略，非一一聽之，曷繇悉其同異哉！其中芳名種種，或屢言之，或一二言之，又有同異者。曰「滋蘭之九畹」，曰「以紉蘭」，曰「步余馬於蘭皋」，曰「結幽蘭以延佇」，曰「幽蘭不可佩」，曰「蘭變」，曰「蘭無實」，曰「覽蘭其若茲」，曰「蘭藉」，曰「浴蘭湯」，曰「蘭旌」，曰「蘭枻」，曰「蘭橑」，曰「澧有蘭」，曰「秋蘭羅生」，曰「秋蘭青青」，曰「被石蘭」，曰「疏石蘭」，曰「春蘭」，曰「幽蘭而獨芳」。言蘭凡二十，最爲詳稱。曰「豈惟紉夫蕙」，曰「又樹蕙之百畝」，曰「既替余以蕙纕」，曰「攬茹蕙以掩涕」，曰「蕙化」，曰「蕙肴蒸」，曰「蕙綢」，曰「蕙櫋」，曰「蕙帶」，曰「以矯蕙」，曰「謂蕙若其不可佩」。言蕙凡十一，詳次於蘭矣。曰「菌桂」，曰「矯菌桂」，曰「桂樹之冬榮」，曰「桂酒」，曰「桂舟」，曰「桂棹」，曰「桂棟」，曰「結桂枝」，曰「酌桂漿」，曰「桂旗」，言桂者十。曰「雜申椒」，曰「馳椒丘」，曰「謂申椒其不芳」，曰「椒專佞」，曰「覽椒其若茲」，曰「椒漿」，曰「椒堂」，曰「糳申椒以爲糧」，曰「折芳椒以自處」，言椒者九。曰「貫薜荔之落蕊」，曰「薜荔拍」，曰「采薜荔兮水中」，曰「罔薜荔兮爲帷」，曰「被薜荔」，曰「薜荔爲理」，言薜荔者六。曰「辟芷」，曰「芳芷」，曰「芷變」，曰「沅有芷」，曰「芷葺」，曰「芷幽而獨芳」，葯房之葯，亦芷也，言芷者七。曰「芰荷爲衣」，曰「荷蓋」，曰「荷屋」，曰「荷衣」，曰「乘水車兮荷蓋」，言荷者五。曰「豈惟紉夫茝」，曰「以結茝」，曰「申之以攬茝」，曰「擥長州之芳茝」，言茝者五。曰「采杜若於水中」，曰「搴汀洲兮杜若」，曰「山中人兮芳杜若」，言杜若者三。曰「集芙蓉以爲裳」，曰「采芙蓉兮木末」，曰「令芙蓉爲媒」，言芙蓉者三。曰「餐秋菊之落英」，曰「春蘭兮秋菊」，曰「播江離與滋菊」，言菊者三。曰「搴阰之木蘭」，曰「飲木蘭之墜露」，曰「檮木蘭」，言木蘭者三。曰「辛夷楣」，曰「辛夷車」，曰「露申辛夷」。言辛夷者三。曰「雜杜衡」、「帶杜衡」，曰「蘅槁而節離」，言蘅者三。曰「扈江離」，曰「與江離」，曰「播江離」，言江離者三。曰「與揭車」、曰「又況揭車」，曰「夕攬洲之宿莽」、曰「搴宿莽」，各兩言之。留夷、女蘿、胡繩、藒薄，各一言之。一言「荃化」，而復以荃比君，曰「荃不揆余之中情」。兩言蓀，爲橈、爲壁，而復以蓀比君，曰「蓀何以兮愁苦」、「蓀佯聾而不聞」、「願蓀美之可完」。斯又其變法矣。蘭、蕙爲最芳，故列之最詳。桂椒之芳亦盛，故次之。他芳之少減者，所引不復繁焉。諸芳之變不一，乃又專罵蘭椒，舊注以爲刺子蘭、上官椒，非也。蘭氣清遠，椒氣辛烈，皆處芳之冠，而亦與衆同變焉。既爲始所專尊之，不得不爲後所專斥之也。此所以末減夫揭車、江離與芷荃之罪也。蕙與椒同其詳稱，乃不斥蕙者，斥蘭則蕙在其内也。嘆芳之變，而不及詳稱之桂，此則物理也。芳艸經霜以後輒萎，故多變。桂則冬榮，木之芳與艸之芳不同也。木蘭亦屬芳木，宿莽亦屬芳艸，其於詳稱不及蘭、蕙、桂、椒，併不及薜荔、荷、芷與茝，乃獨於騷之始，朝搴夕攬，居其最留意者。木蘭去皮不死，宿莽去皮復生，蓋不變之最奇，故特首及焉。不深窮物理，不徧合章法，烏知原之苦心哉！

# 聽玉

首騷於言芳之後，始繼以言玉。蓋其重玉，視重芳爲較進焉。小人不知芳，愈不知玉，故曰「覽察草木其猶未得兮，豈珵美之能當」。然小人能毁芳爲不芳，不能毁玉爲非玉。佩芳而芳或變，自蹈小人之所毁，不如佩玉之不變也。小人不能毁玉，而欲令人不見玉，故曰「何瓊佩之偃蹇，衆薆然而蔽之」。蔽之未足以快小人之心也，故又曰「恐嫉妬而折之」，玉於折，而玉之受挫於小人倍於謂不芳矣。玉雖不變，苦不全矣。原曰：吾用芳不一法，用玉亦不一法。全以爲佩，碎以爲食。彼折之，吾亦自折之，爲羞爲糧，均取於瓊，兩用其碎矣。雜瑶以飾車，三用其碎矣。「齊玉軑以並馳」，則以玉爲車轄，四用其碎矣。枝也，縻也，雜也，齊也，俱可以碎而不必全者也。「鳴玉鸞之啾啾」，則又以聲用焉，五用其碎矣。甚矣，用之廣也，是小人嫉妬所無如我何者也。此原首篇之旨也。遠遊「懷琬琰之華英」，藏玉於懷。「玉色頩以脕顔」，呈玉於面。玉色，非玉佩之玉，而道所温養，恍若玉潤。玉乃不在有形，而在無形，於是乎用玉之法，乃奥絶矣。天問「璜臺十尋」，即瑶臺佚女之説。此古人善用玉以求女者。「緣鵠飾玉」，爲伊尹玉鼎割烹之事。此古聖佐善用玉以事君者，因古愈知今也。九歌大司命之「玉佩陸離」，此神之因玉以自飾者，因神愈知人也。東皇之「瑶席玉瑱」，用玉於置地以供神。湘夫人於築臺列芳之中，忽曰「白玉爲瑱」，則又用玉於鎮室以供玩。湘君之「捐玦遺佩」，以棄玉爲用玉，奇矣。國殤「援玉枹兮擊鳴鼓」，用玉助戰，更奇矣。九章中涉江之「佩寶璐」，固首騷「瓊佩」之旨也。「登崑崙兮食玉英」，固爲羞爲糧之旨也。懷沙「同糅玉石，一槩相量」，即黨人之折之蔽之也。「懷瑾握瑜，窮不知所示」，不獨小人蔽之，我亦茫然若自蔽矣。無所不可用者，竟以君之見放，歸於無用也。懷玉爲罪，安得不抱石自沉哉！合二十五篇以論玉，而原複言玉之旨，真可繹可悲也已。

# 聽路

全騷多言路，有譬言之者，有實言之者，有實言之而屬於幻言之者。首篇「乘騏驥以馳騁，來吾道夫先路」、「彼堯舜之耿介，遵道而得路」、「黨人之偷樂，路幽昧而險隘」、「曰黄昏以爲期，羌中道而改路」。皆譬言之也。我之先路依堯舜，君之改路依黨人。此今古之所以升降，邪正之所以分判也。「孰異道而相安」、「悔相道之不察」、「回朕車以復路」，又一譬言之也。彼路不正，遂貽我路亦誤，不敢盡爲黨人咎，盡爲君咎，而引爲己咎也。「邅吾道夫崑崙」、「路修遠以周流」、「路不周以左轉，指西海以爲期」，皆實言之者也。崑崙、西海，俱非人所得到之區，則實言之均屬於幻言者也。遠遊統言求仙，上天下地，無所不之。「路曼曼其修遠兮，徐弭節而高厲」，「召黔雷而見之兮，爲余先乎平路」，亦實言之均屬於幻言者也。山鬼之「路險艱兮獨後來」，國殤之「平原忽兮路超遠」，言爲最實，而出於鬼、殤之口，則又幻矣。九章惜誦之「同極而異路，何以爲此援」、「欲横奔而失路，蓋堅志而不忍」，思美人之「媒絶路阻兮，言不可結而詒」、「車既覆而馬顛兮，蹇獨懷此異路」，又皆譬言之者也。抽思之「郢路遼遠，魂一夕而九逝」、「曾不知路之曲直」、「魂識路之營營」，路遠處幽，皆實言之，魂逝識路，又帶幻焉。悲回風之「登石巒以遠望」、「路眇眇之默默」，在半實半幻之間。哀郢之「郢路遼遠」、「江與夏之不可涉」，懷沙之「進路北次」，純乎其實言之。而「回車復路」、「相道遵路」，取譬之本懷，無堪再陳，不得不死矣。就複路之中，其以東西南北爲複者，或幻言，或實言，或顯言，或隱言，又有數端。離騷始云「濟沅湘以南征」，從欲往而實言南，顯言「南」。末云「夕余至乎西極」、「詔西皇使涉余」、「指西海以爲期」，則雖顯言之，皆幻言矣。其中之層分隱言，莫幻於「溘埃風余上征」諸句，曰「懸圃」，曰「崦嵫」，曰「扶桑」，曰「若木」，四方互征焉。懸圃在崑崙之絶頂，屬西北，崦嵫在西，扶桑在東，若木又在西。既至懸圃，又涉崦嵫之遠路，繇西北而之西。崦嵫路盡，總轡扶桑，繇西之東。「折若木以拂日」，又繇東之西。幻想至是，再言「朝將濟於白水」。白水出於崑崙，則又屬西北。春宮，青帝之舍，爲東方，繇西北以遊東也。「歸次窮石，濯髮洧盤」，洧盤之水出崦嵫山，繇東而仍之西也。三言「邅吾道夫崑崙」，復言西北。「朝發軔於天津」，天津爲折木之津，在箕、斗間。至乎西極，則繇西北入乎西。流沙爲西海，赤水出於崑崙之東西陬，不周山在崑崙西北。繇西海流沙之區，再返崑崙之東南陬，又繇崑崙東南陬，仗西皇之涉余，歷崑崙之西北，期至西海焉。蓋所隱言、幻言者，分列三番，以極其奇變如此。遠遊之東西南北，視離騷又加奇變。以遠遊意純求仙，專詳天上之界，略於地下之界也。離騷未嘗不言上征，未嘗不言「周流乎天余乃下」，而所詳在地下之界，所略在天上之界也。遠遊首云濯髮湯谷，從日出之地隱言東。「嘉南州之炎德」，由東而顯言南，兩皆地界。「淹浮雲而上征」，純言天界。「問太微之所居」，太微，宮垣，爲天之中央。「臨乎於微閭」，爲東北之山，縣天中央歷天東北，故下臨是山也。勾芒，東方之神。「過乎勾芒」者，縣東北而又過正東也。太昊，東方之帝也。「凌天地而徑度」，縣東而又他之也。「遇蓐收於西皇」，縣東之西，於此相遇也。蓐收，西方之神，佐少皓西皇者也。前皆隱言，此顯言之，其爲天界，則均幻也。玄武，北方之神。「召玄武而奔屬」，從西召北也。「指炎帝而直馳」，炎帝，南方之帝也。「吾將往乎南疑」，南方九疑之山也。縣西而南，又從天界臨地界也。寒門，北極之門，顓頊，北方之帝，縣南而北也。南，顯言之，北，隱言之，結以「經營四方」，作總收之語，均之幻而非實也。天問之東西南北，槩屬實言，而以致疑寓幻。曰「東南何虧」，曰「地何故以東南傾」，曰「東流不溢，孰知其故？東西南北，其修孰多？南北順嶞，其衍幾何」、「西北辟啓，何氣通焉」，詳列地界，然其意不屬言路，固與前諸篇不相同。九歌之湘君「駕飛龍兮北征」，留滯洞庭，則屬南，「馳騖江皐，弭節北渚」，又南而向北。湘夫人之「帝子降兮北渚」爲北，「朝馳余馬，夕濟西澨」爲西。望其在北而未至，故又從西以迎之。東君之「暾將出兮東方」，本屬在東。「操余弧兮反淪降」，嘆其西落。「杳冥冥兮以東行」，復從東迎也。河伯之「登崑崙兮四望」，東西南北未有定區。「交手兮東行」，則定於東矣。「送之南浦」，又東與南送也。此或隱言，或顯言，均事神之幻言也。九章思美人「指嶓冢之西隈，與纁黃以爲期」，「獨煢煢而南行，思彭咸之故」，初欲西，後欲南，顧因時改。抽思「有鳥自南，來集漢北」。既云「集」矣，乃曰「望北山而流涕」，則又不得在北。「南指月與列星」，又欲往南。「狂顧南行」，真往南矣。「宿北姑」而又未遽南。哀郢之東遷，出國門，繇東而出也。「過夏首而西浮，顧龍門而不見」，從西望東也。「今逍遥而來東」，「背夏浦而西思」，又從東望西也。「淼南渡之焉如」，「孰兩東門之可蕪」，又從南望東也。懷沙之「汩徂南土」，「進路北次」，繇南而北也。九章之東西南北，多屬顯言、實言，與他篇之幻不同，而意則愈悲矣。東西南北之幻言、實言，即路之幻言、實言，遞複遞變。至大招「無南無北，無東無西」，舉世不堪舒步，竟無路矣。其悲之尤甚哉！不合全部，何以盡其用複之悲！

# 聽女

二十五篇多言女，後人訕之者，病其褻昵之太甚。尊之者比於國風之「不淫」。夫不能確知其寓意，始何所感，終何所歸，何怪乎尊之者無以間執訕者之口也。原因被讒而作騷，豈其不懼讒人之指摘，以褻昵爲戒，而嘆當時之無女，求上古之妃后？按迹而論，誣瀆罪大，何止褻昵哉！蓋寓意在斥鄭袖耳。惟暗斥鄭袖，故多引古之妃嬪，欲以此爲吾王配焉。懷王外惑於上官大夫，内惑於鄭袖。觀其盛怒張儀，欲得甘心，乃儀卒通楚用事，設辨於鄭袖，脱身而去。用事之人，非上官輩耶？此其表裏爲奸，詎屬一日？使有賢妃，何致脱儀於國中，反勞師於遠伐耶？

是以首篇之騷專言求女，其前半篇之不遽言也，以不聽本屬王聽，高張本屬讒夫，疏原者，王之信上官，非鄭袖之罪也。故前半篇疊言王，疊言黨人，悲慟不能已也。然「衆女嫉余之娥眉兮，謂余謡諑以善淫」，雖斥黨人，已隱隱道及鄭袖矣。後半篇之不復及王，不復斥黨人，而但言求女，其殆因張儀發慨歟？是篇之作，殆鄭袖脱儀，王怒伐秦之候耶？觀其於駟虬上征以後，純言天上，亟接之曰「忽反顧以流涕兮，哀高丘之無女」，此其致恨君王乏賢内助明矣。宮中之衆女，不可以爲女，高丘又未易得女，安得若古之賢女乎？於是求之虙妃，求之有娀，求之二姚。虙妃溺水而死，此必不肯爲人配者也，故自斥曰「無禮」，曰「改求」。有娀、二姚，則一歸高辛一歸少康，又不得求之以爲配者也。於是借靈氛之言，欲求女於九州以外，而哀無女之悲悰於是畢矣。「世幽昧以昡曜兮」至末，復嘆王斥黨，而以「何必用夫行媒」、「聊浮游而求女」穿插點綴。鄭袖之罪輕，諸讒之罪重也。遠遊純言求仙，而於「迎宓妃」、「二女御」，仍帶求女之旨焉。二女，舜妃也。其必云宓妃、二女，則專指已死者而言也。九歌之言湘君、湘夫人，即二女也。「將以遺兮下女」，不敢冀此世之有如湘君，或有如下女也。「將以遺兮遠者」，不敢冀此世之有如湘夫人，或異時有如夫人之類也。世傳湘君、湘夫人因舜崩而哭以死，今之宮中何若乎？此歌當屬懷王已死而作，故感慨於王素耽色。今有悼王之死，肯身殉否？少司命之「望美人兮未來」，河伯之「送美人兮南浦」，亦一求女之旨也。古后妃不可得，水中諸女不可得，但終於姱女之倡歌送魂，而思女之心乃倍者矣。天問之「女岐無合」，則又女之不待配者。嵞山女生啓賢胤，以昌厥邦，楚有是耶？「勤子屠母」，奇異殊甚，後世嬖妃亂政，何不付之一屠耶！人主未易得賢妃，而羿乃夢妻雒濱耶？「浞娶純狐，眩妻爰謀」。此因得妻而助篡者。縫裳逢殆，此因淫人之妻而殺身者。前皆淑女，此紛紛不淑矣。「妹嬉何肆」，又暗以比袖也。因袖脱儀，致懷與秦搆釁，卒爲秦欺以死，袖罪殆浮於妹嬉也。簡狄，則首篇之所已言也。「何乞彼小臣，而吉妃是得」，「夫何惡之，媵有莘之婦」，前王之不重色而疏賢，所以興隆也，反之者，所以敗亡也。「焉得夫褒姒」，又暗比袖也。「殷有惑婦何所譏」，又明比袖也。「鶩女采薇，鹿何祐」，嘆楚之不獲如此女也。卜居曰「吾將以事婦人」，亦斥袖也。上官大夫，善事婦人者也。使原能事婦人，非上官大夫之所敢讒也。九章之思美人曰「思美人兮，擥涕而竚眙」，抽思曰「矯以遺夫美人」、「與美人之抽思」，擬諸蓁苓之詩，似漸以美人比君。然在騷，則仍求女諷刺之旨也。悲回風之「佳人永都」，「佳人獨懷」，有女而莫爲求之者，又暗以佳人自比焉。惜往日之西施美容，讒妬入代，又以美人自比焉。忠臣賢士，與佳人、美人何異？知求女而不知求忠賢，抑何明蔽互殊！蓋又一諷刺矣。且騷所寓意求女，又有不止於斥鄭袖者。鄭袖之脱張儀，因靳尚使人謂袖曰：「秦愛張儀，王欲殺之。今將以美人聘楚，以宫中善歌者爲之媵，秦女必貴，而夫人必斥，不如言而出之。」此祇虚言耳。迨懷之二十四年，秦昭王初立，乃厚賂於楚，楚往迎婦，遂爲美人聘楚之實事。二十八年、二十九年、三十年，秦三攻楚，取楚地，乃又遺楚書曰：「寡人與楚，故爲婚姻，相親久，今秦、楚不驩，無以令諸侯，願會武關。」而懷王於是乎被留。頃襄七年，楚迎婦於秦，秦楚復平。是懷之送死，頃襄之忘仇，總以求女爲始終之敗局。秦則昔所虛言，後所實行，亦總以予女爲始終之巧計。原安得不痛心於求女，反覆低徊哉？誠合鄭袖與兩迎婦爲細繹，誰能不深恨？誰忍不屢言？尚敢妄訕之乎？尚但泛尊之乎？

## 聽體

二十五篇，悲同而體殊。騷從詩變，六義畢具者，其體也。首騷槩從變雅中來，援引美人以寄意，則兼風。九章與變雅相似，同於首騷。音節之低徊倡嘆，固風之遺，不待盡從美人爲援引，始曰風在斯也。天問純乎其爲大雅，不獨小雅。蓋歷代朝政大得失備焉，自當以大雅歸之。遠遊亦雅之類，雖不關朝政，氣象則雅。繇求仙而言登天，殆小心翼翼，昭事上帝之餘意乎？九歌篇最短，純乎其爲頌矣。宗廟祭告，事神之體然哉。朱子謂離騷諸篇合於變風變雅；九歌祀神，歌舞之盛幾於頌。定評自不可易，乃於諸篇詆之曰：「語冥昏而越禮，攄怨憤而失中，風雅之再變。」又於九歌防之曰：「再變而之鄭、衛不難。」徒以諸篇中多言女、言美人，九歌中務昵湘君、湘夫人之故。以余聽忠聽女，爲之解嘲，將百變不失其正，豈憂再耶！論賦比興，則首騷爲最全，其抒情寫事，固纚纚皆賦。援芳、援玉、援女，胥比興也。遠遊純乎其爲賦，無比興可指。

然借遊仙以寓厭世，字句非比興，而意則全歸比興矣。純乎其爲賦者，惟天問。九歌亦屬純賦，而借事神之我庇，嘆君之我疏，又謂純乎比興可也。九章則賦比興雜於各篇之中。惜誦純賦矣，懲羹釋階，比興繫之。思美人之言鳥、言艸木，比興居多，賦居少。抽思之賦居多，「有鳥來集」，則其比興之一及也。涉江之多賦，與抽思等，結亦一及鳥木，爲比興焉。悲回風開篇「搖蕙」，即繼以鳥獸、魚龍、芳艸，層疊於比興之間，中末則純用賦。哀郢之純賦，獨於結句引鳥、狐二語爲專興。惜往日之純賦，在篇首芳艸早殀，西施嫫母，騏驥舟楫，比興之錯出在中末。懷沙前半之比興最多，後半乃用賦。橘頌詠物，似與諸篇相反，純賦而非比興。若借物寓意，又純爲比興。此其各篇之同、不同者也。論其字句，亦有互殊者。首騷純用七言、六言，雜之以五言者不及十句。遠遊亦純用七言、六言，中插四言數句爲一段，末插三言數句爲一段。天問純用四言，雜之以五言三十餘句，六言十餘句，三言十餘句，七言數句。九歌純用三言二言，無它雜焉。篇短而句亦最短，所以俾篇與句相稱也。詩惟頌多三言。原之以歌，擬頌也。九章之多七言、六言，與首騷、遠遊同。惜誦、思美人尤與首騷較似，以其有數句五言雜之耳。抽思、涉江則似遠遊。抽思末雜四言，別爲一段。涉江末雜三言，別爲一段，固遠遊之餘體也。橘頌之用四言，於九章各篇爲變，於天問爲同。天問尚有五言、六言之雜，此槩無雜，彼問此頌，問須更端，頌易直贊，固不同哉。悲回風、哀郢、惜往日，又純與首騷之七言、六言同，併不雜以五言。懷沙之多用四言，畧雜五言，則與天問似同者也。九章中之有「倡曰」、「亂曰」、「重曰」、「少歌曰」，則與他篇不同，而與遠遊之「重曰」又同者也。卜居、漁父，純用變格，不待以不同於諸篇論。其兩皆問答，則漁父又自與卜居同矣。同而不同，不同而同，原於摛詞之體殫力變化，不肯苟且如此。作者既難，讀亦詎易？

# 聽離騷

王逸曰：「離，別也。騷，愁也。」班固曰：「離，遭也。」義與王異。讀騷所言，自當從離別之義。二十五篇中言「離」不一：遠遊曰「離人羣而遁逸」，大司命曰「將以遺兮離居，孰離合兮可爲」，少司命曰「悲莫悲兮生別離」，山鬼曰「思公子兮徒離憂」，國殤曰「首雖離兮心不懲」，惜誦曰「反離羣而贅肬」、「終危獨以離異」、「衆駭遽以離心」，思美人曰「遂萎絶而離異」，悲回風曰「蘋蘅槁而節離」，哀郢曰「民離散而相失」，均離也。均離則愁緒均騷，諸篇俱可以「離騷」名之。獨首篇言「離」爲最多，故名專歸焉。「不難夫離別」，一也。「判獨離而不服」，二也。「飄風屯其相離」，三也。「紛總總其離合」，四也。又曰「紛總總其離合」，五也。「何離心之可同」，六也。「判獨離而不服」，嬃之咎原自與世離也。「何離心之可同」，原之嘆世永與原離也。「飄風」，天爲之也。「不難」因夫「數化」，君爲之也。「判獨」，原自爲之也。「何可同」，讒人爲之也。「紛總總其離」，則天、人、君、我皆有之焉。彌離而心彌動。騷之爲言騷屑也。騷，擾也。緒不可斷，勢不可静，百端交集於其間，則離騷之所爲名也。原自注「離」而不言「騷」，知「離」之多端，足知「騷」之多況矣，舉「離」可以該「騷」也。三千餘字之中，純以複法爲呼應，百變環生，一綫到底。言芳、言玉、言女，分列布置，而大旨尤在言路。「來吾道夫先路」一語，固其一生之本領也。致主有懷，先鞭自矢。滿腔熱血，直在羲皇之前；一對冷眸，大笑季葉之陋。堯舜以遵道得路焉而帝，桀紂以窘步失路焉而亡。屈子胸中明白，口中清楚，不容半點糢糊。我有先路，而黨人竟以異道險路敗之，君既改路，而我無繇以相道復路救之。屈子胸中火生，喉中氣哽，未展半毫旋轉。試將全篇照應，急讀陡思，有不人人一觸遽慟，一慟遽絶者乎！篇末説到事不可爲，號天三叫，曰「路修遠以周流」，曰「路修遠以多艱」，曰「路不周以左轉」。夜半子規，滿喙流血。嗚呼！聲弗堪聞也。始之言曰「乘騏驥以馳騁，來吾道夫先路」，於堯舜所遵之道，傲然欲着先鞭焉，何其壯也。終之言曰「抑志弭節」、「僕夫悲余馬懷兮，蜷局顧而不行」，何其憊也。意結筋攣，髓枯聲啞，屈子即欲不預爲死計，何可得矣！當懷之時，僅僅被疏，猶尚他用，非比懷既死秦，非比頃襄遷放，本不宜矢死，而抱負既大，鬱抑自倍深也。此所以一曰彭咸，再曰彭咸也。其後卒至於死，則亦原之自爲凶讖也。是時未去故都，未遷沅、湘，乃曰「濟沅湘而南征」，曰「何必懷故都」，卒至濟以遷焉，不得懷焉，又原之自爲凶讖也。前人以首篇爲「經」，以他篇爲「傳」，經、傳二字，非原之本題，自當從删。至於首篇之包括他篇，則分經分傳，固畧似之矣。「溘埃上征」與屢言

「朝」、「夕」，足括遠遊。指天爲正，與引堯、舜及夏、殷、周君臣，亦近天問。「巫咸」、「百神」，似帶九歌。其餘訴衷之語，自與九章相通。若「從彭咸之所居」，則即其卜居之早自決也。其後每篇，皆所實歷顯道，而此篇多屬懸擬，以此稍殊。文字之妙，正在同中異，異中同，見其變幻。後人異則不能同，同則不能異，豈足語哉！

## 聽遠遊

遠遊與離騷「往觀四荒」、「溘風上征」之旨同。而其上天下地，朝此夕彼，東西南北之遍歷，句法又大畧相同。所不同者，離騷每段中言求女，遠遊每段中言求仙耳。就中運局，又有同焉。離騷於「朝蒼梧，夕懸圃」，至「好蔽美而嫉妬」爲一段，意已直接求女矣。但曰「上下求索」，不遽露「女」字。遠遊開口「悲時俗之迫阨」，至「求正氣之所由」爲一段，意已直指求仙矣。但曰「求氣」，不遽露「仙」字，此一同也。離騷於嫉妬之後，點明高丘之無女，乃迭言下女宓妃、「蹇修爲理」、「有娀佚女」、「有虞二姚」、「豈惟是其有女」、「焉用夫行媒」、「聊浮游以求女」，遠遊於「求氣」之後，點明「聞赤松」、「美登仙」，乃疊言傳說、韓衆、「從王喬而娛」、「見王子而宿」、「仍羽人於丹丘」，又一同也。離騷從「邅吾道夫崑崙」以後，不復言求女，但詳世間四方之行，以歷天上，俯睨舊鄉而悲生。遠遊從「命帝閽其開關」以後，不復言求仙，但陳天上恣遊之樂以周四方，亦俯睨舊鄉而悲生。此又一同也。然遠遊求仙之意，較求女爲倍慘。求女雖云託言，偏近實言，以因君之寵聽鄭袖而釋張儀，徐又興師致敗，故刺袖而託言求女也。託言之意，止於如是，則其言翻爲實，謂本感之外，無別感也。求仙似實言之，乃純屬反言。原之求仙，後代解者，率云原欲制煉魂魄，長生久視，以觀世變之終何若。余竊謂不然。楚不得長有其楚，必折而歸秦。原知之確矣，何待終觀？一死自矢，惟恨不獲早死之添愁，焉用長生爲？既已生不肯長，終不須觀，仍言求仙者何？蓋嘆夫身處塵世之不樂。誰不云遁之於仙，可以自怡？然吾國之宗臣也，毋論求仙未必成仙，即真成仙矣，安能棄祖宗社稷於不思？此其意甚簡甚明，十數言可了，而文陣乃層叠百變，以致其曲，以致其幻，言外專翻夫仙之未足恃，言中乃遍商夫仙之宜廣師。觀其本懷所暗寓，最明白可尋者，在於「貴真人」、「美登仙」，氣衰而曾舉，終不反故都。危患不懼之後，又忽然淒涼，恐序代，悼芳零，致嘆於高陽祖派之邈遠，余將焉程。夫修仙而患免，何悼何恐？以仙爲程，何云非祖焉程？顧仙人之愛凡人，未必如祖宗之愛子孫，凡人之從仙人取程，欲以渺茫借庇於仙人，不如子孫之從祖宗取程，易以箕裘借庇於祖宗。赤松、傅説、韓衆較之高陽，孰親孰疎？孰顯孰幻耶？仙人實屬邈遠，祖宗實屬密邇。君王不顧宗臣，不深爲國計，遂使密邇之祖派，反成邈遠，其如之何哉！無可如何，不得不再求仙。以「重曰」二字作轉語，原所淒涼自道，亦明白之甚矣。前稱求仙，第曰聞之、奇之、美之，未嘗親見其人，親受其訣。此則專言從王喬，就其宿而傳其言。前所云求氣，氣變者，至是而餐六氣，審一氣，秘受有實訣，下手有實功。此章法淺深之次第，人所易知。若專言王喬，深意所在，固千古未易知者。意蓋曰：王子喬爲周靈王太子，惟肯棄太子之位，不復顧人民，故可學仙。吾亦爲君所不用，棄宗臣之位，不得秉朝政，庶可專依以學仙云爾。若赤松子雖曰「願承遺風」，終未能學也。以赤松爲神農之雨師，神農實寵任之，豈如吾之見棄？傅説之奇，益未易學也。赤松猶當屬修仙者。傅説何嘗留心仙術？乃相業既成，託星天上，吾之功業，毫無所就，何星可託哉！韓衆之稱列仙，非如吾爲宗臣，無待棄位，又派各不同矣。夫安得不專言從喬耶？其於「聞至貴而遂徂」，朝夕修煉，色精質神之迭變，自慶得仙。及「掩浮雲而上征」以後，侈言天帝，侈言天遊之樂，不復再映仙術，何也？以人視仙，則仙爲貴，以仙視帝，則帝又爲尊。既到帝宮，仙不足言矣。從來地仙不如天仙，吾繇習儀之帝廷，發軔恣遊，臨焉過焉歷焉，飛廉風伯，玄武文昌，雨師雷公，以及百神，此天帝之所使者，皆惟吾使焉，天仙又不足言矣。命題是遠遊，本非求仙。第凡軀難輕，世路多阻，不得不假途於仙家之輕舉，以爲遊之能遠計，故始詳於仙，而繼則專詳於遊也。學仙之始，則曰「順凱風以從遊」，仗仙以示我所從，不能自遊也。上征之後，則曰「欣欣自美，媮娛自樂」，憑我以隨意所往，不待他從也。此前言仙，後不言仙之關捩也。始之求仙，從「漠虛靜以恬愉」至「高陽焉程」爲一段，求仙之樂，忽爾生愁。於是再言仙，從「重曰春秋恐其不淹」至「登霞上征」爲一段，不復愁矣。繼言天遊，從「帝閽開關」至「臨睨太息，抑志自弭」爲一段，天遊之樂，忽爾生愁。

於是再言遊，從「指炎神而直馳」至「召黔嬴先平路」爲一段，不復愁矣。局既相對，意亦相同。而其中又有易知，有不易知。修仙而尚滯世間，何如成仙而竟登天上？此其始愁繼不愁之易知也。天遊之忽愁，乃舍天界而反遊地界，指炎神，至南疑，山則地界之山，宓妃二女，地界之魂，咸池、承雲、九韶，地界之樂，湘靈、海若、馮夷，地界之神，蟲象鳥獸，地界之物。雖復一切畢具，豈能敵天上儀仗，使令百神龍鳳之盛，況復徙諸寒門增冰，尤地界中凛冽不毛之處，一切無所有，反以爲不愁，何居？攷所分之東西南北與五方之帝名，則足以知原之意矣。楚屬南方，九疑三湘，楚山水也。天上之遊雖樂，而「夕臨乎於微閭」，屬之東方。東方之帝曰太皓，其神勾芒。「過勾芒」、「歷太皓」，均非南也。西方之帝少昊，其神蓐收。「遇蓐收乎西皇」，又非南也。因東西之與南隔，不能不愁生。所以俯睨南方之舊都，太息掩涕也。南方之帝曰炎帝，其神祝融，身爲南人，則南方之帝與神必倍與南人親矣。南方之地，非止一楚，將從南疑，則認定楚山矣。更荷南神祝融之相厚，戒御資行，集妃女，合帝樂，召水神，畢集鳥獸於以娛我。然則諸方可樂，孰若南土？又焉能尚欲他逝，徘徊不決乎？此其爲戀南也。即求仙之於暘谷，未嘗不東遊，而終以南州爲嘉之旨也。南州之嘉，在乎桂樹冬榮，足免芳艸先零之悼。徒以無人無獸，寂寞蕭條，不得不舍之他逝。耽乎上征，如兹之有祝融以爲地主，神女蟲象，人萃獸現，非復蕭條，非復寂寞。嘉實有甚，逝將胡之？乃舍南就北，并節急騖，不憚途遐，不憚候冷者，以吾遠祖顓頊在彼故耳。始稱高陽之邈遠，將焉所程，恨難從也。此稱顓頊之在絶垠，絶垠非即邈遠乎？又以爲可從，始末呼應，宜於一意貫通。何其應而互換，自相矛盾乃爾？非也。高陽，爲顓頊有天下之號。當其有天下之日，去今已久，無繇覿面，是以求依現在之仙，不獲依已往之祖。没後而祀稱黑帝，永存萬古。去其一時有天下之號，乃標夫萬古司北方之權，已往則實邈，永存則可從。此所以始末迥異，仍不相矛盾也。誌悲俗，則人不如仙，仙而尚在地界，不如在天界。誌從祖，則在天界不如在地界。在地界南方之故都，爲讒佞所排，不如在地界北方之寒區，藉祖靈相護也。蓋一從顓頊，而昔之言從王喬，順風從遊，俱有所不必從。且勾芒、太皓，有所不必歷，蓐收、西皇，有所不必遇，炎神有所不必指矣。通篇文意文勢，於此止矣。又增四言「歷玄冥以邪徑，乘間維而反顧。召黔嬴而見之，爲余先乎平路」，以結克從之局。小人捷徑敗君，原之所恨，何以欲自蹈邪徑？逢君則捷徑爲非，法祖則邪徑爲是。邪之言斜也。邈遠絶垠，恐未易至，故欲以斜行，爲俾遠使近也。恨人世則欲辭近遊遠，依祖派則欲縮遠爲近也。玄冥之神，佐顓頊者，故徑可借也。天有六間，地有四維，從顓頊而地界之遊，即天界之遊。隨吾所乘之，快然反顧，無復臨睨之悲也。遊必藉路，路或平或不平，是以易阻，有黔嬴之神先平之。而吾所從所歷，不患其逴，即長遊地界可矣。「經營四方，周流六漠。上至列缺，降望大壑」，爲通篇地遊而天遊，天遊復地遊之總鎖。又忽以「無天」、「無地」、「無聞」、「無見」四語，致其憤恨，盡翻通篇。凡以從前所陳者，皆屬有天有地、有見有聞之談。天地不肯祐人，見聞不堪對世，徒於樂中生愁，强於愁中覓樂，紛紛擾擾，詎有已時？不如盡行滅絶，重成混沌，歸於太初之氣，始可以不言愁併不言樂矣。此遠遊之布陣用意，最奥最幻，較他篇尤爲難讀也。不繹其難讀之情節，則奥者以拘顯而礙，幻者以泥實而礙，一切慘懷，盡受字句埋没，毋乃是篇衹爲後世參同悟真，隱隱儲秘，及小遊仙、大遊仙諸詩，森森作祖乎哉！

# 聽天問

天問難讀，視遠遊又異。遠遊雖奥幻，猶一意到底，天問苦於淆雜也。王逸謂屬屈子之題壁，楚人之所共述，故其文義，多不次序。此論殊謬。篇中天地人物，無所不有，果有壁間如此之多畫，啓其呵問乎？原所結撰，前無古人，後無來者，果有楚人如此之多才，代其輯述乎？首末中間，作法井井，可謂不次序乎？洪興祖既知非不次序，又以爲「天地之間，千變萬化，豈可以次序陳」，終未能得其次序之何在。既知天問同於曾子之禮問，作也，非輯也，乃終未能闡其作法之何若。嗟乎！天問之難讀，一至是哉。誠知其次序中之變順爲逆，即逆是順，字法如何，句法如何，段法如何，合字法、句法、段法以成章法如何，則讀之了了矣。通篇一百七十一問，以「何」字、「胡」字、「焉」字、「幾」字、「誰」字、「孰」字、「安」字爲字法之變；以一句兩問、一句一問、三句一問、四句一問爲句法之變；以或於所已問者複問焉，或於正論本論中忽然錯綜他語而雜問焉，或於已問之順序者複而逆問焉，以此爲段法之變。字法、句法易知也，段法之變則全關章法，不易知也。總以順中之逆，逆中之順，知其不易知。請先從通篇之最順者明之，蓋首末共三大段焉。首遡天地之開闢，一也。中臚夏、商、周之治亂，二也。末乃歸於楚國之事，繇勳闔以顯言荆勳，結之「何以試上自予，而忠名彌彰」，顯言己罪，三也。布陣至大，布勢至順。然使句句皆順，則文字板直，意緒不慘，於是乎錯綜出之，忽彼忽此，以破板直之病。自「遂古之初」至「烏焉解羽」，純言天地。乃插禹、鯀治水於分言天地之後，再言天地之先，施其順中之逆，無禹繼鯀，將天地平成，必不可冀。言禹鯀，仍言天地也。局雖逆而意未嘗不順，序次之工也。承前禹鯀，而「禹之力獻功」，至「鮌疾修盈」，純言夏代之興而忽衰，爲臣所篡。繇「惟澆在户」至「湯何殛焉」，純言夏代之中興而再衰，爲湯所殛。興亡兩屬順言，乃插「白蜺嬰茀」至「何以遷之」十六句，於忽衰之後、中興再衰之先，作一比興。爲順中之逆。興亡難料，猶之乎仙人倏死倏生，雨之驟起，鹿之殊形，鰲之戴與釣耳，雖言仙人物類，仍比興夫興亡也，局雖逆而意未嘗不順，又一序次之工也。既言「妹嬉湯殛」，可以徑接「緣鵠飾玉」，順遡同尹之謀桀矣。乃又先插「舜閔二女」至「女媧孰制」十二句，又插「舜服厥弟」至「得兩男子」八句，用逆之法，上下斷續，殊不可解，然意未嘗不順也。承上「妹嬉何肆」，故言舜之二女，不告而娶，高辛簡狄之築臺，床席之愛，亦人之常情耳。使桀不拒諫信讒，即有妹嬉爲妃，與舜二女、高辛簡狄何異？豈妹嬉婦流而責其能治天下如女媧，方云無放肆哉？此順承「何肆」之最明者。因婦女而及兄弟，則又順承「何殛」之句。象殺兄而舜容之，桀即虐如象，湯獨不能以臣而容君乎？太伯讓其弟以王，湯獨不可讓其君之終王乎？顧殛之也，穿插之奧，視前禹、鮌、白蜺，又更進矣。既入緣鵠謀桀，即宜直接成湯東巡，以了殷伐夏之局，乃又逆插「該秉季德」至「不但還來」十六句，重言夏代少康之中興。復插「昏微」、「有狄」四句，複言簡狄之吞卵，更插「眩弟害兄」四句，複言舜之愛弟。斷續之中更加雜亂，豈但如前之用逆？然意亦未嘗不順也。重言中興，爲夏嘆也，遇湯之卒殛，與未中興之逢篡一也。後之聖王，前之奸臣，人品雖分，而其於奪夏，正不必分也。複言簡狄，歸之天意，生契，即伐夏之根也。此興自彼廢也。複言舜之容虐弟，以況夫臣之不肯容虐君也。語語譏征誅之慙德，而用複爲藏也。「東巡」十二句，結湯伐夏之全局，乃咎尹之挑湯放伐，以爲接入周代。「會鼂爭盟」，咎太公、咎周公輔武放伐之相映，縫筍善連。既繇武王以及昭穆幽桓，周代之盛衰畢矣。復逆遡紂亂，以及生稷之預造周，文王之無繇扶殷，仍以咎武終焉。三代治亂，歷歷道盡，可以徑接「皇天集命，惟何戒之。受禮天下，又使至代之」之四句作總收矣，復逆插「伯林雉經」四句，見夫子受虐於父，惟有一死，乃臣受虐於君而紛紛放伐也，何君臣之不如父子也？局逆而意最順，又次序之工也。集命使代，原屬總收，又單拈「初湯臣摯」四句，咎夫放伐之自湯始，武其踵行者也，單收仍是總收也。此中段之全局也。「動闔」至末，專言楚事。而以闔廬之勳爲始者，嘆夫越能復吳仇，楚何以不能復秦仇也。順言之，則當直接「薄暮雷電」十三句，槩詳楚恨。顧又逆插彭鏗至「易之以百兩，卒無祿」八句，以嘆夫懷之死，爲天所怒，不蒙壽，不蒙固，不蒙祐喜，而歸恨夫秦之暴焉。句句逆，依然句句順也。蓋次序之明，足以祛王之謬論，闡陳之偶窺矣。余於次序之外，尤深咀之於命題。離騷、遠遊，皆言登天，務寫其厭世之懷，借幻志快。此篇從言天中又換題目，創拈「問」字，以寫其不敢咎人，但當咎天之意。繇實抒憤，不曰問天，而曰天問，立題甚奥。王逸以爲「天尊不可問，故曰天問」，非也。原蓋曰：天當自問耳，猶之乎「詔西皇使涉余」、「倚閶闔使望余」之旨也。世間一切治亂，倚伏顛倒，及諸怪誕之事物，皆天所爲，非天自問其何故，人之識，豈能解之？人之力，豈能尸之哉？人無繇問，天不肯自問，一時千古，祇共昏迷憤極，亦啞極矣。凡原之所問者，皆無一可答焉。無一可答，而後爲難了之疑，難平之憤。使可以答，何疑何憤之有？子厚天對，大失其旨。即各家解注，亦愈解愈失。不解其無可答之隱懷，而欲詳於其句其事，何能不失也？惟從句事求詳内，仍務闡其無可答者，斯得之矣。無可答之故有四：曰問所不必問，問所不肯問，問所不宜問，問所不敢問。是皆原之絶人於欲答也。天地日月山川，人人習以爲常，付之不必問。然一實稽於天地及日月山川之故，儒者之所道，諸書之所載，動言天上若何，地下若何，果誰登天下地，而確見之乎？此問所不必問，令人無語可答者也。原正以此掃世人，而注者紛紛引援，逞學炫理，豈原真不知哉？鳥獸艸木，蟲魚仙子，一切鄙俚怪誕之説，人所不肯問，而原又以爲問者。原正以世間有大雅即有鄙俚，有中正即有怪誕，偏爾相雜，無繇除絶，則又安所得答哉？其不宜問，則通篇中極憤之言，專在輕宥婦人。原因鄭袖與上官大夫相比，釋放張儀，以致敗師結盟，遂爲秦留。然讒臣罪重，女寵罪輕。夏、商之亡，孰不曰妹嬉、妲己，此湯武所藉口以殛桀譏紂者，然非讒佞滿朝，僅一妃子，豈遂亡國？故特曰「妹嬉何肆，湯何殛焉」，「殷有惑婦何所譏」。如此之問，將答之以爲然乎？以爲不然乎？以爲然，失當年之事實；以爲不然，乖屈子之憤詞矣。王逸解爲桀得妹嬉，肆其情欲。紂寵妲己，莫谿譏諫。其於兩「何」字，作何着落乎？「周幽誰誅，焉得夫褒姒」，則亦寬褒姒之旨也。誅幽王者爲誰？犬戎也。無犬戎則幽即寵姒，未至於身誅也。褒姒者，褒人之所獻，以陷幽王於死地也。非其獻，則幽王烏從得之？褒姒豈能自入宮而惑幽王乎？逸注於「誰」、「焉」二字，亦未有解，何以標騷？前後互映，「何肆」、「焉譏」之例乎？問人之所不敢問，則通篇之詞與意爲最多。首騷歷尊古之帝王聖賢，後之九章亦然。曰「三五爲像」也，「堯舜之抗行」也，「堯舜之耿介」也，「與重華遊」也，「重華不可遇」也，「就重華而陳辭」也，「湯禹久遠」也，「湯禹儼而祗敬」也，「湯禹儼而求合」也，「不逢湯武」也，「周論道而莫差」也，「啓九辨與九歌」也，「摯咎繇而能調」也，「伊尹呂望」也，「呂望之鼓刀」也。皆所屢陳屢尊，未嘗寓其不滿之意也。至天問而槩寄不滿焉。此孰敢者，乃憤詞所激，正不欲作莊語，不妨與前之騷，後之章相反也。問也，非詆也，雖激仍莊也。試從其寓不滿以致訝者詳列之，曰「何不課行」，曰「夫何三年不施」。則訝堯任鯀之失，刑鯀之遲。曰「舜閔在家，父何以鱞」。堯不姚告，二女何親」。則訝堯，併訝舜之私相婚娶。曰「舜服厥弟，何肆犬豕而不危敗」，曰「眩弟並淫，危害厥兄，何變化以作詐，而後嗣逢長」，則迭訝舜之私其弟。曰「纘初繼業，而厥謀不同」，「禹何所成」。則訝禹之無以早救其父。曰「閔妃匹合，厥身是繼。胡維嗜欲不同味，而快鼂飽」，則又訝禹之雖急於治水，未嘗不急於娶妻。曰「啓代益作后，無害厥躬」，又訝啓之不讓益。曰「夫何罪尤，不勝心伐帝，夫誰使挑之」，則訝湯之伐君。曰「師望在肆昌何識，鼓刀揚聲后何喜」，併訝文之得望，祇以資後人之燮伐。曰「武發殺殷，何所悒？載尸集戰，何所急」，則訝武之伐君。曰「承謀夏桀」，則訝伊尹之助湯以伐君。曰「列擊紂躬，叔旦不嘉。何親揆發，定周之命以咨嗟」，則訝周公之代武畫策。曰「師望在肆，鼓刀揚聲」，曰「蒼鳥孰使萃之」。則訝太公之鷹揚伐商，立志已在文時，不獨佐武。夫以古之帝王聖賢，槩爲可訝，他人敢作此問乎？於此欲順其說而答之，非正論也。欲駁其說而答之，則原固非不知歷尊古昔者，何待於駁？吾所云無可答之四如此。夫人無可答，故其命題，必歸之於天當自問也。題專屬天，而其篇内布置天字之意尤有次序，尤有天亦難自答者。開口之顯言九重諸項無論已，以後歷言上帝之帝、帝王之帝，錯綜其間，俟讀者之分別。曰「帝何刑焉」，指唐堯也；曰「登立爲帝」，指女媧也；曰「不勝心伐帝」，指伐桀也，皆帝王之帝也。曰「帝降夷羿，革孽夏民」，「何獻蒸肉之膏，而后帝不若」，「緣鵠飾玉，后帝是饗」，「帝乃降觀，下逢伊摯」；曰「稷惟元子，帝何篤之」，「既驚帝激切，何逢長之」；曰「西伯上告，何親就上帝罰，殷之命以不救」；曰「彭鏗斟雉帝何饗」；曰「厥嚴不奉帝何求」，則皆天帝之帝也。曰「授殷天下，其位安施」；曰「何令徹彼岐社，命有殷國」；曰「皇天集命，維何戒之。受禮天下，又使至代之」，俱顯言天者也。臣之賢奸，均上帝所生。國之興亡，均上帝所主。天帝何不只生賢，勿生奸？只生賢以輔一姓之國，毋生賢以輔易姓之國。乃紛紛顛倒，預爲始興之地，預爲速亡之地。可以不祚者，天或祚之；應祚者，天或不必祚之。此其反覆變遷，天帝之狠心太甚，幻局亦太甚。何爲而至此？天亦無以自答矣。世事至於天，亦無以自答，而人生之恨，復何處開口，何處遺懷哉？原之立題洗題，於是乎盡之矣。其中隱指頃襄、子蘭，復有二端焉。通篇歷不滿於帝王聖賢，而獨專取少康，不厭重複。初言「逐犬」，再兩言「秉季德」者，美少康之能中興也。武丁、周宣不乏中興，何弗之及？以少康遺腹，幼齡又遁依他方，中興爲最難也。原之意在望頃襄之復仇，故屢以少康殺澆爲羨也。康既失國，猶可再起，襄擁全楚，夫何難哉？篇中用複，多屬興亡之故，乃於象而亦兩言之：首曰「舜服厥弟，終然爲害」。何肆犬豕，而終身不爲敗」，再曰「眩弟竝淫，危害厥兄」。何變化以作詐，而後嗣逢長」。此痛斥子蘭之隱語也。原阻懷王以毋入秦，子蘭堅勸其入，遂死於秦，是害懷王者，子蘭也。與象之謀殺舜一也。頃襄立而仍用子蘭爲令尹，不正其陷懷之罪，而反欲仗其扶楚之才，天下事有倒置如此哉！然古已有之矣，舜之庇弟，有例存矣。用複之淒以隱如此。合三大段，四無可答，與隱指之兩端以讀天問，而後天問之憤情始出，始末之錯綜始直。否則，愈讀而愈晦，衹見其可疑，愈解而愈亂，莫尋其條理，正不如付之不解也。姑藉口曰：吾以不解解之，即爲善讀之法焉可也。

# 聽九歌

九歌章法句法，咸變而用短。前槩援神，後三段專言鬼。王逸謂楚國南郢沅湘間，其俗信鬼好祠，每作歌樂鼓舞以樂諸神。屈原放逐竄伏，出見俗人祭祀之禮、歌舞之樂，其詞鄙陋，因作九歌，上陳祀神之敬，下以見己之冤結，託諸諷諫焉。是逸之所謂九歌，皆原新作，非彼俗人之舊詞也。朱子謂詞屬巫覡，原見其鄙俚，去其太甚，爲更定之，則九歌皆屬删改舊詞，非原獨創，與逸言異矣。余謂九歌之名，自古有之，非楚俗之歌也。稽原之遡古曰「啓九辨與九歌」，又曰「奏九歌以舞韶」，又曰「啓棘賓商，九辨九歌」，固自明言之。玆之有作，如後人擬古樂府、代古樂府，因其名而異其詞云爾，不可以云楚，何云巫？王逸與朱子總因九歌語皆祀神，難解其故，不得不遡諸俗人，明不得不遡諸巫覡，以不敢謂皆原之祀神，因不敢謂稱余之曁即原，又不敢謂稱靈之曁即神。既以靈專指屬巫，復以余倏指屬巫，倏指屬原。夫騷經諸篇，言靈何限？原自命曰靈均，稱君曰靈修，將皆巫乎？「横大江兮揚靈」、「身既死兮神以靈」，原明以靈爲神靈之靈，何得一字兩解也？同一「余」、「吾」之字，忽爲巫言，忽爲原言，更何解也？且祀神，即原之自祀，諸神之名，亦即原所自拈，并非專屬楚俗之神也。試以原言考之，懷椒糈而要百神之備降，非原之自祀乎？神既百矣，九歌之諸神，何必不在其內乎？遠遊之「入帝宮」，「召玄武」，「後文昌」，「選署衆神」，則東皇太乙、雲中君、東君、大少司命，固悉包之。若夫「舞馮夷」之爲河伯，「二女御」、「湘靈鼓瑟」之爲湘君、湘夫人，「神奔鬼怪」之同於言山鬼、言殤魂，何一非原之屢道？當其未被頃襄所遷，未至沅湘以前，固已寄慨如此，必曰遷後別見楚俗楚神而始及之乎？九章亦曰「五帝折中，六神嚮服」，可謂皆楚人之事神，非原之欲質於神乎？可謂皆巫之事神，非原自事乎？以原之言神，而專謂借事神以比事君，亦非也。原不得於君，故設言求庇於神，其如神之亦不我顧、不我庇，何哉？因神道慘，蓋賦意居多，比意居少焉。舊注謂太乙至河伯，皆爲人慕神之詞，寓己愛君之意。山鬼陰賤，不可比君，故以人況君，以鬼喻己，而爲鬼媚人之語。此未盡知原也。原於下篇國殤、禮魂俱以鬼言，實自矢於一死，不得復爲人矣。此非以人喻君也，嘆己之將殊於人類也。望於神而不獲庇，不得不自甘爲鬼也。爲鬼而悟君之念絶矣，尚不獲與人親，況與君親乎？山鬼通篇純屬鬼語。舊注乃以前半屬鬼，後半屬原。情何由慘乎？「魂魄毅兮爲鬼雄」，「長無絶兮終古」，兩從鬼中自揚其聲價，不復問君之悟不悟也。國殤之專言戰者，頃襄不能復父之仇，故原之志欲一戰而死也。其寓意之最明，曰「挾秦弓」，欲奪秦之弓以爲我用也；戰不言勝而言敗者，悼遡懷王與秦戰敗之往事也。歌以九名，當止於山鬼。既增國殤、禮魂，共成十一，乃仍以九名者。殤、魂，皆鬼也，雖三仍一也。山鬼之悲，國殤之憤視前訴神爲倍鬱，乃禮魂以寥寥四語，致其贊詞，寂然安之，似無可悲，無可憤，無可訴者，蓋魂不能不滅，無繇悲，無繇憤，無繇訴矣。吞聲之視放聲，慘更甚也。此前言神、後言鬼之淺深次序也。若夫諸神臚列，對待之確分甚整，次序之遞進互殊，亦有宜繹者：太乙、雲中君爲天界之神，湘君、湘夫人爲地界之神，大司命翔下空桑，少司命滿堂目成，均以天界之神與地界之人相接。大司命之高馳冲天，少司命之夕宿帝郊，又從地界均歸天界。雖曰均歸，而人命有當，與爲民正，又從天界之上，專司地界之事矣。東君復屬天界之神，河伯復屬地界之神，其確分之整如此。至於每换一神，輒添一恨，布置有意，吞吐有法。太乙曰「將愉」、曰「樂康」，未嘗悵神之恝也。雲中君既留而遽去，乃費勞心之慅慅，視太乙恝矣。湘君未知誰留，不爲我來，孤負集芳之舟，固觖望其恝。湘夫人已聞其召，且見其來，似不恝者，又被他人所迎，令費力芳室之築，倍於集芳之舟，置諸無用，何能不較湘君而倍觖望乎？大司命不顧人之壽夭，以相疏無情，而恝於我，少司命「獨與余兮目成」、「儵而來兮忽而逝」，以相親有情而又恝於我。東君之高翔難追，苦於不得近也。河伯之交手遽别，得近而依然不得近也。嗟乎！原之情緒萬端，不得不一死以就鬼界矣，祇堪親鬼，無繇復親神矣。以平生所欲語神親神者，轉爲鬼之欲語人、欲親人而已。不克親諸尊神，但親戰鬼而已，不克禮神靈，但禮鬼魂而已。「爲雄」、「無絶」之揚鬼聲價也，是鬼之仍可等於神也。是其全歌中，悲中取壯之結局也。合觀九歌之次第，而非因楚俗，非因楚神，不昭然乎哉！

# 聽卜居漁父

二篇均其問答立體，其遣詞則較之他篇最顯且淺，而其寓意則較之他篇倍淒以深。離騷一質靈氛，再質巫咸，固已先揭往見太卜之旨。然靈氛之言曰「九州遠逝」、「何懷故都」，直以擇君去楚告。巫咸之言曰「勉升降以上下，求矩矱之所同」，終之曰「及年歲之未晏兮，時亦獨其未央」，婉以法古俟時告。雖原不能從，而荷靈氛、巫咸之相憐，殊爲不薄。太卜則曰龜策不能知此事，竟付之不告矣，不復相憐矣。夫至神靈不肯憐，不肯告，復何望於人哉！此一淒深也。漁父之淒深，又有別意焉。以原之抱忠，下之不見容於同列，上之不見諒於君王，内之不見信於其姊，所仗隱流之士，決以「皆濁」「皆醉」爲非，以「獨清」「獨醒」爲是，庶幾舉世之内，猶有一人代其伸冤，代其明志。乃漁父所言亦欲其在清濁醉醒間也。原以古聖爲依，以依古聖爲得中正，漁父而不言聖人則已，既言聖人矣，專曰「與世推移」，是原所依之聖舉未聖，所得之中正非中正也。從來手難兩畫，足難兩跨，半清半濁，半醉半醒，何堪置身？於以玩世則可，若以事君，可乎哉？迨再申本懷，而漁父堅持前説，作清濁之歌而去，不復與言。嗟乎！舉世竟無知己，至欲少自辨白於隱流而亦不得辨白也。如此啞口，豈復可堪耶？原之拈此二篇，殆以龜策之不肯告，漁父之不肯復言，合爲一轍，以鳴其孤慘。蓋措詞之顯淺，立意之淒深如此。意外之意，尤有進者：龜策既不能知此事，則吾不得不自行吾志，是吾之所卜不待卜也。漁父雖不復言，而歌中用清水、濁水則殊，歸之於濯則一。皆濁之世，豈知濯者？纓濯而纓清，足濯而足清，依然藉獨清爲快志矣。是漁父之歌，終同於我之言，不待其再與吾言也。此屈之借旁詘以自明也。賓戲、客難、解嘲，皆從原一篇而出。然自明纚纚，意盡詞中，幾同互訟，以後息爲勝，詎如原之藏自明於旁詘，任説我非，益證我是。千古而下，槩未易知哉！若曰淺顯爲宋賦作俑，其不知騷彌甚。

## 聽九章

九章次第，舊首惜誦，次涉江，三哀郢，四抽思，五懷沙，六思美人，七惜往日，八橘頌，九悲回風。朱子謂「原既放，思君念國，隨事感觸，輒形於聲。後人輯之，得其九章，合爲一卷。非必出於一時之言。」余從九章中詳稽其歲月，自非一時所作，然既有歲月，則九章之次第，自當以何歲何月爲先後。王逸原本，殊爲淆亂。朱子因之而未改。余以詳稽，遂爲更定。惜誦之後，次以思美人，三抽思，四涉江，五橘頌，六悲回風，七哀郢，八惜往日，而以懷沙終焉。惜誦之決當爲首，非屬漫然者。以其開口自道，從來忍惜誦言，遂致抑鬱憂愍。今始發憤抒詞，則九章之以此爲首篇，次第當有繼作，原固早定於胸中矣。且於首篇既命題曰九章，是未有文，先有題，原所自輯，非後人之輯之也。失原所自輯之次第，後人亂之耳。然歲月可考也：惜誦之結曰「願春日以爲糗芳」，是惜誦作於兹歲之冬，而預計明春之欲行也。欲行而未行，故曰「謂女何之」。曰「曾思遠身」，尚未定其所之與遠身之地也。思美人曰「路阻」，怵然欲行不敢行焉。曰「開春發歲」，則前之「願春日」者，兹屆期矣。曰「遵江夏以娱憂」，指出所之與遠身之地名矣。然但曰「將蕩志而愉樂」，猶未遵以往也。結曰「獨煢煢而南行，思彭咸之故」，亦只括出所向之屬南，未再指地名。此殆其初行耶？抽思曰「曼遭夜之方長」、「悲秋風之動容」。又曰「望孟夏之短夜」，則是繇春以後，孟夏迄初秋，俱在途間也。曰「泝江潭」，逆水而上也，曰「宿北姑」，又止而未遽泝也。涉江曰「將濟乎江湘」，則既宿之後，復泝以行矣。曰「欸秋冬之緒風」，則在舟間者繇秋而冬矣。曰「上沅」，則泝之之區矣。又曰「宿辰陽」，曰「入溆浦而邅迴」，泝者復暫止矣。橘頌則其冬候邅迴之所見，即物生感者。其曰「願歲并謝，與長友兮」。固是歲於此終矣。悲回風曰「歲忽忽其若頹」，明言是歲之終。而其云「觀炎氣之所積」、「悲霜雪之俱下」，又合是歲之夏秋冬總言之，以誌夫途間、舟間之愁況焉。首篇作於被放初年之冬，思美人、抽思、涉江、橘頌、悲回風作於被放次年之四季，蓋一一可考如此。其第三年，則有卜居「既放三年」之確證。漁父之「行吟澤畔，枯槁憔悴」，自屬第三年以後。其曰「寧葬魚腹」，則爲將死前之決意明矣。九章不詳及第三年以後，而於哀郢曰放「九年而不復」，正以有卜居、漁父之二篇在，故九章中可略而不言也。以彼詳爲此略，布置之妙如此。此豈後人所輯哉！哀郢既屬九年作，而其事其景，皆屬追遡被放之次年。其云「仲春東遷」，則思美人之云開春將「遵江夏」者，至仲春始實行也。紀仲月，復紀甲日，九年後追遡之詳，歷歷不忘。蓋因上官之再讒，爲頃所逼逐使遷，非原之自遷也。痛心之苦，安得不詳數確憶哉！遵江夏以流亡，即思美人「一」之「遵江夏以娛憂」。彼係虚談，此係實事耳。「發郢都」、「望長楸」、「過夏首」、「顧龍門」、「上洞庭」、「背夏浦」、「登大墳」，皆九年前泝江上沅之實景。抽思之「泝江潭」，不詳言之，涉江之「上沅」，亦不詳言之，而以一步遠一步，一程隔一程，獨詳於此，似遞補前略，似總收前篇。九章雖非一時之作，而其作法有意於布置。夫豈苟然？惜往日顯言追遡，則又九年以後之作也。「臨沅湘之玄淵兮，遂自忍而沉流」，明言投水。「惜壅君之不昭」，又不忍即投水也。「不畢辭以赴淵兮，惜廱君之不識」，則明言九章之辭未畢，又且待畢而死也。屈原以惜往日爲九章之第八，固已自言其次序。顯然如此，後人乃昧之紊之，何耶？世傳原死在仲夏之五日。懷沙曰「滔滔孟夏，汨徂南土」，此就死之前一月所作。太史公曰，作懷沙之賦，自投汨羅，則九章之宜終於懷沙，以原之死期，與太史公之言合，攷之足以決矣。舊本槩以悲回風終焉，抑何誤也！悲回風曰「悲申徒之抗跡，負重石之何益」。於歷數古人中，以徒投水爲太急，與其後自忍沉流之念不同也。九年以前，未嘗不矢死，而不肯急於即死。迨九年以後，無可如何，而不得不死。知此則九章之次第，安得以悲回風之不肯死者，反居其終耶？其總命名曰九章也，謂藉歷年所作以章明己志也。王逸曰「章者，著明」，而未暢其義，請以九篇攷之：首稱惜誦「致愍」，悔夫早未自章也，結曰「重著以自明」，及今而務求章也。曰「陷滯不發」，曰「沉菀莫達」，曰「願自申而不得」，曰「固將重昏而終身」，曰「心饑羈而不開」，曰「忠湛湛而願進兮，妬被離而鄣之」，曰「慙光景之誠信兮，身幽隱而備之」，曰「惜廱君之不昭」，曰「鬱結紆軫」，曰「宛屈自抑」，均嘆夫不得自章也。曰「結微情以陳詞」，曰「初吾所陳之耿著」，曰「道思作頌」，曰「介耿志之所感兮，竊賦詩之所明」，曰「昭彭咸之所聞」，曰「願陳情以白行」，曰「情冤見之日明」，均務求章也。其曰「情與質信可保兮，羌居蔽而聞章」，又曰「章畫」，曰「矇瞍謂之不章」。更屢經明點「章」字矣。如謂後人輯之，得其九章，合爲一卷，是以「章」字爲「章句」之「章」，將原之自命自言者，反無憑歟？

【校勘記】

[一]「思美人」，原作惜誦，據九章思美人改。

## 聽二招

王逸謂大招係原自作，或曰景差，疑不能明也，未嘗確然歸之景差也。晁無咎則稱「大招古奥，其爲原作無疑」。太史公曰：「讀離騷、招魂，悲其志」。似乎招魂亦併屬原作，不專指爲宋玉也。前之人未專決之，後之人何繇堅定之？徒曰未有魂而自招者，烏得不歸諸他乎？夫原不曰「魂一夕而九逝」乎？逝矣，何得不招？原不曰「道思作頌，聊以自救」乎？自救矣，何諱自招？余謂二招之槩似屬原，有數端焉。大招之終曰「尚三王只」，如此大本領，超夏、商、周而欲爲二帝之治，非原不能道也。原之作懷沙曰「孟夏」，使諸弟子招之，必當從死月以立言。今二招之辭俱在，大招發端曰「青春受謝」、「春氣奮發」，招魂之殿末曰「獻歲發春，汩吾南征」，曰「目極千里兮傷春心」，均不及夏月。讀九章曰「願春日」，曰「開春發歲」，曰「仲春東遷」，原之被放，實以春候。蓋當出門之日，即爲決死之期，魄存而魂散久矣，夫是以指春而兩自招也。是則以時日證之，而似可定其爲原作也。景差他文無多可見，縱有摛藻之手，未能如原之學。宋玉則九辨堪稽，讀九辨者以爲悲原而作，其辭多言秋。蓋原死於夏，故其弟子之感懷從秋也。九辨言秋者四，又曰「收恢台之孟夏」，則固明從夏以遡死矣。因九辨之言夏秋，而愈知二招之言春，似屬原所自作也。離騷共二十五篇，今合首騷、遠遊、天問、卜居、漁父、九歌、九章只二十三耳，九歌雖十一，而當日定之以九，無繇折爲十一。則於二十三之中，再合二招恰足二十五之數焉。是又以篇計之，而愈似乎原之自作也。必曰二招屬其弟子所作，將招之於死後耶？何以不遡死月之屬夏，而槩言春？將曰招之於生前耶？既疑招魂爲不祥之語，非原所肯自道，乃以弟子事師於師之未死，而遽招其魂，以死事之耶？其爲不祥，又豈弟子所敢出口耶！此余所以於續離騷槩去之，而只留二招也。以二招之似出於原，有此數端，足以合於王逸、太史公之言也。然余所繹二招，尤在其用意。不知其用意，即以爲原之自作，無益也。知其意，則即歸之景差宋玉仍如原之自作也。世之讀二招者，各從私好以爲優劣，定評未有屬焉。朱子謂大招勝招魂，以其「近於儒者窮理經世之學」，「天道之屈伸動靜，粗識端倪，國體時政，頗知先後」。楊用修謂招魂「豐蔚濃秀」。王元美極服此論，以爲足破宋人眼耳。則小招勝大招矣。世之喜理勝者多從朱，喜詞工者多從楊，然二招佳處，實不在此。作者當日別有暗藏之關竅。至莊之論，至艷之語，皆從至慘之中托根敷葉，層疊以致其愈慘，意不在矜莊鬬豔也。若謂大招詞遜，小招理遜，古人豈不竊笑哉！其間一字落紙，萬淚盈胸，與二十五篇來歷相對，正反相鈎。發想布序，步步相因，必不可移易。倘可移以招他人，爲忠魂通用之套，則理雖莊，腐理耳，詞雖艷，浮詞耳，慘痛何在？故不將二十五篇一一對勘，不足以讀二招也。試從大招先揭之。朱子所許大招，在頗知政體。觀其末段，先「孤寡」而後及「人阜昌」，不首無告，無以惠衆民也；先一邑之人阜昌，而後及「萬民理」，不繇治國，無以平天下也。阜昌必本之「田千畛」，不重農使可富，無以保昌也。萬民理必歸之「尚賢士」，不仗賢，無與共理也。賢士尚，而後俊者、傑者、直者，始皆爲吾用，而又亟言「誅譏罷」。譏罷之小人不誅，則苛暴不得禁。德澤章者將復晦，賢俊進者將復阻，人阜昌者將復殘，萬民理者將復隔，流澤何能終施乎？三公九卿何得晏然無事，修禮射之雍容乎？又烏在其爲能追三王乎？此真經濟先後，燦然心手，豈但頗知而已！余所推許，於對勘，一一可攷，則末段之政體，確有相因者：因夫「傲朕辭而不聽」、「戒六神與嚮服」、「命咎繇爲聽直」，故招之曰「聽若神」；因夫「終不察民心」、「上無度以察下」、「莫察余之衷」、「獨鄣壅而蔽隱」、「身幽隱而蔽之」、「何壽夭兮在余」，故招之曰「察篤夭隱」；因夫「忠何辜以遇罰」，「好蔽美而稱惡」，故招之曰「賞罰當」；因夫「賢士無名」，故招之曰「尚賢士」；因夫「誹俊疑傑」之庸態，「伏清白以死直」，故招之曰「舉傑壓陛」、「俊傑執政」、「直贏在位」。因夫屢言堯舜，屢談夏商周，追前王之踵武，故招之曰「尚三王」。如此對勘，而後知政體理解之非腐，所招之非泛也。且豈惟末段，即從開口以及中間，亦無非相因焉。因夫「方仲春而東遷」，爲見放之始，故招之曰「春氣奮發」，「魂無逃只」。因夫騷之首篇，言往東西南北，遠遊亦言往東西南北，故招之曰「無東無西，無南無北」。首騷與遠遊極言東西南北之可樂，以明楚國之不可居，此則極言東西南北之不可往，以明楚國之當歸，蓋專以相反爲相因，無一字不切矣。至於原所嘆者，「陳志無路」，「志沉菀而莫達」，「何不變此志」，「亦非余心之所志」，「糺思心以爲纕」，「抑心而自强」，「心鞿羈而不開」，「屈心抑志」，「心煩慮亂」，「意荒忽而流宕」，故招以「逞志究欲，心意安只」，更以相慰爲相因，亦無一字不切焉。其招之以飲食聲色，宮室園囿，花木禽鳥，又豈無因而作此不入耳之談，輕相褻瀆哉！因夫「中椒爲糧」、「籬菊爲糗」、「飲露餐英」、「瓊羞瓊粻」、「餐六氣，飲沆瀣」，故以飲食招之。因夫「思音樂之博衍」，九歌亦多言音樂，故以聲音招之。因夫屢言求女，故以女色招之。因夫「貝闕」、「朱宮」、「紫壇」，故以宮室招之。因舉矢射狼，故以宮室又帶田獵招之。因夫留意衆芳，故以花木招之。因夫比翼黄鵠，擇媒鳳凰，故以禽鳥招之。招以飲食共四段，多於音樂之二段者，因夫二十五篇之言飲食較多也。招以女色凡五段，多於飲食之四段者，因夫廿五篇之言求女尤多也。廿五篇之言花木亦多矣，不以爲諸招之終，而終於禽鳥者，因夫言芳憚其變化，有所不足恃，言禽鳥則鸞皇爲余先戒，鳳鳥飛鳴日夜，鳳皇翼其承旂，惓惓乎其永望之、永恃之也。此相因中分多寡、分首尾之妙也。然原之談飲食，極於修仙；談音樂，極於海外；談女色，寄之上古，多屬世外之事，而招之祇在世中，何足邀其盼睞？艸木之未易誇，禽鳥之未易託，復不待言矣。於是因其「寧隱閔以壽考」，復招以保壽命，從飲食以至宫室中，專取宫室而申之曰「居室定只」。飲食可儉，音樂女色可却，艸木可不植，禽鳥可不蓄，居室終不可少也。既居於楚都，何得不出輔楚國？故亟接以末段之莊語也。朱子詆其前言東西南北，近於神怪，中言飲食諸項，陷於逸欲，豈作者不慮夫千載下有如是之詆之者，乃竟不避耶？有因之談，至慘至痛，正在於旁言之，不專在於莊言之也。況夫文字之妙，由淺入深，由翻入正，以其所不屑從，招其所當從，自宜曲折。若使朱子操觚，盡删其前半，只留其末段，將何以爲騷賦之風致耶？文體既乖，慘情安屬耶？知其相因，則大招因廿五篇而生者也，小招又因大招而變者也。大招前屬旁意，末屬正意。小招則開口曰「服義未沬，主此盛德」，頌原之正意，兩語盡之矣。其言四方與大招同，而添出上天下都則變。蓋原於首騷、遠遊，皆喜言天上之四方與世外之四方。大招僅以人間之四方阻之，恐魂且謂往天上，自勝人間，即入地下，亦且避人間，何肯回首？誠知夫天上地下之四方，苦又倍焉，則處處不可往，不得不受招矣。不得不入修門，反故居矣。同中添變之深妙如此。以下宫室、女色、飲食、音樂諸項，俱全襲大招之旁意，未嘗一變，乃遽爾便止，於末之正論，反不之襲者，何也？所以避腐也，所以明慘也。本領之巨，學問之深，關係國政者，大招末段已經道盡，無可復加。若再衍襲，祇有墜腐而已，安得不避哉？明慘之妙，專在飲食、宫室、女色、音樂之末，歸之於「造新歌」、「揚阿」、「激楚」、「結撰至思」、「同心賦些」。夫歌賦何足以爲慘？而慘極正在此。蓋棄原者，楚之主上也，招原者，帝也。開章曰「上無所考此盛德」，則主上之棄原於不知考，付之無用者，帝雖招之，亦無繇强主上之復用之也。是以不敢望其得先孤寡，得布阜昌也；不敢望其得章德澤，得理萬民也；不敢望其得尚賢士，與傑俊，誅譏罷也；不敢望其得偕三公九卿，修揖讓，尚三王也。但留不死之身，以同作賦，毋急爲忠鬼，聊長爲文人，可乎？大招，國家之公言也；小招，一身之私言也。乞命於天，以姑稱文人，則私言之慘於公言也。其襲大招宫室諸項，不變中之微變，又有可指者。大招以飲食、音樂、女色、宫室、花鳥明分爲六，各不相雜。小招於宫室中，即雜以蕙蘭之花，併及於服玩，於女色中，雜以「洞房」、「榭幕」之復爲宫室，再以高堂壁板、梁楯、檻屏、户籬，申宫室之詳。又以芰荷、紫莖、蘭樹，仍雜花木焉。於飲食中，首言「室家遂宗」，連上宫室。於音樂中，首言「肴羞未通」，連上飲食，又遞雜女色，而所重全在歌賦。因夫原之廿五篇，皆仗歌賦以明心。「道思作頌，聊以自救」，故莫如招之以詩賦也。此小招變大招第二段之音樂爲末段之旨也。大招詳於飲食、女色，小招以變爲末段，故詳於音樂。大招之音樂，亦言詩賦聽歌，其語未詳，其意未慘。蓋視音樂爲旁意耳。小招視爲正意，故專於詩賦詳言之，慘言之，曰「造新歌」，曰「采菱陽阿」，曰「歈謳」，又終之「結撰同賦」。詩賦有新有舊，有獨有同，此其詳言之也。詩賦之終於同賦者，聊以自救而道思，不如衆人之共招共救，而代爲道思也。於歌中兩言激楚，殆悲音哀調耶？曰「發激楚」，又曰「激楚之結」，殆悲音哀調之自爲始終耶？「人有所極」，殆窮極之謂耶？此慘言之也。尤慘尤深，專在屢言飲酒。原方恨夫皆醉，併不依夫啜醨，豈肯爲酒人哉？繇飲酒之「沉日夜」而「結撰作賦」，繇「結撰同賦」而又「酹飲盡歡」，爲文人中之酒人焉。徒爲酒人，魂所不屑也，爲文人中之酒人，或魂所肯從也。無可如何，不得不以文人中之酒人自命也，以可免漁父之譏，而仍與彼皆醉者異也。聲樂飲酒之中，言「象碁六博」，言「梟牟五白」，詳稱博奕招之，以愈低愈瑣之事，正是愈慘。夫固曰不妨消遣遊戲焉耳，亦詩賦之旁助焉耳。此其不變而微變之深妙也。既以音樂爲終，而一切大招之正論，用人行政，均不之及，自難於收局，乃以「亂曰」一段，拈出君王田獵無人護衛，仍是正論歸宿。夫田獵猶仗護衛，況用人行政諸大事乎？一句之中，藏却無限深旨矣。以不襲正論，不露正論爲理深，此千古所未易窺，而曰小招理遜乎哉？必曰大招詞遜，飲食六項中字字雕煉，尤爲易攷，果屬何句不逮小招耶！甚哉！後人之不深於讀古，而輕於詆古也。請詰後人曰：如何而爲大招增詞？如何而爲小招增理？有能執筆添入一句者，許其直言，吾應呼古人願安承教。

**圖書在版編目(CIP)數據**

楚辭聽直 /（明）黄文焕撰；黄靈庚，李鳳立點校.
—上海：上海古籍出版社，2019.9
（楚辭要籍叢刊）
ISBN 978-7-5325-9320-0

Ⅰ.①楚… Ⅱ.①黄… ②黄… ③李… Ⅲ.①楚辭研究 Ⅳ.①I207.223

中國版本圖書館 CIP 數據核字(2019)第 182740 號

楚辭要籍叢刊

**楚辭聽直**

［明］黄文焕　撰

黄靈庚　李鳳立　點校

上海古籍出版社出版發行

（上海瑞金二路 272 號　郵政編碼 200020）

（1）網址：www.guji.com.cn

（2）E-mail：guji1@guji.com.cn

（3）易文網網址：www.ewen.co

上海展强印刷有限公司印刷

開本 850×1168　1/32　印張 9.625　插頁 3　字數 185,000

2019 年 9 月第 1 版　2019 年 9 月第 1 次印刷

印數：1—3,100

ISBN 978-7-5325-9320-0

I·3417　定價：39.00 元

如有質量問題，請與承印公司聯繫

電話：021-66366565